Miriam May

DAS ERBE

Dein Leben für meine Krone

Miriam May

Das Erbe

Dein Leben für meine Krone

Roman

Vajona

Dieser Artikel ist auch als E-Book erschienen.

DAS ERBE – Dein Leben für meine Krone

info@vajona.de

Druck und Verarbeitung: TOTEM.com.pl, ul. Jacewska 89,
88-100 Inowrocław
Printed in Poland
Lektorat und Korrektorat: Melina Streckert
Umschlaggestaltung: Julia Gröchel unter Verwendung von Motiven von Rawpixel und Pexels
Satz: VAJONA Verlag, Oelsnitz

ISBN: 978-3-948985-14-1

VAJONA Verlag

Für Oma.

Prolog

Der ganze Platz war in der Farbe ihres Wappens geschmückt – blutrot leuchteten Banner und Stoffe aus allen Ecken. Unter den gespannten Blicken der Anwesenden schritt ein junger Mann würdevoll durch den Burghof. Jeder einzelne Blick kitzelte wie eine kleine Flamme auf seiner Haut und befeuerte das Brennen in seinem Inneren. Auf diesen Moment hatte er jahrelang gewartet.

Als er die hölzernen Stufen der eigens für ihn errichteten Tribüne hinaufstieg, fixierte er entschlossen die markant blauen Augen der hübschen Frau, die neben einem festlich gekleideten Priester und dem Rest der Herzogenfamilie stand und auf ihn wartete. Trotz der ungemütlichen Haltung, in die ihre Hände hinter dem Rücken gezwungen wurden, hielt sie sich so aufrecht wie möglich. Ihr Haar tanzte in einer kunstvollen Flechtfrisur, doch ihre Miene war nicht feierlich. Ausdruckslos starrte sie durch ihn hindurch, als ob er Luft wäre.

Angespannt atmete er tief ein und wartete auf die Worte seines Vaters, die die Menge zum Verstummen bringen würden und sein Zeichen waren.

»Bist du bereit, mein Sohn?«

Feierliche Stille füllte den Platz.

»Ja, Vater.«

Er konnte das Nicken des älteren Mannes spüren, ohne ihn anzusehen. Stattdessen ließ er die Frau nicht aus den Augen, die sich nun widerwillig von einer Hand in ihrem Nacken dazu zwingen ließ, sich hinzuknien. Nur durch sie würde er heute der neue Herzog werden. Beinahe liebevoll betrachtete er sie.

Dann zog er sein Schwert. Ein unterdrücktes Raunen ging durch die Menge. Die Luft um ihn herum vibrierte. Der junge Mann gestattete sich einen kurzen Blick zu seiner zukünftigen Frau, die nicht weit von ihm entfernt neben seinem Vater stand und ihn erwartungsvoll ansah.

Er erhob seine Stimme und gab ihr eine Schwere, die nicht zu seinem Alter passen wollte. »Im Gedenken an die Gräueltaten des Krieges soll Euch heute ein Opfer dargebracht werden. Ein Opfer, das an den Schmerz unserer Familie erinnert.« Er hielt inne und blickte in die Menge. »Und Ihr sollt meine Zeugen sein. Ich bezahle für den Titel des Herzogs mit dem Blut der Verräter.«

Diese Worte hatte er schon so oft in seinen Gedanken gesprochen, dass sie ihm nun kraftvoll und klar über die Lippen flossen.

Er richtete seine Aufmerksamkeit wieder auf die Frau vor sich. Wenn er genau hinsah, konnte er sich selbst in ihren nun mit Tränen gefüllten Augen erkennen. Sie waren wie im Sommerlicht glänzende Teiche, deren Anblick er nie vergessen würde. Sein

Schwert schwebte knapp neben ihrem Hals in der Luft. Er atmete erneut tief ein. Ihre Lippen zitterten.

Mit einem gezielten Hieb schlug er ihr den Kopf ab und erhob sich damit zum Herzog.

Kapitel 1

Cally

»Wieso hat mich niemand rufen lassen?«, fragte Cally aufgebracht, während zwei Mädchen ihr ein schweres Kleid über die Hüfte zerrten und sich eine Dritte an ihren Haaren zu schaffen machte. »Sie hätten sich denken können, dass ich dabei sein will.«

Betretenes Schweigen kleidete den Raum aus.

»Ich bin mir sicher, dass sie dich bloß nicht stören wollten«, erbarmte sich ihre Kammerzofe und beste Freundin Marilee schließlich zu einer Antwort, als sie ihr das Haar zu einem Knoten drehte.

Cally riss einer der beiden Dienerinnen ungeduldig den Ärmel des Kleides aus der Hand und schob eilig selbst ihren Arm hinein. Nach dem leichten Kampfgewand, das sie vorher getragen hatte, fühlte sich der Stoff erdrückend an und sie musste die Schultern straffen, um nicht gebeugt dazustehen. »Lasst gut sein, den Rest mache ich alleine.«

Die zwei jungen Mädchen senkten die Köpfe und eilten erleichtert aus dem Raum. Normalerweise war Cally nicht derart harsch mit ihnen, doch heute konnte sie ihre Nervosität kaum verbergen.

»Wie lange ist er schon im Saal, Marilee?«, fragte sie und strich sich eine braune Haarsträhne hinters Ohr, die den flinken Fingern ihrer Freundin entkommen war.

»Nicht lange. Er wird seinen ersten Becher Wein noch nicht ausgetrunken haben.« Die junge Frau sammelte Bürsten und Tücher zusammen, während Cally sich bereits auf den Weg zur Tür machte. Dunkler Stoff bauschte sich von der raschen Bewegung getragen hinter ihr auf und glitt dann in trägen Wogen über den Boden. Darunter bewegten sich eilig braune Lederschuhe, die dem Anlass eigentlich unangemessen waren.

»Callora!«

Die Prinzessin hielt inne und warf einen Blick zurück zu ihrer Zofe. Diese tippte ihr eigenes Kinn mit dem Zeigefinger an und sagte: »Kopf hoch und Ruhe bewahren.«

Cally nickte und schloss die Tür hinter sich. Mit langen Schritten eilte sie den mit Teppichen ausgelegten Gang entlang und versuchte, ihren Atem zu beruhigen. Das Kleid schnürte ihr die Luft ab und ihre Haare lösten sich bereits aus der Frisur. Und doch fühlte sie die Ruhe und Kraft des vorherigen Trainings noch durch ihre Adern fließen. Ihr war beinahe, als ob sie immer noch das Schwert in ihrer Hand spüren konnte.

Sie hätte nichts lieber getan, als sich draußen weiter im Kampf zu üben. Sonnentage waren wertvoller denn je und alle Bewohner des Landes sogen jeden einzelnen Lichtstrahl in sich auf, wenn ihnen wieder eine gesegnete Phase geschenkt wurde. Sie, als Tochter des Herzogs, war da keine Ausnahme.

Doch Marilee hatte recht. Dies war eine weitere Chance, sich zu präsentieren und ihre Fähigkeiten unter Beweis zu stellen. Und genau das würde sie jetzt tun.

Als Cally endlich am großen Saal angekommen war und ihre Hand auf das dunkle Holz der Tür legte, hob sie das Kinn und drückte den Rücken durch, wie Marilee es ihr geraten hatte. Sie war eine Prinzessin, wieso sollte sie einen Gast fürchten? Wenn der Fürst in sein Zuhause zurückkehrte, würde er vom Charme und der Stärke der Herzogstochter schwärmen!

Entschlossen trat sie in den vertrauten Raum mit der langen Tafel. Neben ihrem Vater und seinem Gast schien beinahe das ganze Gefolge ihres Besuchers anwesend zu sein.

»Callora, da bist du ja.« Ihr Vater erhob sich ein klein wenig von seinem Stuhl, ließ sich dann jedoch wieder zurückfallen, als ob ihm die Anstrengung zu groß wäre.

Cally verkniff sich die Anschuldigung, dass man sie mutwillig nicht über den Besuch informiert hatte, und musterte die Anwesenden. Es waren viel mehr Männer als gedacht. Zu viele. Denn sie füllten die Sitzplätze der Tafel so aus, dass auch ihr angestammter Platz am oberen Ende belegt war. Cally schluckte ihren Ärger darüber hinunter und lief trotzdem weiter, in der Hoffnung, einer der Gäste würde sich erheben und ihr seinen Platz anbieten.

»Darf ich vorstellen? Fürst Ganzog.«

»Ich weiß, wer unser Gast ist, Vater«, sagte Cally betont ruhig und ging auf den Mann zu, der als Vasall einen Teil des Landes für ihre Familie verwaltete. Von der angestrengt hohen Haltung ihres Kopfes schmerzten bereits erste Muskeln in ihrem Nacken.

Als sie am Kopf des Tisches ankam, war der heikle Moment gekommen. Jemand musste aufstehen, damit sie den Platz einnehmen konnte, der ihr als Prinzessin gebührte – zwischen dem Herzog und seinem Gast, Fürst Ganzog. Einer der Hunde, die unter dem Tisch auf Reste hofften, erhob sich und schnüffelte erwartungsvoll an Callys Hand. Doch sonst bewegte sich niemand. Hinter ihrer Schläfe begann es unangenehm zu pochen.

Der Fürst musterte sie unverhohlen und es war unmöglich, dass er nicht erkannte, in welcher unangenehmen Lage sie sich befand.

»Es ist mir eine Freude, Euch kennenzulernen«, sagte sie steif, um die Etikette zu wahren.

»Die Freude ist ganz meinerseits, Eure Hoheit.« Fürst Ganzog neigte forsch sein teigiges, mit einem struppigen, grauen Bart bedecktes Gesicht zur Seite und hob seinen Weinkelch an die Lippen. Eigentlich hätte er aufstehen und sich verbeugen müssen.

Cally ließ ihn nicht aus den Augen und versuchte

ihm mit ihrem Blick zu verstehen zu geben, wie unhöflich er sich verhielt. Doch entweder bemerkte er es nicht oder es war ihm schlicht egal.

Halb fasziniert, halb angewidert beobachtete sie, wie der dunkelrote Wein sich beim Trinken an den Rändern seines Mundes sammelte und in den krausen Barthaaren verfing.

Sie konnte nicht länger mitten im Raum stehen bleiben oder sie würde sich vor allen zum Gespött machen. Wieso erhob ihr Vater nicht das Wort? Als Tochter des Herzogs war ihr Platz an seiner Seite.

Widerwillig drehte Cally beiden Männern den Rücken zu und schritt steif die Tafel hinunter, bis sie neben einer einfachen Wache des Fürsten einen freien Platz fand. Was hatte Marilee gesagt? Kopf hoch und Ruhe bewahren. Wie ein Mantra wiederholte sie die Worte immer wieder. *Kopf hoch und Ruhe bewahren.*

Am anderen Ende der Tafel wurde unbeirrt die Unterhaltung fortgesetzt, die sie bei ihrem Eintreten unterbrochen hatte.

»Was führt Euch gerade jetzt zu uns? Wie Ihr mir bereits versichert habt, kann es nicht das mangelnde Wohl Eures Volkes sein.« Der Herzog rückte seinen schwarzen Umhang zurecht, der die Schwäche verstecken sollte, die sich in seine müden Knochen geschlichen hatte.

Sein Gegenüber ließ betont langsam den Becher sinken und wischte sich den Bart mit einem Ärmel ab. »Lange Tage eignen sich immer gut für Reisen, Eure Hoheit.« Ihr Vater schwieg in Anbetracht dieser wenig hilfreichen Antwort.

»Außerdem wollen die Bürger, auch wenn es ihnen gerade gutgeht, gewiss sein, dass sich dies in Zukunft nicht ändern wird«, fügte der Fürst nach einer Weile vieldeutig hinzu.

Cally spürte, wie das angestrengte Lächeln auf ihren Lippen zu gefrieren drohte und es kostete sie enorme Kraft, ruhig auf ihrem Platz sitzen zu bleiben. Sie konnte sich denken, worauf das hinauslief. Wie hätte es auch anders sein sollen?

»Zweifelt Ihr denn daran?« Die Stimme des Herzogs gewann an Schärfe und seine nunmehr schmale Gestalt wuchs in dem prächtigen Lehnstuhl zu beinahe alter Größe. Auch er schien zu ahnen, worauf sein Gast anspielte.

»Eure Hoheit, uns ist zu Ohren gekommen, dass es um Eure Gesundheit nicht mehr so gut bestellt ist wie in früheren Jahren.«

Der Vasall gab sich unterwürfig, doch in seinen Augen konnte Cally sogar aus der Entfernung die Verschlagenheit glitzern sehen. Er wusste genau, wie unverschämt seine Worte waren. Die übrigen Männer am Tisch schwiegen eisern und lauschten gebannt dem augenscheinlich ungleichen Schlagabtausch, der anders als erwartet verlief.

»Lasst Euch gesagt sein, Fürst Ganzog, dass Ihr Euch über mich und meine Familie nicht den Kopf zerbrechen müsst.« Cally spürte plötzlich den Blick ihres Vaters auf sich. »Denn für das Erbe der Blutlinie wird bald gesorgt sein.«

Nun richteten sich alle Augenpaare auf sie und Cally zwang sich, ihr mittlerweile verloren gegangenes Lächeln wiederzugewinnen. Konnte man gleichzeitig freundlich und selbstbewusst schauen? Falls ja, beherrschte sie diese Kunst nicht. »Ich bin mehr als bereit, die Zeremonie durchzuführen«, sagte sie. Keiner antwortete. Die Stille am Tisch war mit Händen zu greifen und sie wäre am liebsten im Erdboden versunken. Doch ihr Gast war noch nicht bereit, das Thema fallen zu lassen.

»Mit Verlaub, Eure Hoheit, wann wird ›bald‹ sein?«

Jedem anderen hätte man spätestens jetzt den Kopf abschlagen lassen können, doch Fürst Ganzog war ein zu wichtiger Mann, als dass der Herzog sich seinen Verlust erlauben könnte. Schließlich verwaltete er den mit Abstand größten Teil ihres Landes.

Cally erhob sich mit rauschenden Röcken und starken Gedanken auf den Lippen, doch ihr Vater schnitt ihr das Wort ab, ehe es ihren Mund verlassen konnte.

»Sobald wir einen Nachfahren gefunden haben und das traditionelle Blutopfer vollzogen ist, kann meine Tochter meinen Platz einnehmen. So lange werdet Ihr Euch mit mir als Herzog begnügen müssen.«

Wie vor den Kopf gestoßen ließ sich Cally wieder zurücksinken und ignorierte den mitleidigen Blick des Mannes neben ihr. Sie durfte die Autorität ihres Vaters in solchen Momenten nicht infrage stellen, das hätte sie wissen müssen. Dennoch schmerzte es, nicht für sich selbst einstehen zu dürfen. Die Männer sprachen über ihre Zukunft, als ob sie nicht anwesend wäre.

Zwar war für sie als Frau, die nicht an Turnieren teilnahm oder sich anderweitig mit Männern messen konnte, das Bluterbe beinahe ihre einzige Chance, sich als Herrscherin zu beweisen. Doch auch jetzt schon besaß sie eine Stimme und eine Meinung – die nur anscheinend niemanden interessierte.

Fürst Ganzog blickte Aufmerksamkeit suchend in die Runde und ließ den Wein in seinem Becher kreisen. Rote Tupfer besprenkelten den Tisch. »Und falls Ihr niemanden für dieses Opfer findet? Wie ich höre, sucht Ihr schon seit geraumer Zeit«, stocherte er weiter in der Wunde. »Wer soll dann den Titel erben? Soweit ich weiß, gibt es keine männlichen Nachkommen Eurer Familie – auch keine entfernten Verwandten.«

Die Augen des Herzogs verengten sich zu wütenden Schlitzen und sein beinahe kahler Kopf gewann an Farbe. »Wir werden rechtzeitig ein Opfer finden, seid gewiss. Noch bin ich nicht im Grab«, stieß er zwischen zusammengebissenen Zähnen hervor.

Cally wurde beinahe schlecht.

»Und was, wenn …«

»Schluss!«, donnerte ihr Vater und schlug mit der flachen Hand so fest auf den Tisch, dass Weinspritzer wie Grillen aus den Bechern hüpften.

Vor Anspannung krallte die Prinzessin die Hände in den Stoff ihres Kleides. War dieser Kerl nur gekommen, um die Zukunft ihrer Familie und sie selbst infrage zu stellen? Sie brauchten keinen männlichen Erben! Sie könnte diesen alten weichen Sack mit einem einzigen Schwerthieb zum Schweigen bringen.

Fürst Ganzog hielt inne und lehnte sich betont entspannt in seinem Stuhl zurück. »Natürlich werdet Ihr das, Eure Hoheit«, säuselte er falsch. »Aber unternehmt in der Zwischenzeit vielleicht den einen oder anderen Versuch, aus Eurer wundervollen Gemahlin doch noch einen männlichen Erben hervorzuzaubern, bevor es zu spät ist.«

Cally schnappte hörbar nach Luft und zog damit sofort wieder die Aufmerksamkeit aller Anwesenden auf sich. In Anbetracht dieser Unverschämtheit ihr und ihrer Mutter gegenüber suchte ihr hilfloser Blick die Augen ihres Vaters, um diesem dreisten Kerl den Mund verbieten zu lassen. Doch sie fand nur den erschöpften Ausdruck eines alten Mannes, der es leid war, weiter um das Thema ihres Geschlechts zu kämpfen. Es hatte keinen Zweck.

Sie konnte sich das nicht länger anhören.

Bei ihrer überstürzten Flucht aus der Situation warf sie ungestüm den Stuhl hinter sich zu Boden. Erst als die schweren Türen hinter ihr zugefallen waren, sog sie zittrig die Luft ein und spürte, wie ihr eine Träne die Wange hinunterlief. Mit jedem Tag, der verstrich, ohne dass ein Nachfahre für ihr Bluterbe gefunden wurde, wurde die Zeit knapper. Sie würde niemals als Herrin akzeptiert werden.

Ein kräftiger Hieb und sie traf ihre Gegnerin am Hals. Ein weiterer und sie schlitzte ihr die Brust auf.

Callys Muskeln brannten vor Anstrengung und Schweiß rann in den Kragen ihres leichten Kampfgewandes. Sie hieb auf die Holzpuppe ein, bis ihr Arm sie bleischwer zu Boden zog und sie das Schwert fallen ließ. Kurz darauf folgte ihr Körper, der mit einem dumpfen Aufprall auf die harte Erde traf. Sie zog die Knie an und rieb sich das verschwitzte Gesicht. Wieso hatte sie sich nicht verteidigt? Sie war wie eine verschreckte Maus aus dem Saal geflohen.

Während sie auf der blanken Erde saß und sich bemitleidete, ging um sie herum das normale Leben weiter. Nicht weit entfernt vom Trainingsplatz schleppten Frauen in fleckigen Schürzen Kisten voll Gemüse in die Burgküche. Am anderen Ende des Hofes tummelten sich Hunde um ein Pferd, das gerade beschlagen wurde. Der Schmied scheuchte sie immer wieder davon, doch irgendwie schafften sie es trotzdem, flink die entfernten Teile der Hufe zu stibitzen und zu zerkauen.

»So schlimm?«

Direkt neben Cally klatschte ein Eimer auf den Boden und bespritzte ihre Schuhe mit Putzwasser. Sie sah auf und blickte in das Gesicht ihrer Zofe Marilee. »Kann man so sagen.«

Die blonde Frau raffte geschickt ihre Röcke zusammen und ließ sich neben ihr auf den Boden gleiten. »Wieder das gleiche Thema?«

Cally nickte resigniert. »Wenn ich nicht bald einen

Nachfahren finde, wird es heikel.« Sie schob ihren Stiefel in der trockenen Erde hin und her. »Ich glaube nicht, dass ich ohne diesen Beweis meiner Stärke jemals als Herzogin akzeptiert werde.«

»Natürlich wirst du das. Jeder hier weiß, dass du genauso kämpfen kannst wie ein Mann.« Marilee sah mit einer hochgezogenen Augenbraue die malträtierte Holzpuppe an und knuffte Cally dann freundschaftlich in den vom Training noch angespannten Armmuskel. »Außerdem glaube ich ganz fest daran, dass du noch jemanden findest.«

Marilees Familie war schon damals während des Krieges an der Seite der ihren gewesen und Cally wusste, wie wichtig ihrer Freundin die Tradition um das Bluterbe war. Ihre Vorfahren hatten zu viel verloren, als dass sie der Vergangenheit mit Gleichgültigkeit begegnen könnte.

»Nicht mal hier werde ich für voll genommen und außerhalb der Burgmauern hat mich noch nie jemand auch nur ein Schwert berühren sehen«, schnaubte Cally verzweifelt und vergrub den Kopf in den Händen.

Marilee erhob sich und klopfte den Staub von ihren Kleidern. »Denk nicht mehr darüber nach. Du wirst neue Chancen bekommen, die Vasallen von dir zu überzeugen. Genieße lieber den Sonnentag, er ist ein Geschenk Gottes«, sagte sie und schnappte sich ihren Eimer.

Cally blinzelte zwischen ihren Fingern hindurch und sah gerade noch, wie Marilee knickste und sich dann, in Anbetracht der Ankunft einer weiteren Person, eilig auf den Weg machte.

Ihr kamen die eigenen Füße in den Weg, als Cally erkannte, wer da kam, und sich hektisch vom Boden erhob.

»Vater!« Das Gesicht des Herzogs war ein Bild, gezeichnet mit wütenden Pinselstrichen und hitzigen Farben.

»Folge mir.« Er rauschte an ihr vorbei und sie durchquerten gemeinsam den Hof, um zur Außenmauer zu gelangen. Waren seine Schritte zu Beginn noch kraftvoll und von seinem Zorn getragen, so verloren sie auf dem Weg die Wachmauer hinauf immer mehr an Kraft. Die Krankheit hinterließ deutliche Spuren und als er mühsam die letzten Stufen erklomm, musste er zittrig an der rauen Steinwand Halt suchen.

Oben angekommen stellte sich Cally neben ihn an die Brüstung und spielte unruhig mit dem Knauf ihres Schwertes.

»Ist er …?«, fragte sie leise.

»Weg? Nein, noch nicht. Aber falls du ›zufrieden mit sich‹ sagen wolltest, dann ja, das ist er sicherlich.« Der Herzog stützte sich schwer mit beiden Händen auf die Mauer und blickte auf sein Reich hinab. Auf seiner geröteten Stirn perlte Schweiß. Cally folgte seinem Blick und ließ das lebendige Bild aus Straßen und Häusern auf sich wirken. Das könnte bald ihre Stadt sein.

Sie wollte etwas antworten, sich entschuldigen, doch

da wurde sie plötzlich an den Schultern gepackt und herumgerissen.

»Du musst jetzt sofort wieder rausgehen, jetzt sofort!« Seine Hände fühlten sich selbst durch den Stoff ihrer Kleidung knochig an und er bohrte die Finger unangenehm fest in ihre Schulterblätter. Sie kämpfte gegen das Bedürfnis, sich aus seinem Griff zu winden.

»Vater, ich war schon so oft auf der Suche. Warum sollte es ausgerechnet heute anders sein?«

Er drehte sie wieder in Richtung der Hauptstadt und entließ ihren Körper aus seinem Griff, um auf die Stadttore zu deuten. »Siehst du die ganzen Wagen dort hinten? Die Händler sind alle für den Markt gekommen. Es werden neue Menschen hier sein.«

Cally betrachtete still die bunten Zelte und Karren vor den Toren. Wieso sollte ein Nachfahre ihrer Feinde sich bereitwillig in Gefahr begeben, indem er sich der Stadt näherte? Wenn sie eine Chance haben wollten, ihn zu finden, mussten sie die entlegensten Winkel des Landes durchsuchen.

Doch sie sprach ihre Gedanken nicht aus.

»Geh heute noch hinaus, nimm ein paar Männer mit und durchsuche die Stadt. Frage Leute, ob sie jemanden mit strahlend blauen Augen gesehen haben. Wir wissen, dass sie mindestens zwei Söhne bekommen hat, bevor wir sie geschnappt haben!« Die Worte sprudelten ihm wild aus dem Mund und waren von einer Anspannung getragen, die sich in seinem gesamten Körper widerspiegelte.

Cally schauderte, als ihr Vater von der Frau sprach, die damals das Opfer für sein Bluterbe gewesen war. Ihre Lust, jetzt gleich selbst auf die Suche zu gehen, schwand immer mehr. Dennoch brachte sie es nicht über sich, seine Hoffnungen zu enttäuschen und ihm zu erklären, dass sie genau das, was er gerade vorschlug, schon hunderte Male getan hatte.

»Ich werde sofort aufbrechen«, sagte sie stattdessen. »Ist Garra hier oder hast du ihn fortgeschickt?«

»Er ist hier und wird dich begleiten. Geh, mein Kind!«

Sie schluckte ihre Einwände endgültig hinunter und nickte gehorsam, um sich zu verabschieden. Mit fliegenden Schritten eilte sie die Treppe hinab. Irgendetwas musste sie tun. Da war diese Idee nicht schlechter, als irgendeinen anderen Versuch zu wiederholen, den sie in der Vergangenheit bereits erfolglos unternommen hatte.

Auf dem Hof stolperte Cally beinahe in eine Wache hinein. »Du!« Sie zeigte mit dem Finger auf die Brust des verdutzten jungen Mannes, der nicht älter als fünfzehn sein konnte. »Such Hauptmann Garra und sag ihm, dass ich ihn in zehn Minuten mit vier seiner Männer im Hof erwarte. Die Pferde sollen schon gesattelt sein.«

Als er sie hochnäsig musterte und sich überlegte, ob er sich von einer Frau wie ein Dienstbote durch die Gegend schicken lassen sollte, stieg Cally die Röte ins Gesicht. Er wusste genau, wer sie war. »Sofort!«, brüllte sie.

Sie ernteten neugierige Blicke der umstehenden Leute und die Prinzessin konnte ihre Erleichterung nicht verbergen, als er sich endlich davonmachte, um ihren Auftrag auszuführen.

Kapitel 2

Tharek

Die ersten Strahlen der Morgensonne krochen sanft durch die Fenster des Hofhauses und malten Streifen auf Thareks Rücken. Er lag bereits seit Stunden wach und beobachtete nun mit ausdruckslosem Blick die feinen Nuancen des Lichts, die die Dämmerung auf die Wand vor seinem Gesicht warf.

Schließlich regte sich sein Arm und er rieb sich die rot geränderten Augen. Mühsam wie ein alter Mann erhob er sich von seinem Lager und blieb kurz unschlüssig sitzen, als ob er nicht wüsste, welchen Schritt er als Nächstes tun sollte. Auf der anderen Seite des Raumes lag sein schlafender Bruder Fynn in seinem Bett. Er hatte Tharek den Rücken zugewandt, doch seine Schultern hoben und senkten sich leicht in einem stetigen Rhythmus.

Tharek würde ihn nicht wecken. Zwar konnte er selbst dem Tag und seinen Aufgaben nicht mehr entfliehen, doch Fynn sollte noch etwas in seiner Traumwelt verweilen dürfen, die hoffentlich besser war als die Realität.

Nachdem er sich Wollhosen und ein leichtes Hemd

übergestreift hatte, schlich Tharek leise aus dem Zimmer und schloss die Tür hinter sich. Sobald er nach draußen trat, vermischte sich die frische Morgenluft mit dem Geruch von puderiger Asche. Auch wenn er eigentlich wusste, was ihn vor der Tür erwartete, traf ihn der Anblick des abgebrannten Grundstücks mitten ins Herz. Er müsste eigentlich nachsehen, ob noch etwas von ihrer Ernte überlebt hatte, doch seine Beine fühlten sich so taub an, dass er keinen weiteren Schritt machen konnte. Nur das Haus, in dem sie schliefen, war wie durch ein Wunder nicht dem Feuer zum Opfer gefallen.

Tharek atmete tief durch und blinzelte die Tränen weg, die sich in seine Augenwinkel schlichen. Er wollte stark sein, schon alleine wegen Fynn. Doch bei dem Gedanken daran, wie ihr Vater hinaus ins Dunkel gelaufen war und ihnen verboten hatte, ihm zu folgen, wurde ihm beinahe übel vor Schmerz. Es sollte das letzte Mal gewesen sein, dass sie ihn sahen. Später hatten sie ihren Vater in der Hütte neben dem Feld gefunden, in der sie ihre Werkzeuge lagerten. Bei dem Versuch, ihr Hab und Gut zu retten, war er unter einem herabfallenden Balken eingeklemmt worden.

Tharek atmete zittrig ein und langsam wieder aus. Mit steifen Schritten ging er dorthin, wo diesen Sommer eigentlich Rüben hätten wachsen sollen. Er ließ sich vor einem der Felder auf die Knie fallen und begann, in der schwarzen, staubigen Erde zu wühlen. Immer tiefer gruben sich seine Finger hinein und suchten nach etwas, mit dem er weitermachen konnte, einem Neuanfang. Doch die winzige Knolle, die er aus dem Boden zog, war dunkel und verschrumpelt.

»Verdammte …!« Mit einem Schrei schleuderte er das tote Gemüse von sich und blieb verzweifelt auf dem Boden sitzen.

Er war nun verantwortlich. Verantwortlich dafür, dass er und sein Bruder etwas zu essen hatten und überlebten. Wie sollte das gehen, wenn ihre ganze Ernte verbrannt war? Tharek fuhr sich mit der Hand durch die dunklen Haare und hinterließ darin Spuren der Asche, die über seinem Leben lag.

Ein Vogel beobachtete ihn aus sicherer Entfernung und neigte interessiert den Kopf. Plötzlich sprang er auf und der Vogel ergriff eilig die Flucht.

Tharek kehrte nicht ins Haus zurück, um seinem Bruder zu sagen, dass er kurz fort sein würde. Er machte sich direkt auf den Weg ins Dorf.

Eine gute Stunde später hatte er bereits mehr Leute nach Arbeit gefragt, als er an einer Hand abzählen konnte. Er war neunzehn Jahre alt, jung und kräftig. Wieso zur Hölle war das so schwer? Wahrscheinlich fürchteten sich alle davor, während der nächsten langen Nacht eine weitere Person versorgen zu müssen.

»Ich kann niemanden brauchen.«

Zischend traf glühendes Eisen auf Wasser.

»Ich werde härter arbeiten als je ein Geselle zuvor.«

Tharek trat in den kleinen Raum, der vollends mit Dampf gefüllt war. Der Schmied hatte ihn noch nicht einmal richtig angesehen.

»Ich sagte, ich kann niemanden brauchen. Mach dich vom Acker und lass mich arbeiten«, knurrte sein breiter Schatten durch die Schwaden.

Fynn war mittlerweile bestimmt wach und fragte sich, wie sein Bruder ihn an so einem Tag alleinlassen konnte. Nichts auf der Welt würde verhindern, dass Tharek diese Schmiede mit Arbeit verließ.

»Es gab einen Brand auf …«

»Junge, jeder hier im Dorf weiß von dem Brand. Mein Beileid wegen eures Vaters.« Tharek sah, wie der Schmied ganz hinten im Raum das fertige Stück zum Abkühlen abstellte. Er schien seine Schmiede blind zu kennen, denn trotz der dunstigen Luft wusste er genau, wo er das heiße Eisen hinlegen musste.

»Aber das hat nichts mit mir zu tun, also verschwinde.«

Tharek schwieg und beobachtete den Meister ganz genau bei seiner Arbeit, um sich von der Wut abzulenken, die sich unaufhaltsam in ihm ansammelte und gegen seine Kehle drückte. Doch Zorn würde ihn nicht weiterbringen.

Der Schmied hatte bereits das nächste Stück aus dem Ofen gezogen und ins Wasser getaucht, als er bemerkte, dass sein Besuch noch nicht verschwunden war. »Bist du immer noch da?«, bellte er und wedelte mit der Hand durch die Luft, um bessere Sicht auf den jungen Mann zu bekommen, der in seinem Türrahmen stand. Darüber vergaß er sogar sein Eisen.

Unvermittelt drehte sich Tharek um und machte einen Schritt nach draußen. Er war bereits ein gutes Stück gegangen, da sagte er gerade so laut, dass der Schmied ihn hören konnte: »Ihr habt ein Ende des Eisens nicht richtig ins Wasser getaucht. Es glüht noch und verbiegt sich gerade in Eurer Zange«. Sein Herz hämmerte, als er einen Schritt nach dem anderen machte und der Schmiede den Rücken kehrte.

Das musste jetzt verdammt noch mal klappen!

»Junge!«

Ein hoffnungsvolles Lächeln breitete sich auf Thareks Gesicht aus und er hielt inne.

»Woher hast du das gewusst? Das hättest du durch den Dampf nicht sehen können.« Der Schmied stampfte aus seinem Haus hinaus, das schiefe Eisen an der Zange noch immer in der kräftigen Hand.

Tharek kleidete sich in eine gleichgültige Miene und versuchte, die Freude über seinen Triumph zu verbergen. »Ich konnte es eben sehen«, erwiderte er und zuckte mit den Schultern.

Der Schmied musterte Tharek ganz genau, als suchte er nach Anzeichen, die ihn als Lügner entlarvten. Doch Tharek hielt dem durchdringenden Blick stand. »Komm«, sagte der Meister schließlich und winkte ihn zu sich.

Am Abend stolperte Tharek erschöpft nach Hause. Aus seinen Armen war jegliche Kraft gewichen und er hatte Mühe, die Tür zu öffnen. Der schlaksige Fynn, der zu schnell für seinen Körper zu wachsen schien, saß am Küchentisch und wandte ihm nur widerwillig den Kopf zu, als er eintrat. Erst als ein kleines Säckchen Münzen auf den Tisch vor ihm fiel, hellte sich Fynns Miene auf.

»Woher hast du das?«, fragte er und ließ das Geld mit großen Augen durch seine Finger gleiten.

»Das wirst du morgen sehen. Wir arbeiten im Dorf.«

Ohne Kraft für weitere Erklärungen fiel Tharek in sein Bett. Irgendwann in der Nacht spürte er, wie sich sein Bruder, der dafür eigentlich viel zu alt war, an seinen Rücken schmiegte.

Kapitel 3

Cally

Cally schwang ein Bein über den Rücken ihrer Schimmelstute und ließ sich in den Sattel gleiten, während der Stallbursche die Zügel des Tieres hielt. Wie es schien, spürte das Pferd genauso wie sie die kitzelnden Finger der Sonne auf seinem Körper, denn es schnaubte zufrieden. Liebevoll strich Cally über den muskulösen Hals und widerstand dem Drang, das Gesicht in der Mähne zu vergraben. Aus dem Augenwinkel sah sie, wie der Stallbursche unter ihr betont unauffällig nach oben schielte und sie beobachtete. Mit einem freundlichen, aber bestimmten Wink schickte sie ihn davon und befreite sich von seinen neugierigen Blicken.

Dann richtete sie sich auf und legte die Beine eng an den Bauch der Stute. Vielleicht war heute ja wirklich der Tag, an dem sie endlich Glück haben würde. Vielleicht.

»Seid Ihr bereit, Eure Hoheit?«

Garra ritt neben sie und sah ihr fest in die Augen. Sicherlich wusste er um den Verlauf des Vormittags und somit auch um des Herzogs Stimmung. Doch als

Cally in das mittlerweile schon von Falten durchzogene Gesicht blickte, wurde ihr leichter ums Herz. Garra begleitete sie schon ihr Leben lang und sie vertraute ihm. »Ja, lasst uns aufbrechen.«

Zusammen mit vier weiteren Männern der Garde ritten sie durch das Burgtor. Die Sonne stand so grell am Himmel, dass Cally beinahe die Augen zusammenkneifen musste. Vielleicht hatte Marilee recht und die langen Sonnentage waren ein Zeichen Gottes. Cally reckte ihr Gesicht nach oben und atmete tief ein, während ihr Körper von den Bewegungen der Stute hin- und hergewiegt wurde.

»Wo werden wir suchen?« Die Frage riss Cally aus ihrer Entspannung.

Sie wusste nicht, wer sie gestellt hatte und ob der Sprecher, wie es sein Ton vermuten ließ, ihren Plan infrage stellte. Sie fing den Blick eines jungen Mannes mit aschfarbenem Haar auf, der sie von seinem Pferd aus ansah. Seine Augen blitzten selbstbewusst und sorgten dafür, dass Cally ihn genauer musterte. Sie hatte ihn vorher noch nie gesehen, da war sie sich sicher.

»Wir werden uns zuerst den Marktplatz vornehmen.« Sie wandte sich wieder ab und blickte nach vorne, nur um dann doch eine Erklärung hinzuzufügen: »Dort werden bereits ein paar Händler ihre Stände für den Markt aufgebaut haben. Vielleicht hören wir etwas Interessantes.«

Cally hatte ein genervtes Seufzen oder einen Einwand als Antwort erwartet, doch der neue Wachmann nickte nur stumm und ritt weiter. Sie hätte es ihm nicht einmal verübeln können. Die Chancen auf Erfolg standen genauso schlecht wie immer. Aber wenn er wirklich neu war, trug er vielleicht noch nicht so viel aufgestauten Frust mit sich herum wie sie.

Die Straßen wurden enger und die Pferde streiften sich beinahe gegenseitig, als sie sich durch die Gassen schlängelten. Fußgänger wichen ihnen aus und pressten sich an die Hauswände. Callys Blick irrte unruhig zwischen den vielen missmutigen Gesichtern umher. Bei jedem feindseligen Blick, den ihre Gruppe zugeworfen bekam, umklammerte sie die Zügel fester. »Die schauen ja heute besonders freundlich«, murmelte sie leise.

Garra, der direkt neben ihr ritt, raunte leise: »Diese Stimmung herrscht schon seit geraumer Zeit. Seit der letzten langen Nacht ist die Nahrung knapp.«

Erschrocken wandte sich Cally ihm zu. »Was meint Ihr damit?«

»Die Stadt braucht beinahe ein Drittel mehr Lebensmittel, als tatsächlich vorhanden sind, um für die nächste dunkle Phase gut gewappnet zu sein.« In Garras grauen Augen spiegelte sich Callys Sorge. »Die Leute in den ärmeren Vierteln wissen, dass sie die Ersten sind, die hungern müssen.«

Sie schluckte und ihr Blick huschte über das nächste verschlossene Gesicht. »Wie konnte das passieren?«

Garra kratzte sich am Kinn, während sein Pferd brav weitertrottete. »Ich befürchte, dass Euer Vater in letzter Zeit seine Pflichten etwas vernachlässigt hat.«

Ihr Vater brachte die ganze Stadt in Gefahr? Cally hätte etwas sagen sollen, doch ihre Lippen wollten sich nicht öffnen. Sie wusste, dass er mit seiner Gesundheit zu kämpfen hatte, aber wieso betraute er nicht sie mit den Aufgaben, die er selbst nicht mehr bewältigen konnte? Noch während sich die Frage in ihrem Kopf formte, kam sie selbst auf die Antwort: Weil sie in seinen Augen noch keine rechtmäßige Herrscherin war. Bevor sie nicht die Tradition um das Bluterbe vollzogen hatte, war sie für ihn noch nicht bereit, Verantwortung zu übernehmen.

Cally schloss für eine Sekunde die Augen und bekämpfte das aufsteigende Gefühl der Angst, dass ihrer Familie alles zu entgleiten drohte. Dann rang sie sich ein zuversichtliches Lächeln ab. »Ich werde mit ihm sprechen. Sicherlich kann uns ein anderes Herzogtum etwas leihen.«

Garra nickte, obwohl er genau wie sie wissen musste, dass dieser Plan aussichtslos war. Die anderen Reiche hatten ebenso mit den langen Nächten zu kämpfen.

Schweigend ritten sie weiter und kamen wenige Minuten später auf dem Marktplatz an. Die ersten Stände waren bereits aufgebaut und die Sonne ließ ihre Strahlen auf den bunten Farben der Tücher und bemalten Hölzer tanzen.

Cally bedeutete ihrem Gefolge, abzusteigen, und betraute eine der Wachen damit, sich um die Pferde zu kümmern, während sie selbst sich mit den vier anderen Männern vorsichtig einen Weg durch eifrig arbeitende Menschen bahnte, die Kisten, Körbe und vieles mehr durch die Gegend schleppten. Erkannte man sie als Prinzessin, wichen die Leute umgehend zur Seite aus und einige Wenige deuteten eine Verbeugung an. Doch die meisten Händler waren viel zu sehr damit beschäftigt, ihren Stand aufzubauen und ihre Waren zu präsentieren, als dass sie der Gruppe genug Beachtung geschenkt hätten.

Cally erinnerte sich an die Worte ihres Vaters und rief sich ins Gedächtnis, dass sie Informationen sammeln sollte. Doch bisher hatte sie es nicht über sich gebracht, jemanden anzusprechen. Die feindseligen oder zumindest misstrauischen Blicke hatten sie unsicher werden lassen. Die Menschen hatten Angst, hungern zu müssen, und Cally fragte sie danach, ob sie jemanden mit ungewöhnlich blauen Augen gesehen hatten? Was sollten sie von ihr denken?

Doch schließlich gab sie sich einen Ruck und erinnerte sich daran, dass sie die Zügel in der Hand haben würde, sobald ein Nachfahre gefunden war. Dann konnte sie dafür sorgen, dass niemand mehr Hunger leiden musste.

Sie löste sich von der Gruppe und bedeutete ihren Männern durch das Heben einer Hand, etwas zurückzubleiben. Dann sprach sie eine ältere Frau in bunten, wallenden Kleidern an, die an ihrem winzigen Stand fremd anmutende Ketten und Armbänder sortierte.

»Eure Ware sieht sehr exotisch aus. Woher kommt Ihr?«

Die Frau drehte sich um und ein freundliches

Lächeln zog ihr runzeliges Gesicht in die Breite. »Der Schmuck und ich kommen aus Alfarna. Ihr werdet es nicht kennen, es liegt am südlichen Rand der bewohnten Welt.« Sie hielt ihr eine der Ketten hin und Cally ließ sie bewundernd durch ihre Finger gleiten. Ohne die Wachen schien die Frau sie in ihrem schlichten Wams nur für eine interessierte Kundin zu halten.

»Dann seid Ihr sicherlich extra für den Markt in die Stadt gereist.«

Die Frau nickte und legte die Kette vorsichtig in eine Schatulle zurück.

»Sind Euch dabei irgendwelche Fremden besonders aufgefallen?«

Nun schaute sie verwundert drein und ihre Stimme wurde vorsichtiger. »Wie meint Ihr das, junge Dame?«

»Ich suche einen Verwandten, der seine Waren auch auf diesem Markt anbieten wollte. Ich weiß nicht viel von ihm, nur dass er besonders helle, blaue Augen hat. Sie würden jedem sofort auffallen, der sie sieht.« Cally biss sich auf die Lippe und hoffte, dass man ihr die Lüge nicht vom Gesicht ablesen konnte.

Aus dem Augenwinkel sah sie, wie die ersten Männer ihrer Wachgarde ungeduldig wurden und sich auf eigene Faust umsahen. Nur Garra und der Neue blieben wie vereinbart stehen. Sie spürte, wie sich sein stechender Blick halb verborgen unter aschblonden Haarsträhnen in ihren Rücken bohrte.

»Hellblaue Augen sagt Ihr? Nein, daran würde ich mich bestimmt erinnern.« Der Ausdruck der Verkäuferin wurde unruhig. Sie schien zu spüren, dass das

Gespräch nicht so belanglos war, wie Cally sie es glauben lassen wollte.

»Seid Ihr sicher?«, hakte Cally nach, doch die Frau hatte sich bereits zu ihren Kisten umgedreht und wollte sie sichtlich loswerden. Enttäuscht bedankte sich Cally, ohne eine Antwort zu erhalten, und ging zu ihren Männern zurück. Was hatte sie auch erwartet?

»Wo sind die anderen?«, fragte sie missmutig und sah sich auf dem vollen Platz um.

»Ich werde sie suchen gehen«, sagte Garra und bahnte sich einen Weg durch das bunte Treiben. Die Sonne stand mittlerweile im Zenit und strahlte so hell und warm, als ob sie sich für ihre lange Abwesenheit entschuldigen wollte. Cally schwitzte in ihrem Wams und zerrte unbehaglich an dessen Kragen, um sich etwas Luft zu verschaffen. Beinahe hätte sie vergessen, dass Garra sie mit der seltsamen neuen Wache allein gelassen hatte, als diese sie unsanft am Arm packte. »He, was …?«

»Dort drüben, Eure Hoheit!« Der Wachmann zeigte mit ausgestrecktem Finger auf eine Gruppe Menschen, die sich nur wenige Meter entfernt unterhielt.

Cally wich einen Schritt von ihm zurück und überlegte, ob sie ihn für dieses ungehobelte Verhalten bestrafen sollte. »Was ist da?«

»Blaue Augen, ganz sicher. Ich konnte sie von hier aus erkennen«, murmelte er und verengte seine eigenen zu Schlitzen, um besser sehen zu können.

Vor Aufregung krampfte sich Callys Herz zusammen. Konnte das sein? Hier auf dem Platz?

»Wartet hier«, sagte sie und lief eilig zu den jungen Leuten hinüber. Unterbewusst registrierte sie, dass diese auffällig exzentrisch gekleidet waren, doch sie dachte sich nichts dabei. Je näher sie der Gruppe kam, desto heftiger pochte ihr Herz. Die Wache hatte auf den Jungen mit dem braunen Haar gezeigt, der ihr gerade den Rücken zuwandte. Auf einmal war sie sich ganz sicher. Er war es, er musste es sein. Sie konnte es spüren. Adrenalin rauschte durch ihre Adern und beflügelte ihre Schritte. Sie erreichte den Fremden eine Sekunde später und griff nach seiner Schulter.

Die Erkenntnis, dass der Junge jedoch nicht annähernd der war, für den sie ihn gehalten hatte, kam nicht tröpfelnd, sondern traf Cally mit voller Wucht. Schlaff rutschte ihre Hand von seiner Schulter und sie errötete unter seinem verdutzten Blick. Er hatte nicht einmal blaue Augen, sondern nur geschminkte Lider – er war Schausteller.

»Entschuldigung«, murmelte sie und machte sich so schnell aus dem Staub, wie es der volle Marktplatz zuließ. Sie konnte nur beten, dass er sie nicht als Prinzessin erkannt hatte. Wie hatte sie sich so sicher sein können, dass er der Nachfahre war? Sie hatte sein Gesicht nicht mal gesehen!

Wütend über ihre eigene verzweifelte Dummheit kam sie wieder bei der neuen Wache an. »Das war ein verdammter Schausteller mit geschminkten Lidern!«, blaffte sie.

Sein Gesicht war verschlossen und zeigte nichts mehr von der vorherigen Aufregung. Natürlich hatte er ihre peinliche Aktion beobachten können. »Es tut mir leid, Eure Hoheit. Ich war wohl zu vorschnell.«

Sie musterte seine kerzengerade Haltung und das scharfkantige Gesicht. Ihn traf keine Schuld, schließlich sollten die Wachen jedem Hinweis nachgehen. Nur sie hatte es mit ihrem Eifer übertrieben. »Wie ist Euer Name?«, fragte sie nun etwas gefasster.

»Rin, Eure Hoheit. Ich bewundere Eure Familie seit meiner Kindheit und wollte schon immer in der Garde des Herzogs dienen.«

»Es ist nicht Eure Schuld, Rin. Von Weitem konnte man es nicht gut genug erkennen.« Cally schob sich müde eine braune Haarsträhne aus dem Gesicht, die sich rebellisch über ihre Wange gekräuselt hatte. Seine Bewunderung war ja beinahe niedlich, doch irgendwie passten solche demütigen Worte nicht zu ihm. »Da Ihr neu seid, schätze ich, dass Ihr es noch nicht wisst. Die Augen der Nachfahren sind von einem sehr hellen, klaren Blau. So hat es mir zumindest mein Vater erklärt. Nach grellen Farben, wie bei der Schminke dieses Jungen, müsst Ihr also keine Ausschau halten.«

Er nickte stumm und sein Blick nahm wieder die stechende Unnahbarkeit an, die Cally schon zuvor als so befremdlich empfunden hatte.

Schließlich kam Garra mit den übrigen Männern zurück und erlöste sie aus der unangenehmen Situation. »Keiner hat jemanden gesehen, der der Beschreibung nahekommt. Entweder wollen die Leute nicht mit uns reden oder es gibt wirklich keine Nachfahren, die sich zufällig zu einem Markt in die Hauptstadt aufmachen wollten.«

Cally täuschte keine Überraschung über die Nachricht vor und gab resigniert zurück: »Lasst uns zurückreiten. In der Stadt werden wir niemanden finden. Ich werde mit Vater sprechen und ihm einen Plan für Erkundungen im ganzen Land vorschlagen.« Das war ihre einzige Chance. Warum sollte sich das Kaninchen in den Fuchsbau wagen, wenn es sich überall sonst verstecken konnte?

Sie machten sich auf den Weg zurück zu ihren Pferden, als aus einer Seitengasse Lärm zu ihnen hinüber hallte. Wütende Männerstimmen schwirrten durch die Luft wie ein Schwarm angriffslustiger Insekten. Kurz war Cally geneigt, ihnen die Rauferei zu gönnen und das Geschehen einfach zu ignorieren, doch ihre Garde trug die auffälligen Farben der Stadtwache. Sie war für das Schlichten von Aufruhr verantwortlich und durfte keine Chance verstreichen lassen, den Leuten zu beweisen, dass sie sich um ihr Wohlergehen sorgte. Auch die anderen hatten den Krach gehört und blickten skeptisch in die Gasse der Schmiede, die genau neben ihnen lag.

»Wir sollten nachsehen«, grummelte Garra.

Gemeinsam gingen sie die schmale Straße entlang. Eine wütende Stimme vermischte sich mit den hallenden Schlägen von Metall auf Metall und langsam konnte Cally einordnen, aus welcher der vielen Schmieden der Streit kam. Sie und Garra traten zuerst ein und wurden von einer dichten Dampfwolke empfangen, die ihnen sogleich die Sicht vernebelte. Hektisch wedelte Cally mit der Hand vor ihrem Gesicht herum, um wenigstens einschätzen zu können, wo sich die Streithähne befanden, doch die dadurch entstehenden Luftverwirbelungen machten es beinahe noch schlimmer.

»Ich bin nur deshalb den ganzen Weg hierhergekommen! Wir brauchen das Geld!« brüllte eine männliche Stimme und kurz darauf polterte etwas Schweres zu Boden.

Garra wollte sie hinter sich schieben und selbst vorangehen, doch Cally ignorierte die Geste. Sie war die Anführerin ihres Trupps und sehr wohl in der Lage, das hier zu klären. Vorsichtig legte sie eine Hand auf den Knauf ihres Schwertes.

»Dann geh den ganzen Weg wieder zurück. Von mir bekommst du nichts«, antwortete eine zweite Stimme aus dem Dunst und es klang, als ob jemand auf den Boden spuckte.

Langsam lichtete sich der Dampf und ein vollgestopfter Raum breitete sich vor Cally aus. Die Stimmen kamen jedoch aus einer Kammer um die Ecke, die die Körper der Streitenden noch vor ihr verbarg. Vorsichtig lugte sie um die Ecke, als plötzlich …

»Stadtwache! Kommt heraus und erklärt den Lärm!« Rins Stimme schnitt scharf durch die dicke Luft und ließ das Gespräch augenblicklich verstummen.

War das sein Ernst? In ihren Gedanken verfluchte Cally diesen Trottel dafür, dass er sich derart aufspielte. Wie kam er darauf, einfach auf eigene Faust zu handeln?

Sie griff ihr Schwert fester, als eine kräftige Gestalt aus der Kammer stampfte. »Das trifft sich gut, nehmt diesen Taugenichts hier mit. Der macht nichts als Ärger«, sagte der Schmied und kam einen Schritt näher, sodass er direkt vor Cally stand. Er trug eine speckige Schürze und hatte von der Hitze in der Kammer gerötete Wangen mit geplatzten Äderchen darauf.

Cally versuchte, genügend Autorität in ihre Stimme zu legen, um auszugleichen, dass der Kerl fast doppelt so breit war wie sie und gar nicht gut gelaunt aussah. »Das werden wir sehen«, sagte sie nur, als hinter dem Schmied noch eine weitere Gestalt aus der Seitenkammer trat.

»Nichts dergleichen passiert hier, bevor ich habe, was mir zusteht. Er schuldet meinem Meister das Geld für drei Lieferungen Eisen!« Der junge Mann mit dem schwarzen Haar baute sich scheinbar furchtlos vor dem Schmied auf und zeigte anklagend auf dessen breite Brust. Auch er war gut gebaut, doch neben dem Riesen wirkte er beinahe zierlich. Trotzdem bebte sein Körper vor Zorn und er wich keinen Zentimeter zurück. »Ich gehe nicht, bevor er bezahlt. Wir lassen uns nicht von Hauptstädtern bescheißen!«

Er drehte sich zu ihr und den Wachen um und sah sie auffordernd an. Cally jedoch konnte ihm keine Reaktion bieten, denn ihr Herz vergaß für einen Moment zu schlagen und ließ sowohl ihren Kopf als auch ihren Körper in einer Schockstarre zurück.

Der junge Mann legte verärgert über ihre Untätigkeit

die Stirn in Falten, doch sie konnte sich nicht von seinem Gesicht losreißen, um etwas zu sagen.

Ein Gesicht, in dem wütende kristallblaue Augen funkelten.

Ihre Stute schüttelte protestierend den Kopf, als Cally sie erneut aus ihrem gewohnten Tritt brachte und bremste, um auf die anderen zu warten. Jede Sekunde, die verging, erschien ihr wie eine unnötige Herausforderung ihres Glückes und sie wollte auf keinen Fall irgendetwas riskieren. Doch mit dem Gefangenen kamen sie nicht annähernd so schnell voran wie vorher.

In einer Mischung aus Ekstase und Angst drehte sie sich nach hinten um. Garra und eine weitere Wache gingen nun zu Fuß und behielten den jungen Mann eng zwischen sich. Zu Beginn hatte er getobt wie ein Wilder, doch nun war seine Wut nur noch an den zusammengebissenen Zähnen erkennbar, die seine Kiefermuskeln grotesk hervortreten ließen. Er konnte nicht entkommen, nicht gefesselt und mit den Wachen neben sich.

Am liebsten hätte Cally ihn weiter beobachtet und seinen Anblick mit den jahrelang in ihrem Kopf herumspukenden Bildern in Einklang gebracht. Doch sein Blick verriet ihr, dass er sie ohne zu zögern mit den Augen erdolchen würde, wenn er die Möglichkeit dazu hätte. Sie riss sich von seinem Anblick los und sah wieder nach vorne – in ihre Zukunft als Herzogin. In der Ferne konnte sie das Burgtor näher kommen sehen und ihr Herz pochte schneller. Wie würde ihr Vater reagieren? Sie konnte kaum glauben, dass der lang ersehnte Moment gekommen war. Sie hatte ihn gefunden.

Endlich.

Cally widerstand dem Drang, sich erneut umzudrehen, nur um sicherzugehen, dass er immer noch da war. Er schien nicht viel älter zu sein als sie selbst. Garra hatte ihn in der Schmiede schließlich festgenommen, nachdem sie ihn viel zu lange nur mit offenem Mund angestarrt hatte. Seine Augen waren blau, aber nicht so, wie sie es sich immer vorgestellt hatte. Sie sahen nicht aus wie Kristalle, sondern eher wie helles Eiswasser im Winter. Und genauso kalt waren sie auch.

Cally hatte ihm nur eine einzige Frage gestellt, um sicherzugehen, dass er der Richtige war – die nach seiner Mutter. Er hatte sich geweigert, zu antworten, doch der harte Glanz in seinen Augen hatte mehr gesagt, als Worte es konnten. Wahrscheinlich hatte er sie nicht allzu lange gekannt – schließlich war er noch ein Kind gewesen, als sie dem Bluterbe ihres Vaters zum Opfer gefallen war –, aber auch Abwesenheit hinterließ Spuren. Er war es, ganz sicher.

Plötzlich stellte Cally sich vor, wie sie in seine Augen blicken würde, bevor sie ihn für ihr Bluterbe opferte. Bevor sein Tod sie zur Herzogin machte. Der Gedanke war ihr noch so fremd, dass sie ihn für den

Moment von sich schieben musste, um nicht komplett in Nervosität zu verfallen.

Als sie endlich den äußeren Ring der Burg erreichten, platzte ihre Brust fast vor Stolz und freudiger Erwartung. Die Wachen vor dem Tor machten große Augen, als sie den Gefangenen sahen.

»Lasst meinen Vater rufen, wir haben ihn!«, rief Cally ihnen entgegen und trabte als Erste durch das Tor. Die Menschen im äußeren Ring gingen gemächlich ihrer Arbeit in der Abendsonne nach und bemerkten sie kaum. Am liebsten hätte sie ihnen zugerufen, dass gerade etwas Besonderes geschah. Etwas, das ihre Leben verändern würde. Doch sie presste mit einem Lächeln die Lippen aufeinander und sparte sich den Jubel für ihren Vater auf.

Als sie schließlich im Burghof ankam, hatte sich bereits eine kleine Traube an Menschen gebildet. Ohne anzuhalten sprang Cally von ihrem Pferd und übergab die Stute dem Stallknecht. Der Trupp in ihrem Rücken war etwas zurückgefallen.

Mit wehendem Umhang kam ihr Vater aus dem Hauptgebäude geflogen wie eine Krähe. »Sag mir, dass es wahr ist!«, rief er und stürmte auf Cally zu, die ihrerseits zu ihm lief.

»Ja, wir haben ihn!«

Kurz machte es den Anschein, als ob er sie in die Arme schließen wollte. Doch dann sah der Herzog, wie Garra mit dem jungen Mann durchs Tor trat. Sein gerade noch so stolzer Blick glitt an Cally vorbei, als ob sie Luft wäre, und krallte sich an ihrem Gefangenen fest. Wie in Trance durchquerte er den Hof und blieb dicht vor den beiden stehen. Seine Hände streckte er verkrampft in Richtung des Gefangenen aus und sein dünner Körper schien zu beben. Der schwarze Umhang wehte vom Wind getragen hinter seinem Rücken.

»Endlich«, murmelte er zunächst so leise, dass Cally das Wort aus der Entfernung nur erahnen konnte. Dann: »Endlich!« Sein Schrei erfüllte den Innenhof. Der Herzog breitete die Arme wie Schwingen aus und drehte sich taumelnd im Kreis. Von den umstehenden Wachen und Bewohnern erklang zunächst verhaltener Jubel, der dann immer weiter anschwoll.

Cally beobachtete die Szene immer noch mit einem Lächeln auf den Lippen. Nichtsdestotrotz überkam sie ein komisches Gefühl, als sie ihrem Vater über den Hof folgte und sich schließlich neben ihn stellte. Wie er sich dort im Kreis drehte …

Plötzlich wurde ihr Blick von den tiefen Gletscheraugen des jungen Mannes angezogen, der immer noch von Garra festgehalten wurde. Für einen kurzen Moment tauchte sie in die Angst ein, die sich nun anstelle von Zorn in ihnen spiegelte. Um sie herum wurde der Jubel immer lauter und jemand klopfte ihr zu fest von hinten auf den Rücken. Doch sie konnte sich nicht losreißen und versank immer tiefer in dem hellen Blau. Der eigene Puls rauschte ihr in den Ohren.

Als der Herzog den Kopf in den Nacken legte und brüllend zu lachen begann, strich ihr ein unangenehmes Kribbeln über den Nacken und ließ sie schaudern.

Kapitel 4

Tharek

»Wo bringst du mich hin?« Kräftige Hände in seinem Rücken zwangen Tharek dazu, weiter in die Dunkelheit zu stolpern. »Ihr habt den Falschen! Ich bin nur in der Stadt gewesen, weil mein Meister mich geschickt hat.«

Sein Körper war erschöpft von der langen Reise und brauchte dringend Schlaf. Er sollte mit Rollos Geld in der Tasche und einem vollen Bauch in einer Taverne sitzen und nicht behandelt werden wie ein Verbrecher. Diese verdammten Drecksschweine hatten ihn ohne Erklärung einfach so eingesackt!

Wie aus dem Nichts tauchte eine Treppenstufe im Halbdunkel vor Tharek auf und er verlor beinahe das Gleichgewicht.

»Pass auf, wo du hintrittst, da kommen gleich noch mehr Stufen«, grummelte der ältere Mann in seinem Rücken, der ihm in der Schmiede die Fesseln angelegt hatte.

»Ich will mit dem Herzog sprechen.«

Für eine Sekunde brach der Druck auf seinen Rücken ab und Tharek kam schwankend zum Stehen.

»Ich glaube nicht, dass du das willst.« Die Stimme des Mannes knarrte wie eine alte Holztür im Wind und er schob ihn weiter nach unten.

Tharek ahnte, dass er Glück hatte, dass gerade diese Wache ihn durch die Gegend schleifte. Der Mann wirkte wenigstens annähernd vernünftig und vielleicht konnte er ihn doch noch von seiner Unschuld überzeugen. Dem Blonden mit dem hochnäsigen Blick dagegen, hätte er gerne mal kräftig eine verpasst.

Er ließ die Worte der Wache auf sich wirken, während er betont widerstandslos die Treppen hinunterstieg. Unwillkürlich traten die nur wenige Minuten alten Bilder wieder vor sein inneres Auge. Der Herzog hatte sich gebärdet wie ein Irrer. Was hatte das zu bedeuten? Was wollten sie von ihm? Diese Frage hatte Tharek ihnen schon in der Schmiede gestellt, jedoch keine Antwort erhalten.

Mittlerweile hatte er wieder geraden Boden unter den Füßen und die Luft war noch dicker als vorher. Plötzlich hörte er hinter sich das Klappern von Schlüsseln. Tharek sog scharf die Luft ein. Das konnte eigentlich nur eins bedeuten: Sie wollten ihn hier unten einsperren.

Das durfte er nicht zulassen!

»Hör zu, ich muss wirklich zurück, sonst …!« Mit Schwung wurde er nach vorne geschubst und stolperte in eine schummrige Zelle.

Verdammt noch mal, das konnte doch nicht wahr sein! Ihm blieben nur wenige Sekunden, um abzuschätzen, ob er den Wachmann alleine und an den

Händen gefesselt überwältigen konnte. Noch bevor die Zellentür ganz hinter ihm geschlossen wurde, entschied er, dass es einen Versuch wert war. Tharek duckte sich unter der Reichweite der fremden Hände hindurch und trat so fest er konnte gegen die ungeschützten Schienbeine der Wache. Fluchend stolperte diese einen Schritt zurück und strauchelte kurz.

Jetzt oder nie!

Tharek versuchte, unter dem Arm der Wache hindurch zu tauchen, wurde jedoch durch seine Fesseln aus dem Gleichgewicht gebracht. Er angelte verzweifelt wieder nach einem festen Stand, doch es kostete ihn eine Sekunde zu viel. Blitzschnell griff eine kräftige Hand nach seinem Arm und riss ihn zurück. Gerade als er realisierte, dass damit sein Fluchtversuch gescheitert war, traf ihn eine Faust in die Magengrube. Sein ganzer Körper krümmte sich vor Schmerz und Tharek stieß ein überraschtes Keuchen aus. Dieses Mal konnte er sich nicht wehren, als er unsanft zurück in die Zelle befördert wurde.

Die Schlüssel drehten sich mit einem endgültigen Klicken in dem großen Schloss um und seine Chance war vertan. Einen Arm schützend vor seinen Bauch haltend stand Tharek gebeugt im Dämmerlicht. Die Wache entfernte sich langsam und stieg gemächlich die Treppen hinauf.

»Versuch das nicht noch einmal, Junge«, waren die letzten Worte, die er hörte.

Kapitel 5

CALLY

Glänzend floss das frisch gebürstete Haar durch Callys Finger. Sie saß vor dem großen Spiegel in ihrem Zimmer und fuhr sich immer wieder mit der Hand durch die normalerweise eher gekräuselten braunen Strähnen, die ihr nun beinahe glatt über die Schultern fielen. Die Bewegung hatte etwas Beruhigendes und ihr Körper wiederholte den Rhythmus mechanisch wieder und wieder.

Plötzlich klopfte es an der Tür.

»Herein«, rief Cally und drehte sich auf ihrem Sitzhocker herum.

Ihre Mutter schlüpfte durch die halb geöffnete Zimmertür und schloss sie dann vorsichtig hinter sich. »Mein Kind, wie geht es dir?«

Cally wandte sich wieder dem Spiegel zu. »Wunderbar natürlich. Wir haben es endlich geschafft.« Sogar in ihren Ohren klangen die Worte hölzern.

Im Spiegel sah sie, wie sich ihre perfekt frisierte und zurechtgemachte Mutter vorsichtig auf dem Bett niederließ und graziös die Beine übereinanderschlug. Cally würde niemals an ihre Eleganz heranreichen.

Egal, wie sehr sie sich anstrengte.

»Ich habe schon seit einer Weile gespürt, dass es bald so weit sein würde. Gott hat uns die langen Tage als Zeichen geschickt.« Die Herzogin zupfte mit spitzen Fingern die Decken zurecht, die Marilee sorgfältig wie immer auf dem Bett drapiert hatte.

Cally drehte sich um und ließ endlich von ihren Haaren ab. Sie hatte eigentlich etwas ganz anderes sagen wollen, doch unvermittelt fragte sie: »Warst du damals dabei, Mutter?«

Die Herzogin blickte ihr gelassen in die Augen und schien kein bisschen überrascht von dieser Frage. »Ja, natürlich, Callora. Ich war deinem Vater schon versprochen, als er sein Bluterbe angetreten hat.« Die ruhig in ihrem Schoß gefalteten Hände bildeten einen Kontrast zu Callys fahrigen Fingern, die sich nun, von den Haaren gelöst, unaufhörlich gegenseitig kneteten.

»War er ... war er nervös?«, brachte sie mühsam hervor.

»Ich bin mir sicher, dass er das war. Aber er hat seine Aufgabe souverän gemeistert. Genauso, wie du es tun wirst.«

Cally nickte angespannt und sah aus dem Fenster. Draußen entfaltete sich der Sonnentag in all seiner Pracht und das Licht warf verspielte Schatten auf den Boden ihres Zimmers.

Unvermittelt stand ihre Mutter auf und kam zu ihr herüber. Überrascht blickte Cally nach oben, als sich die große, schlanke Frau über sie beugte und ihren Körper sanft wieder Richtung Spiegel drehte. »Mach dir keine Sorgen, mein Kind. Du wurdest jahrelang auf diesen Moment vorbereitet. Er wird auf dem Boden knien und gefesselt sein, es kann gar nichts schiefgehen.«

Cally unterdrückte ein Schaudern und ließ zu, dass die Herzogin ihre Haare zu Zöpfen flocht. So viel körperliche Nähe zwischen ihnen kam nur sehr selten vor und sie verspürte das Bedürfnis, an die frische Luft zu gehen und tief durchzuatmen. Auf einmal kam ihr der Raum trotz des geöffneten Fensters unglaublich stickig vor. Obwohl ihre Mutter sie sicherlich nur beruhigen wollte, war ihr diese unerwartete Aufmerksamkeit beinahe zu viel.

Nachdenklich drehte die Herzogin eine Haarsträhne zwischen ihren schlanken Fingern. Sie schien Callys Unwohlsein nicht zu bemerken. »Außerdem hast du immer noch Zeit zu üben, falls du sie brauchen solltest. Es wird nichts geschehen, bevor nicht alle Vasallen deines Vaters angereist sind, um als Zeugen zu dienen.«

Überrascht drehte sich Cally um und entriss ihrer Mutter dabei die Strähne. »Alle Vasallen? Das kann ja Wochen dauern.«

»Aber es muss sein. So war es damals auch.«

Erleichterung legte sich wie eine Decke auf ihre kreisenden Gedanken und brachte sie ein wenig zur Ruhe. Sie hätte nicht erleichtert sein sollen, denn das zögerte ihre Krönung hinaus, doch sie war es. Es würde ihr Zeit geben, sich wirklich auf den Titel der Herzogin vorzubereiten. Und auf das Bluterbe. Zum ersten Mal in ihrem Leben hatte Cally das Gefühl, dass all das Gerede, all ihre Vorstellungen tatsächlich eintreten würden. Vorher waren sie nichts als Wunschdenken gewesen, eine ferne Wirklichkeit.

Vorsichtig steckte die Herzogin die entstandenen Zöpfe zu einem Knoten zusammen und trat anschließend einen Schritt zurück. Zufrieden blickte sie auf ihr Werk und schenkte Cally ein kurzes Lächeln. »Lass uns hinuntergehen. Dein Vater wird schon auf dich warten.«

Cally erhob sich von ihrem Hocker und folgte ihrer Mutter aus dem Zimmer. Sicherlich würde sie das Abendessen genießen können, wenn sie sich nur zu ihrem Erfolg beglückwünschen lassen musste und das Sprechen ihrem Vater überlassen konnte. Denn Cally war kaum in der Lage, ihre sich wild aufbäumenden Gefühle für sich selbst zu definieren – geschweige denn, sie anderen zu beschreiben. Es fühlte sich nicht wie der erwartete Höhenflug an. Vielmehr hob die Fülle an Eindrücken sie wie ein Wirbelsturm in die Luft. Der Flug war viel zu schnell, viel zu hoch und immer wieder überkam sie die panische Angst, dass sie fallen könnte.

»Körperliche Ertüchtigung raubt dem Hirn den Sauerstoff zum Grübeln.« Diese Weisheit hatte Cally einmal bei ihrem Vater aufgeschnappt und den Rat beinahe den ganzen Tag lang geflissentlich befolgt.

Sie rutschte unruhig auf ihrem Stuhl herum. Es war ihr kaum möglich, eine Position zu finden, in der sie ohne Schmerzen sitzen konnte. Sie hatte den ganzen Tag auf dem Trainingsplatz verbracht und sich ordentlich verausgabt. Jeder Muskel in ihrem Körper brannte, doch das Training hatte ihr gutgetan und sie für eine Weile ihre Gedanken vergessen lassen.

Nun befand sie sich mit ihren Eltern im Speisesaal und versuchte die Wachen, die wie gut gekleidete Statuen an den Wänden des Speisesaals aufgereiht waren, zu ignorieren. Doch Rin schien sie heimlich zu beobachten.

»Vater, was macht der schon wieder hier?«, flüsterte Cally unauffällig und deutete mit dem Kopf auf die neue Wache. In solch privaten Situationen waren normalerweise nur Männer anwesend, die die Familie schon lange kannte.

Der Herzog zog einen Mundwinkel noch oben und entblößte beim Lächeln einen spitzen Eckzahn. »Weil es mich amüsiert, wie er dich anhimmelt.«

Cally verschluckte sich beinahe an ihrem Essen. »Das meinst du nicht ernst, oder? Du ermutigst ihn doch wohl nicht?« Sie bemühte sich, Rin bloß nicht anzusehen, doch sie konnte seinen unangenehmen Blick schon wieder auf sich spüren.

»Natürlich nicht, was denkst du denn? Er ist eine Wache und wird niemals in unseren Kreisen heiraten.« Er schob sich einen großen Bissen in den Mund.

Bei dem Gedanken an eine Heirat mit Rin hätte Cally am liebsten ihren Teller von sich geschoben und wäre aufgestanden, doch in Anbetracht ihres Hungers tat sie es nicht. Sie konnte nur hoffen, dass er selbst die Lage als genauso hoffnungslos einschätzte wie ihr Vater, aber sie bezweifelte es.

Kurz herrschte Stille am Tisch, in der ihre Mutter missbilligend Callys Kampfgewand musterte. »Du hättest dir wenigstens etwas anderes anziehen können.« Sie sezierte das Stück Fleisch auf ihrem Teller, als ob sie jede Faser einzeln untersuchen wollte.

»Außer uns ist niemand hier. Ich dachte, das wäre in Ordnung.«

Cally bekam zwei tadelnde Blicke zugeworfen und senkte schnell den Kopf, um sich ebenfalls mit ihrem Essen zu beschäftigen. Sie war froh über alles, was sie vom Nachdenken abhielt.

Ihr Vater hob sein Messer in die Luft und wedelte damit herum. Soße spritzte von der Klinge und Cally bildete sich ein, dass der Diener mit dem Weinkrug in seinem Rücken das Gesicht verzog.

»Bald wird die Burg voll mit meinen Vasallen sein, dann kannst du dich so nicht zeigen! Deine Mutter hat recht.« Er schob sich den nächsten Bissen in den Mund und kaute, während er fortfuhr: »Außerdem hat dich Ganzog jetzt schon im Visier.«

Cally nickte und seufzte innerlich. Wenn es ein Kleid brauchte, um ihre Untertanen von sich zu überzeugen, dann sollte es so sein. Vielleicht würde sie sich sogar bald wie ihre Mutter schminken lassen müssen, wenn sie weiterhin so schlecht schlief und so furchtbar müde aussah.

Am gestrigen Abend war zur Feier des Tages noch eine beträchtliche Menge Met geflossen und der süße Nebel in ihrem Kopf hatte Cally erschöpft ins Bett fallen lassen. Doch die Unruhe hatte anschließend immer wieder nach ihr gegriffen und sie mit ihren dunklen Fingern boshaft aufschrecken lassen, wenn sie mehr als eine Stunde am Stück geschlafen hatte.

»Wie lange wird es dauern?«

Der Herzog sprach immer noch mit vollem Mund. »Ich schätze zwei bis drei Wochen, bis die Letzten aus Pajon eintreffen – die haben den weitesten Weg. Kommt drauf an, ob wir von einer langen Nacht verschont bleiben. Dann können sie schneller reisen. In jedem Fall wirst du deine Ungeduld noch etwas zügeln müssen.«

Cally spürte, wie die glasierte Rübe, die sie gerade heruntergeschluckt hatte, schwer wie ein Stein von ihrer Speiseröhre in den Magen wanderte. Wie konnte die Vorfreude, die sie die letzten Jahre begleitet hatte, mit einem Mal verschwinden und diesem flauen Gefühl weichen?

Ihren Vater schien ihre Schweigsamkeit nicht zu stören oder vielleicht bemerkte er sie auch gar nicht. »Ich kann es kaum erwarten, ihn vor dir im Schmutz knien zu sehen. Die Tradition will ihn für unsere Rache leiden sehen und wir werden dafür sorgen!«

Cally sah, wie ihre Mutter ihm einen merkwürdigen Blick zuwarf und dann wieder auf ihren Teller starrte, den sie kaum angerührt hatte. Selbst wenn sie seine Meinung nicht teilte, würde sie nie etwas sagen – sie wusste, wo ihr Platz in der Rangfolge war. Cally hingegen hatte Mühe, ihre immer stärker werdende Übelkeit zu verbergen. Die nächsten Worte sprangen aus ihrem Mund, ohne dass sich ihr Kopf vorher mit ihnen auseinandergesetzt hatte. »Behandle ihn nicht allzu schlecht, bis es so weit ist.«

Oh, oh. Warum hatte sie das gerade gesagt? Ihr Vater war die letzte Person, die ein weiches Herz gutheißen würde.

Der Blick des Herzogs wurde eisig. »Muss ich dir noch mal in Erinnerung rufen, wie deine Urgroßmutter gestorben ist?«

Cally schüttelte den Kopf, doch noch während sie das tat, wurde ihr klar, dass er die Geschichte sowieso erneut erzählen würde. Egal, wie oft sie sie schon gehört hatte.

»Sie ist jämmerlich verdurstet und verhungert, Callora. Sie haben sie einfach verrecken lassen. Während unsere Familie noch im Westen gegen die letzten Truppen dieser Schweine gekämpft hat, ist ihnen klar geworden, dass sie verlieren werden. Also haben sie die Festung, mit ihr als Geisel darin …«

»… aufgegeben und Großmutter einfach zurückgelassen, ich weiß.« Am liebsten hätte sie sich die Ohren zugehalten.

»Sie ist in einer Zelle verrottet!« Jetzt brüllte er fast. »Als mein Großvater erfahren hat, dass sie noch dort war, war sie schon mehrere Tage tot.«

»Ich weiß.« Cally bereute es zutiefst, überhaupt etwas gesagt zu haben. Während die schlimme

Geschichte bei ihr dafür sorgte, dass sie die Vergangenheit am liebsten vergessen würde, verstrickte sich ihr Vater immer so sehr darin, dass es kaum möglich war, normal mit ihm zu sprechen.

»Dann bitte mich jetzt noch einmal darum, einen Nachkommen dieser Familie gut zu behandeln.« Der Herzog bleckte die Zähne. »Er hat nichts Besseres verdient als seine Vorfahren!«

Cally vermied es, ihre Eltern anzusehen, und ihre Stimme war kaum mehr als ein Flüstern. »Ich bitte dich nur darum, Verhältnismäßigkeit walten zu lassen. Ich brauche ihn noch.« Sie schluckte. »Lebend.«

Kurz funkelte ihr Vater sie böse an und sie fürchtete bereits einen weiteren Ausbruch, doch dann sagte er in einem so nüchternen Ton, dass es schon wieder unheimlich war: »Verhungern lassen kann ich ihn sowieso nicht, sonst geht der Spaß bei deiner Zeremonie wirklich verloren.«

Cally schauderte und versuchte, sich vorzustellen, dass sie über jemanden sprachen, den sie noch nie zuvor gesehen hatte, um sich zu beruhigen. Über den gesichtslosen Nachfahren ihrer Feinde, der sie jahrelang begleitet hatte, und nicht über den jungen Mann mit den blauen Augen, der durch sein Auftauchen viel zu real geworden war.

Sie betete, dass er in ihren Träumen diese Nacht kein Gesicht haben würde.

Kapitel 6

Tharek

Träge kämpfte sich Thareks Bewusstsein durch den dichten Nebel, der bleischwer auf seinen Sinnen zu liegen schien. Er wollte seine Hände bewegen, doch wie sehr er sich auch bemühte, es gelang ihm einfach nicht. Vorsichtig fühlte er in die Dunkelheit und plötzlich überkam ihn ein furchtbarer Gedanke. Was, wenn er unter der Erde lag und sich deshalb nicht regen konnte? Fest drückte die Enge auf seine Lunge und er rang nach Atem.

Begraben.

Zusammen mit seinem Vater nach dem Brand auf dem Hof.

So musste es sein.

Das Gefühl, zu ersticken, ergriff Tharek und er schnappte hektisch nach Luft. Was sollte nur aus Fynn werden, wenn sie beide nicht mehr da waren? Erneut schickte er stumme Signale an seine Hände, damit sie ihn aus diesem Erdloch herausgruben, doch sie klebten nutzlos aneinander und regten sich keinen Zentimeter. Das konnte doch nicht sein! Er war lebendig begraben. Wie verrückt zerrte Tharek an seinen

Armen, doch statt ihn freizugeben, schnitten in die Erde eingeschlossene Steine hart in seine Handgelenke ein.

Wie ein Ertrinkender, der nach Sauerstoff giert, erwachte er mit einem Keuchen aus seinem Traum. Schweiß überzog seinen Körper gleich einer zweiten Haut und die feuchte Kellerluft ließ ihn zittern. Wo die Fesseln ihm in die Handgelenke geschnitten hatten, war die Haut wund und schmerzte. Erschöpft lehnte Tharek den Kopf an die kalte Wand in seinem Rücken und atmete tief durch. Es war nur ein Traum gewesen. Er lebte.

Mühsam verscheuchte er die letzten Reste der Verwirrung aus seinem Kopf und richtete sich ein wenig auf. Auf keinen Fall durfte er wieder einschlafen. Diese Bilder würde er nicht noch einmal ertragen.

Plötzlich horchte er auf. War da nicht ein Rascheln gewesen? Unwillkürlich beschenkte ihn sein Kopf mit den Bildern von Ratten, die sich nachts hier in den Kellern herumtrieben und Dinge anknabberten. Er zog die Beine enger an den Körper und schauderte. Wie zum Teufel hatte er hier landen können? Noch eine Nacht würde er nicht in dieser Zelle verbringen, und wenn er sich morgen den ganzen Tag die Seele aus dem Leib schrie, um mit dem Herzog zu sprechen.

Da war es wieder! Etwas schien federgleich über den Boden zu gleiten. Und das ganz in seiner Nähe.

»Wer ist da?«, fragte er ins Dunkel und rutschte weiter von den Gitterstäben weg.

Stille.

Kurz entspannte er sich und löste die verkrampften Hände, da kehrte das Geräusch zurück. Und schien dieses Mal noch näher.

»Mann, verarscht mich nicht. Ich weiß doch, dass da jemand ist.« Seine Stimme war etwas panischer, als ihm lieb gewesen wäre. Verdammte Scheiße, er saß gefesselt in einem unheimlichen Keller und neben ihm schlich jemand im Dunkeln herum! Auf einmal war er beinahe froh über die Gitterstäbe, die ihn von dem trennten, wer auch immer da draußen war.

»Du bist gar nicht unter Adeligen aufgewachsen. Zumindest sprichst du nicht so.« Die Stimme der jungen Frau, die ihn festgenommen hatte, durchschnitt die Stille wie ein geschliffenes Messer. Thareks Puls lief sofort auf Hochtouren und am liebsten wäre er aufgesprungen.

Warum zum Teufel sollte er beim Adel aufgewachsen sein? »Was soll das? Wieso tauchst du hier mitten in der Nacht auf und redest so einen Blödsinn?«

Er hörte wieder Geräusche und es klang, als ob sie sich irgendwo in der Nähe des Treppenaufgangs auf den Boden gesetzt hatte. »Ich konnte nicht schlafen.«

Na wunderbar, das feine Prinzesschen hatte etwas an ihrem Federbett auszusetzen und kam deshalb in den Kerker, um ihn zu erschrecken. Sein Vater hatte recht gehabt. Von der Stadt und ihrem Gesindel sollte man sich besser fernhalten. Wäre er doch bloß seinem Rat gefolgt.

Obwohl es dunkel war, wusste er genau, wie sie aussah. Er hatte sich ihre Gestalt verdammt gut einprägen können, seit sie und ihre Männer ihn eingesackt hatten. »Wenn du nicht vorhast mich rauszulassen, kann ich gerne auf deine Gesellschaft verzichten«, knurrte er ins Dunkel und presste den Rücken fest an die Wand hinter sich. Spitze Kanten der unebenen Steine bohrten sich in sein dünnes Wams und die darunterliegende Haut.

»Du wirst hier nicht wieder rauskommen.«

Eisige Finger umklammerten sein Herz. Was hatte sie gerade gesagt? »Wie meinst du das?«, stieß er hervor und nun saß er doch in der Hocke da, das Gesicht ganz nah an den Gitterstäben.

»So, wie ich es sage. Du wirst diese Burg nicht mehr verlassen und ich glaube, das weißt du auch.« Ihre Stimme klang beinahe traurig.

Nicht mehr verlassen. Ihre Worte wiederholten sich wieder und wieder in seinem ansonsten leergefegten Kopf. »Ich hatte noch keine Anhörung oder so einen Mist. Ich konnte noch gar nicht beweisen, dass ich unschuldig bin«, stammelte er mehr an sich selbst gerichtete als an sie. »So funktioniert das doch in großen Städten, oder nicht? Gerechtigkeit und so was.« Sie konnte nicht sicher wissen, dass man ihn verurteilen würde. Das konnte sie nicht.

Verzweifelt wartete er auf ihre Antwort und gleichzeitig wollte er sie nicht hören. Er musste mit dem Herzog sprechen, egal wie irre er war, und mit sonst niemandem. Sie schwieg tatsächlich und er hörte nur den stillen Rhythmus ihres Atems.

Das konnte sie doch jetzt nicht einfach so stehen lassen! »Jetzt sag schon, was meinst du damit?«

Stille.

Langsam wich seine Furcht einem Zorn, der sich heiß in seinen Eingeweiden ausbreitete. Dann hörte er, wie sie tief einatmete und Stoff über Stein strich. Sie stand auf. Sie wollte gehen und ihn einfach so mit dieser Aussage hier zurücklassen. »Wehe, du verschwindest jetzt einfach! Sag mir, was du damit meinst!«, brüllte er ins Dunkel und umklammerte die Gitterstäbe von innen. »Sag dem Herzog, dass mein Name Tharek ist und dass ich verdammt noch mal mit ihm sprechen möchte!« Als Antwort bekam er nur den Widerhall seiner Stimme und ihre leisen Schritte, die sich langsam entfernten.

»Ich habe einen Bruder! Ich muss zu ihm zurück!«, rief er verzweifelt. Sein Kopf war schon ganz heiß vom Schreien. Sie konnte doch jetzt nicht einfach gehen!

Kurz war es still und er dachte, sie hätte innegehalten, doch dann erklangen erneut Schritte und wurden immer leiser, bis er wieder allein mit seinen Gedanken in der Zelle war.

Kapitel 7

CALLY

»Du solltest jetzt wirklich gehen und dir etwas anderes anziehen.« Marilee warf Cally einen vorwurfsvollen Blick zu und fädelte geschickt blaues Garn durch die winzige Öse einer Nadel.

Mit gesenktem Kopf ignorierte Cally die Aufforderung ihrer Freundin. Das Stück Stoff in ihrem Schoß verrutschte immer wieder und sie hatte Mühe, sich nicht die Finger blutig zu stechen. »Ich gehe schon früh genug. Was muss ich denn noch großartig tun? Mich hinstellen und mir ein Kleid über den Kopf werfen lassen.« Außerdem war ihr das Nähen als Ablenkung gerade recht.

Kurz gingen sie beide schweigend ihren Arbeiten nach und lauschten den aufgeregten Stimmen, die draußen vor der Tür Befehle riefen. Sie hatten sich in eine kleine Kammer direkt neben der Küche zurückgezogen, in der sie weitestgehend ungestört waren. Die Änderungen in letzter Minute an der Passform der Kleider waren nötig, weil der Herzog zur Feier des Anlasses bereits heute Abend ein riesiges Fest für die Öffentlichkeit im großen Saal feiern ließ, ohne dass auch nur annähernd alle Vasallen angereist waren. Dafür würde es die Feier des Jahres für die wohlhabenderen Bürger der Stadt werden.

»Aua, Mist!« Cally hielt sich ihren Zeigefinger an den Mund und versuchte, das hervorquellende Blut davon abzuhalten, auf den teuren Stoff zu tropfen.

Marilee lachte und warf ihrer Freundin einen schelmischen Blick zu. »Ich habe mich schon gewundert, wieso es heute so lange dauert.«

»Lach du nur, das nächste Mal helfe ich dir einfach nicht«, maulte Cally und legte frustriert das Nähstück beiseite.

Mit einem Schmunzeln betrachtete ihre Zofe das wellig genähte Häufchen Stoff in Callys Schoß.

»Ist ja gut, ich versteh schon«, brummte Cally gespielt betroffen, als sie Marilees Blick bemerkte. »Wenn du noch länger darauf starrst, wird es aus lauter Boshaftigkeit noch schiefer.« Seufzend stand sie auf und lockerte mit kreisenden Bewegungen ihre verkrampften Schultern. Auch Marilee legte sorgfältig Nadel und Faden beiseite und strich beinahe liebevoll das himmelblaue Gewand glatt, dessen Taille sie enger genäht hatte. Wenn Cally nicht alles täuschte, war es das Kleid, das ihre Mutter heute Abend tragen würde. Blau – was für eine passende Farbwahl.

»Wovor drückst du dich? Es ist deine Feier. Bald hast du es geschafft.« Marilees Tonfall war so warm und fürsorglich, dass sich ein Kloß in Callys Hals formte.

Ich habe einen Bruder, zu dem ich zurück muss.

Sie kämpfte sich ein Lächeln auf die Lippen und schüttelte sachte den Kopf. »Alles ist gut, mach dir keine Sorgen. Ich hab nur nie …« Sie faltete den Stoff dreimal zusammen und legte ihn auf ihren Sitzhocker. »Ich hab nur nie darüber nachgedacht, dass auch sie ganz normale Menschen sind. Außerdem glaube ich, dass er nicht mal von seiner Abstammung weiß.«

Tharek, so hieß er.

Marilee legte behutsam das elegante Kleid über einen Arm und ging auf die Tür zu. »Du kennst diesen Jungen gar nicht. Vielleicht fließt in ihm das gleiche böse Blut wie in seinen Vorfahren und er ist gar nicht so unschuldig, wie es scheint. Er könnte dir jede Lüge erzählen, die ihm gerade passt.« Kaum hatte sie die Tür geöffnet, stiegen Cally die aromatischen Düfte des Festmahls in die Nase, das nebenan zubereitet wurde.

Cally beeilte sich, Marilee zu folgen und die Tür zu schließen, um die Kammer vor den feuchten Dämpfen zu schützen. Sie wollte etwas erwidern, doch da drehte sich ihre Zofe zu ihr um und griff mit der freien Hand ihren Arm. »Wegen des Krieges habe ich meine Großeltern nur trauernd kennengelernt. Die Mörder ihrer Eltern hatten keine Skrupel und du solltest jetzt auch keine haben.«

Cally mied Marilees Blick. Sie konnte sich vorstellen, welcher Schmerz sich darin spiegelte, obwohl ihre Zofe genauso wenig, wie sie selbst damals dabei gewesen war. Noch vor wenigen Tagen hatte sie genauso gedacht. Wieso war jetzt alles anders?

Marilee spürte Callys Stimmung und fügte eilig hinzu: »Lass uns hier im Flur nicht so offen darüber sprechen. Aber eins steht fest: Du wirst endlich Herzogin sein und kannst dann all das bewirken, was du dir vorgenommen hast. Es ist nur ein kurzer Moment in deinem Leben, mach dir nicht zu viele Gedanken darüber.«

Mit diesen Worten packte sie das Bündel Kleidung fester und eilte, so schnell es ihr langer Rock zuließ, der Stimme entgegen, die aus einem der anderen Flure nach ihr gerufen hatte. Auch Cally zwang sich, einen Fuß vor den anderen zu setzen und so den Weg zu ihrem Zimmer zu finden. Dort lag ein schweres Abendkleid für sie bereit, das extra zur Feier des Tages angefertigt worden war. Ihre Eltern und die halbe Stadt warteten auf sie.

KAPITEL 8

THAREK

Tharek hätte wetten können, dass es bereits Nacht war, als zwei Wachen ihn aus seiner Zelle holten, denn ihr kehliges Lachen hatte ihn aus einem unruhigen Schlaf schrecken lassen. Doch als er mit steifen Beinen die Treppe hinaufstolperte, sah er die letzten Strahlen der Abendsonne auf der Erde schimmern. Sein Kopf schickte ihm fleißig Anweisungen, dass er dringend versuchen musste, einen Fluchtweg zu finden, doch sein Körper weigerte sich, größere Anstrengungen zu unternehmen. Er war todmüde und sein Magen fühlte sich an, als ob er auf die Hälfte seiner normalen Größe geschrumpft war. Das bisschen Brühe und hartes Brot, das ihm zwischendurch in die Zelle geschoben worden war, war auch nicht allzu hilfreich gewesen. Sowieso befand sich der Großteil davon als Flecken auf seiner Kleidung, da sich Suppe essen mit gefesselten Händen als verdammt schwierig erwiesen hatte.

Doch die Wachen hatten ihm versprochen, dass er den Herzog sehen würde. Nur deshalb schleppte er sich weiter.

Die ihm fremden Männer führten ihn aus dem

Gebäude hinaus ins Freie. Stimmengewirr und Musik war zu hören. Überrascht hob Tharek den Kopf und versuchte, seine ans Dunkel gewöhnten Augen scharf zu stellen. Verschwommen erkannte er, dass sich am anderen Ende des Burghofes mehrere Männer vor den Toren des Haupthauses herumtrieben, lachten und aus schweren Krügen tranken. Als Tharek merkte, dass er in Richtung der Männer geführt wurde, fragte er sarkastisch: »Oh, bin ich etwa auch zur Feier eingeladen? Wenn ich das gewusst hätte, hätte ich mir doch was anderes angezogen!« Der Spruch brachte ihm einen Schlag in den Rücken ein.

»Keine Sorge, mein Hübscher, deine Kleidung tut wirklich nichts zur Sache«, lachte die andere Wache, zog geräuschvoll die Nase hoch und spuckte dann neben Tharek auf den Boden.

Angewidert drehte dieser sich weg und stellte fest, dass die grölenden Männer mit bierverklebten Fingern auf ihn zeigten. »Na sieh mal einer an, da ist er ja. Zeig doch mal her deine hübschen Augen«, brüllte einer und kam ihnen gefährlich nahe.

Tharek spannte seine Muskeln an und machte sich innerlich darauf gefasst, mit gefesselten Händen in eine Schlägerei verwickelt zu werden. Wortlos schoben die Wachen den Mann beiseite und bahnten sich mit ihrem Gefangenen im Schlepptau einen Weg zu den großen Türflügeln.

Wieso wusste der Kerl, wer er war, und was hatte er von ihm gewollt? Irgendetwas stimmte hier nicht.

Tharek bezweifelte, dass in diesen Hallen, deren

vibrierende Lautstärke er mittlerweile im ganzen Körper spüren konnte, ein echtes Gespräch mit dem Herzog möglich war. »Was soll ich hier? Ihr habt gesagt, ich werde zum Herzog vorgelassen«, sagte er mit hörbarer Wut in der Stimme und stemmte die Füße so fest in den Boden, dass ihre kleine Prozedur zu einem jähen Halt kam.

»Jetzt mach keine Faxen. Rein da!« Die wuchtigere der beiden Wachen griff ihm unsanft in den Nacken und schob ihn beinahe mit dem Kopf zuerst durch die hohen Türen.

Mit einer Lautstärke, die kaum auszuhalten war, öffnete sich die große Halle vor Tharek und überschwemmte seine in der Dunkelheit verkümmerten Sinne. Hunderte Leute drängten sich dicht an dicht auf den Bänken und standen in den Gängen herum. Es wurde getanzt, gelacht, musiziert und vor allem getrunken. So etwas hatte Tharek noch nie gesehen. Fast wäre er in dem Trubel versunken, doch die Wachen schoben ihn erbarmungslos durch die Menge. Der fantastische Duft ausgefallener Speisen vernebelte Thareks Wahrnehmung und sein Magen krampfte sich vor Hunger zusammen, als sie an einem vor Fett triefenden Spanferkel vorbeikamen, das auf einer Tafel direkt neben ihm stand. Was würde er jetzt für ein Stück Fleisch geben!

Er wurde jedoch schneller davon abgelenkt, als ihm lieb war. Eine Faust raste nur Zentimeter an seinem Gesicht vorbei und hinterließ einen sanften Luftzug auf seiner Wange. Scheiße, was …?

»Lass die Finger von ihm, du Schwachkopf!«, rief eine der Wachen und verpasste dem Mann, der ihn hatte schlagen wollen, einen Stoß vor die Brust. Mit funkelnden Augen und einem hinterlistigen Grinsen sah dieser Tharek hinterher, als er weiter durch die Menge in Richtung des Herzogs geschleift wurde.

Was zum Teufel war los mit den Leuten hier? War etwa schon so viel Bier geflossen, dass sie alle den Verstand verloren hatten?

Ein paar weitere zur Musik grölende Menschen wurden beiseitegeschoben und zum ersten Mal hatte Tharek freie Sicht auf den Herzog und seine Frau, die leicht erhöht in verzierten Holzstühlen saßen. Sie trug ein taubenblaues Kleid und war so sehr mit Schmuck behängt, dass sie alles andere zu überstrahlen schien, während der Herzog selbst wieder in seinen schwarzen Umhang gewickelt war und im Vergleich dazu gar nicht herrschaftlich aussah.

Unwillkürlich wanderte Thareks Blick zu der schmalen Gestalt, die rechts neben dem Herzogenpaar saß. Kurz war er sich sicher, die junge Frau noch nie gesehen zu haben, und wollte sich bereits abwenden, da fielen ihm ihre verbissen zusammengepressten Lippen auf. Es war tatsächlich die, die ihn gefangen genommen hatte und die sich nachts in seine Zelle schlich, um ihm Lügen zu erzählen. Doch an diesem Abend sah sie wunderschön aus. Ein rotes Kleid umspielte ihre schlanke Figur und braune Haarsträhnen fielen ihr lose um das verkrampfte Gesicht.

Ihr Blick fand zufällig seinen und auf einmal weitete

sie erschrocken die Augen. An ihrem Ausdruck erkannte er, dass wirklich etwas nicht stimmte. Dass er nicht auf diesem Fest sein sollte. Seine Nackenhaare begannen zu kribbeln und er musste das Bedürfnis bekämpfen, einfach wegzulaufen. Er wollte die Angelegenheit hier nur so schnell wie möglich klären und dann zurück zu Fynn. Wenn das vor all den Leuten sein musste, dann war es eben so.

Als er entschlossen zurück zum Herzog sah, um sein Anliegen vorzubringen, war dieser verschwunden. Verwirrt trat Tharek einen Schritt zurück. Erst jetzt fiel ihm auf, dass er dies tun konnte, ohne gegen den Brustharnisch einer der Wachen zu stoßen. Sie waren weg. War das seine Chance zu fliehen? Sofort spürte er, wie das Adrenalin durch seinen Körper floss und sich alle Muskeln anspannten. Wie durch Nebel schielte er unauffällig zu dem Mädchen hoch, das ihn immer noch beobachtete. Wie groß waren die Chancen, dass sie schnell genug Alarm schlug, um seinen Plan zu vereiteln?

Gerade als er sich dazu entschieden hatte, es darauf ankommen zu lassen, verstummte die Musik. Etwas hatte sich verändert. Irgendwie war zu viel Platz um ihn herum und er konnte wieder besser atmen. Tharek drehte sich um und bemerkte, dass dutzende Menschen eine freie Fläche um ihn herum gebildet hatten.

Er hatte sich in seinem ganzen Leben noch nie so alleine gefühlt. Verdammt, was ging hier schon wieder ab?

»Wunderbar, wunderbar!«

Thareks Blick hetzte zu einer schmalen Gestalt, die zwischen den anderen Menschen beinahe unterging. Es war der Herzog, dessen dunkle Augen ihn fixierten wie eine Krähe ihre Beute. Tharek atmete flach und versuchte abzuschätzen, welche Gefahr ihm drohte.

»Freunde, wir sollten unseren Gast gebührend willkommen heißen. Er hat uns zwar unhöflich lange warten lassen, doch jetzt ist er hier.« Der Herzog kam auf ihn zu und sein schwerer schwarzer Umhang schleifte hinter ihm über den Boden.

Die Haut um Thareks Fingerknöchel lief weiß an, weil er seine Fäuste so fest zusammenpresste. Ihm wurde endgültig klar, dass er nicht mit dem Herzog sprechen würde. Zumindest nicht so, wie er es sich vorgestellt hatte. Keiner dieser Menschen war hier, um ihm zuzuhören. Sie führten ihn vor. Sie führten ihn einfach nur vor! »Kann mir bitte endlich jemand erklären, was das Ganze hier soll?« Als ihm Strähnen seines dunklen Haares ins Gesicht fielen, bemerkte Tharek, dass sein ganzer Körper vor Wut zitterte.

»Tu doch nicht so, als wüsstest du das nicht.« Das Lächeln auf dem Gesicht des Herzogs verrutschte etwas. »Wahrscheinlich planen du und deine Sippe seit deiner Geburt einen Komplott.« Er hob einen langen dünnen Finger und setzte ihn Tharek auf die Brust, der keinen Zentimeter zurückwich. »Doch wir sind euch einen Schritt voraus, wie schon immer.« Er lachte schallend. Um sie herum war es totenstill.

»Ich habe keine Ahnung, wovon Ihr sprecht.«

»Ha, ganz sicher, ja?«

»Ja, ganz sicher.« Tharek spürte, wie sich in seinem Rücken etwas bewegte, doch er zwang sich, ganz ruhig zu bleiben. »Ich habe mir nichts zuschulden kommen lassen.«

»Lügner! Ein hinterlistiger Lügner, genau wie der Rest deiner Familie.« Das Gesicht des Herzogs verzog sich zu einem unheimlichen, breiten Grinsen. »Aber bald sind sie alle tot. Und du machst den Anfang.«

Tot? Was meinte er damit? Was hatte der Herzog mit seiner Familie zu schaffen? Hinter Thareks Stirn brodelte heiße Wut, die nur durch seinen starken Willen zurückgehalten wurde. Bebend starrte er in die hinterlistigen Augen des Mannes vor sich. War er vielleicht sogar für den Tod seines Vaters verantwortlich? Für den Brand?

Plötzlich hob der Herzog die Hand an den eigenen Hals und sagte: »Alle von euch«, während er eine eindeutige Linie auf seine Kehle zeichnete.

Thareks Mund stand offen. Er hatte in seinem Leben schon so viele geliebte Menschen verloren und nun deutete dieser Mann an, dass er auch noch die sterben sehen wollte, die ihm geblieben waren? Wobei der Plural hier nicht angebracht war. Es gab nur noch Fynn und ihn. Nur sie beide. Verdammt, wenn er doch nur wüsste, was ihm vorgeworfen wurde. Was hatte er dem Herzog bloß angetan, dass er so einen Hass auf seine ganze Familie hatte? Wenn er seinem Bruder auch nur ein Haar krümmte, dann würde er …!

Der Herzog wiederholte immer noch lächelnd seine Geste und nickte dabei bestätigend, was Thareks

Widerstand endgültig brach. Mit einem Aufschrei warf er sich nach vorne.

Beinahe erreichte er mit seinen gefesselten Händen, die er wie eine Keule vor sich schwang, den Kopf des Herzogs, da wurde er von der Seite aus der Luft gefischt und schlug hart auf dem Boden auf. Zischend entwich der Atem aus seiner Lunge. Noch bevor er sich erholen konnte, wurde er wieder auf die Beine gezogen. Um ihn herum vermischte sich das Grölen der Leute mit dem Rauschen in seinem eigenen Kopf und befeuerte seine Wut. Die steckten doch alle unter einer Decke!

Gerade als er nach der nächsten Möglichkeit Ausschau hielt, an den Herzog heranzukommen, traf ihn eine Faust im Gesicht und riss seinen Kopf zur Seite. Blut sammelte sich in seinem Mund, doch er spürte es kaum. Ohne nachzudenken, riss er den Oberkörper nach vorne und verpasste dem Mann vor sich eine so heftige Kopfnuss, dass dieser benommen aus seiner Reichweite taumelte.

Vor Thareks Augen drehte sich alles und er konnte sich kaum noch orientieren. Wo war der Herzog? Bevor er es herausfinden konnte, erwischte ihn ein weiterer Faustschlag von der Seite und er krümmte sich vor Schmerz. Das Gebrüll um ihn herum wurde immer lauter.

Das war's, es waren einfach zu viele. Gerade als er sich mental für den nächsten Schlag bereit machte, zerschnitt eine hohe Stimme das Gebrüll der Männer.

»Aufhören! Sofort aufhören!«

Ihm wurde klar, dass er auf dem Boden lag. Aber er konnte sich nicht daran erinnern, gefallen zu sein. Etwas Rotes glitt in sein Blickfeld und dann streifte weicher Stoff seine heiße Wange.

»Seid ihr denn noch bei Sinnen? Ich brauche ihn lebend!«

Die Stimme gewann an Kraft und er erkannte, dass sie zu der jungen Frau gehörte. Tharek wurde auf die Füße gezogen und hatte Mühe, sich auf den Beinen zu halten.

»Garra, hilf mir, ihn in seine Zelle zurückzubringen.«

Die Worte sickerten in seinen Kopf wie durch Watte. Erst als er durch die Menschen hindurch aus der Halle geschleift wurde, begriff er, dass sie ihn gerade gerettet hatte.

Kapitel 9

Cally

So schnell es möglich war, durchquerten die drei den Hof.

»Er kommt nicht mehr in die Zelle«, sagte Cally, als sie das Gebäude beinahe erreicht hatten.

Garra schleppte den jungen Mann mit sich, der einen Arm um seine Schultern gelegt hatte. Aus einer Wunde am Kopf floss Blut in die vorderen Strähnen seines dunklen Haares und er biss bei jedem Schritt sichtbar die Zähne zusammen.

»Das wird dem Herzog nicht gefallen«, erwiderte der Hauptmann und Cally bemerkte, dass auch er leicht humpelte. War die Last einfach zu schwer oder hatte er sich auch verletzt?

»Das ist mir so was von egal. Wenn wir ihn in diesem Zustand in die Zelle stecken, habe ich bald nicht mehr viel von ihm.« Sie deutete auf den Westturm der Burg und ging voraus. Sie hoffte, dass Garra nicht gesehen hatte, wie sehr ihre Hände zitterten. Die rohe Gewalt, die sie auf der Feier mit ansehen musste, hatte sie mitgenommen und ihren Puls in die Höhe getrieben. Beinahe wäre es zu spät gewesen, um einzuschreiten.

Gemeinsam erklommen sie die Stufen innerhalb des Turmes und nachdem Cally die Tür zu einem der lang unbewohnten Zimmer geöffnet hatte, ließ Garra den jungen Mann mit einem Ächzen auf das schmale Bett fallen.

»Bitte geh und hol die Wachen aus dem Keller hier hoch. Ich möchte eine vor der Tür und eine unten am Turmeingang.« Cally sah aus dem kleinen Fenster und vergewisserte sich, dass es hoch genug war, um einen Fluchtversuch zu vereiteln. »Sie sollen ihn nicht nur bewachen, sondern auch niemanden hier rauflassen. Auf der Feier sind noch genügend betrunkene Gäste.«

Garra verließ mit einem Nicken das Zimmer und warf ihr noch einen letzten, zweifelnden Blick zu. Wieso er sich gerade jetzt um sie sorgte, war ihr schleierhaft. Tharek war gefesselt und momentan sowieso alles andere als in der Lage, ihr zu schaden.

Sobald der Hauptmann den Raum verlassen hatte, drehte Cally sich um und ging zu ihrem Gefangenen hinüber. Er hatte sich aufgerichtet und saß mit dem Gesicht in den Händen vergraben auf dem harten Bett. Sein Brustkorb hob und senkte sich schwer.

»Was willst du noch hier?«, fragte er unvermittelt, ohne den Kopf zu heben.

Cally zuckte zusammen und blieb dicht vor ihm stehen. Ihre Hände zitterten noch immer vor Aufregung. Sie war nicht schuld daran. Sie war nicht schuld. »Wie geht es dir?«

Er gab ein spöttisches Lachen von sich und sah auf. Cally bemerkte, dass nicht nur sein Gesicht blutverschmiert war, sondern auch seine Handgelenke von den Fesseln aufgerieben und wund waren. »Wunderbar, danke der Nachfrage.«

Sie schluckte. Er hatte recht. Was tat sie hier? Sie sollte gehen und ihn in Ruhe lassen, offensichtlich wollte er ihre Hilfe nicht. Stattdessen jedoch drehte sie sich um und öffnete den Deckel der kleinen Truhe, die neben dem Bett und einem dünnen Teppich die ganze Einrichtung des Zimmers ausmachte. Es war für Boten und andere unwichtige Gäste auf der Durchreise hergerichtet worden. Doch wenn auch kahl und ungemütlich, war es allemal besser als die Zelle im Kerker.

Sie durchsuchte schnell den Inhalt der Truhe und zog schließlich ein weißes Tuch heraus, das bereits einen gelblichen Farbstich angenommen hatte. Dann kehrte sie zum Bett zurück und hielt das Stück Stoff wie eine Entschuldigung vor sich.

»Du musst die Wunde säubern«, sagte sie leise.

Wieso fühlte sie sich so furchtbar? Ohne ihr Einschreiten würde es ihm noch deutlich schlechter gehen. Das musste auch er wissen.

Tharek warf ihr einen eisigen Blick zu, antwortete jedoch nicht und musterte nur das Zimmer. Als er seinen Körper drehte und das Fenster ins Visier nahm, zuckte er merklich zusammen und hielt sich mit einem Stöhnen die Seite. Cally nutzte den Moment der Ablenkung und ging schnell neben ihm in die Knie.

Da er keine Anstalten gemacht hatte, das Tuch zu nehmen, würde sie es tun.

Cally strich vorsichtig damit über seine linke Gesichtshälfte. Er zuckte erschrocken zusammen und kurz dachte sie, er würde sie mit seinen gefesselten Händen von sich stoßen, doch nichts dergleichen geschah. Sie wich stoisch seinem Blick aus und wischte Stück für Stück das Blut fort, bis sie an der kleinen Platzwunde angekommen war.

Unwillkürlich wiederholte sich in ihrem Kopf die Szene, in der er einem dieser Idioten eine Kopfnuss verpasst hatte. Diesen Mut hätte sie niemals gehabt.

Die Wunde hatte beinahe aufgehört zu bluten, doch durch seinen Sturz auf den Boden hatte sich Schmutz darin verfangen. »Halt still, das könnte jetzt etwas wehtun.« Sein Schweigen fasste sie als Zustimmung auf. So sanft sie konnte, tupfte sie die Wunde ab und versuchte, den Schmutz zu entfernen. Doch das Zittern ihrer Finger erschwerte die Sache.

Vom Schmerz überrascht keuchte Tharek auf und seine Hand, die vorher in seinem Schoß gelegen hatte, krallte sich reflexartig in Callys Kleid. Dieser Moment riss sie aus ihrer Konzentration und eine Welle der Panik überrollte sie. Erschrocken wich sie zurück. Was zum Teufel tat sie hier? Sie hatte mit eigenen Augen gesehen, dass er gefährlich war. Warum kümmerte sie sich noch um ihn?

»Weil ich ihn lebend brauche«, versuchte, ihr Gehirn ihr zuzuflüstern. Doch sie wusste selbst, dass das nicht der wahre Grund war. Niemand starb an Prellungen und einer kleinen Wunde.

Callys Blick verfing sich in seinen merkwürdig blauen Augen und für einen kurzen Moment hatte sie das Gefühl, sich selbst in ihnen zu sehen. Plötzlich hörte sie Schritte vor der geschlossenen Tür. Sie ließ hastig das Tuch fallen und eilte, ohne sich noch einmal umzusehen, aus dem Raum, um die Wachen einzuweisen.

Kapitel 10

Tharek

Thareks Hände zitterten noch lange, nachdem sie das Zimmer verlassen hatte. Jetzt lag er mit geschlossenen Augen auf dem Bett und versuchte, die Gedankenflut zu kontrollieren, die wild in seinem Kopf tobte.

Was genau war da unten im Festsaal passiert? Klar, er hatte ordentlich eingesteckt, aber daran musste er sich nicht gezielt erinnern. Mindestens zwei seiner Rippen fühlten sich geprellt an und das getrocknete Blut auf seinem Gesicht machte es hart und unbeweglich.

Was hatte der verdammte Herzog mit seiner Familie zu schaffen?

Gar nichts. Das war die einzig mögliche Antwort. Sein Vater hatte ihnen immer strikt verboten, in die Hauptstadt zu reisen, und Tharek war sich sicher, dass auch er selbst sie gemieden hatte wie die Pest.

Mittlerweile war es Nacht und das Zimmer wurde von tiefer Dunkelheit ausgefüllt, nur durchbrochen vom Schein weniger Fackeln, die im Innenhof brannten. Mit einem Stöhnen richtete Tharek sich auf und schwang die Beine über die Bettkante. Im Liegen fühlte sich sein Kopf wie vernebelt an. Er musste sitzen, um richtig nachdenken zu können.

Inzwischen war er sich sicher, dass seine Gefangenschaft kein Zufall war. Sie hatten ihn nicht fälschlicherweise aufgegabelt. Das hätte er schon wissen müssen, als das Mädchen ihn in der Schmiede angesehen hatte, als wäre er der Heilige Geist. Aber was zum Teufel wollten sie von ihm? Was wollten sie von seiner Familie? Er dachte an die Geste des Herzogs zurück und seine Haut begann wie ein Feuerteppich zu brennen.

Verzweifelt riss Tharek an seinen Fesseln und genoss beinahe den Schmerz, den die wunden Handgelenke dabei verursachten. Er musste Fynn warnen! Aber wie? Würde die Prinzessin ihm noch einmal helfen? Er schüttelte den Kopf. Natürlich nicht. Sie hatte ihn doch erst in diese Lage gebracht.

Plötzlich wallten Erinnerungen an ihren Geruch in seinem müden Kopf auf und drohten den Hass auf sie zu überdecken. Ihre weit aufgerissenen braunen Augen, als er ihr Kleid berührt hatte. Der erschrockene Blick, als sie ihn auf dem Fest gesehen hatte. Ihre Handlungen passten nicht in das Bild, das er sich über Jahre hinweg vom Adel aufgebaut hatte, und das verwirrte ihn.

Mit aller Gewalt kämpfte Tharek die Erinnerungen nieder. Dann griff er mit seinen gefesselten Händen nach der dünnen Bettdecke, riss die gefalteten Laken auseinander und presste sie so fest auf seine Augen, dass rote Pünktchen in seinem Blickfeld erschienen.

Sekundenlang saß er bewegungslos da, bis etwas auf dem Boden raschelte. Erschrocken zog er die Beine an und hob den Kopf. Gab es sogar hier oben diese verdammten Ratten? Sobald er wieder richtig sehen konnte, blickte er nach unten, konnte jedoch nicht sofort etwas erkennen. Erst als er seine Augen durchs Zimmer schweifen ließ, bemerkte er etwas Weißes auf dem Boden an der Tür.

Ratten waren nicht weiß und sie waren schon gar nicht aus Papier.

Unbeholfen stand er auf und fischte den Zettel unter dem Türspalt hervor. Die Kanten waren ausgefranst und es sah so aus, als ob er eilig abgerissen worden wäre. Als er ihn mit zittrigen Fingern zu sich herumdrehte und wegen der gefesselten Hände beinahe fallengelassen hätte, breitete sich für einen Moment die Leere in seinem Kopf aus, die entstand, wenn man etwas nicht für möglich hielt. Auch wenn es dunkel war, konnte er die Botschaft auf dem Zettel deutlich lesen. Dort stand in krakeliger Schrift: *Du bist nicht allein.*

Das konnte kein Zufall sein. Unmöglich. Jemand war vor der Tür gewesen und hatte den Zettel in sein Zimmer geschoben.

Jemand, der auf seiner Seite war.

Kapitel 11

Cally

Warmer Atem strich über ihren nackten Arm und etwas knabberte vorsichtig an dem Stoff ihres Kleides.

»Gleich zieht sie das Band auf, Eure Hoheit.«

Cally riss ihren Blick vom Turm los und bemerkte erst, wie abgelenkt sie gewesen war, als sie sich ihrem Stallburschen zuwandte. »Wir kennen uns seit mindestens zehn Jahren, Lasse. Wie oft habe ich dir gesagt, dass du mich nicht so nennen musst.« Dann schob sie sanft das Maul des Pferdes ein wenig von sich, bevor es das Taillenband ihres Kleides lösen konnte. Als Antwort bekam sie ein widerspenstiges Wiehern und musste lachen. »Hast ja recht, Vica, du hattest nicht meine volle Aufmerksamkeit.« Sie packte den Striegel fester und ließ ihn in kreisenden Bewegungen über den Körper des Tieres gleiten, sodass feiner Staub in die Luft stieg.

»Es ist schön, dass du mich und die Tiere mal wieder besuchen kommst. Auch wenn ich natürlich weiß, dass du Wichtigeres zu tun hast«, sagte Lasse und schob sich seine blonden Haare aus dem Gesicht, in denen sich regelmäßig Stroh verfing. Er war ungefähr im gleichen Alter wie sie und hatte genau wie Marilee seine Kindheit hier verbracht, bevor er selbst eine Rolle in dem großen Getriebe ihres Hofes übernommen hatte. Sie kannten sich also wirklich schon ewig.

Kurz wurde Cally von einzelnen Rufen abgelenkt, die von den Burgmauern zu ihnen drangen.

»Das finde ich auch. Die Arbeit hat etwas unglaublich Beruhigendes«, antwortete sie dann. Sie nahm sich fest vor, in Zukunft häufiger zu kommen und sich um ihre Tiere zu kümmern. Es würde Teil ihrer Aufgaben als Herzogin sein, die Lebenswelt ihrer Bediensteten zu kennen.

Unwillkürlich wanderte ihr Blick zurück zu dem kleinen Fenster im Westturm, hinter dem von hier unten keine Regung zu erkennen war.

Auf der einen Seite hasste sie Tharek dafür, dass er solch falsche Emotionen in ihr weckte, und auf der anderen Seite würde sie gerne nachsehen, ob es ihm besser ging. Ihr war durchaus bewusst, dass sie diejenige sein würde, die ihn töten musste, doch ihn vorher leiden zu lassen, nur weil ihr Vater seine Rache ausleben wollte, war etwas anderes. Das konnte sie nicht mit ansehen. Vielleicht sollte sie doch hoffen, dass die übrigen Vasallen bald eintrafen, damit das Ganze schnell ein Ende fand.

Anscheinend hatte Cally, eingenommen von ihren Gedanken, zu fest gestriegelt, denn die Stute machte unzufrieden einen Schritt zur Seite und warf den Kopf nach oben. »Au, verdammt!« Cally wich zurück und hüpfte auf einem Bein. Jetzt war sie ihr doch tatsächlich auf den Fuß gestiegen.

»Ist alles in Ordnung?« Lasse kam sofort zu ihr herübergelaufen und wollte sie zu dem Schemel führen, der den Stallburschen als Sitzgelegenheit diente.

»Nein, lass nur. Es ist alles in Ordnung«, presste Cally hervor und atmete dann tief durch. Lasse sah sie immer noch mit übertrieben besorgter Miene an.

»Ich mein‘s ernst, es ist nichts passiert. Wenn ich ordentliche Schuhe und nicht diese dünnen Dinger getragen hätte, wäre es kaum spürbar gewesen.«

Das war vielleicht nicht ganz die Wahrheit, aber es schien Lasse ein wenig zu beruhigen. Zum Glück war Vica nur den Bruchteil einer Sekunde stehen geblieben und hatte ihren Fuß dann wieder freigegeben. Es war ihre eigene Schuld, weil sie unachtsam gewesen war. Vorsichtig streckte Cally ihre Hand nach dem weichen Maul aus und ließ das Pferd daran schnuppern, bevor sie es in einer Geste der Versöhnung hinter den Ohren kraulte. »Tut mir leid, ich habe mich schon wieder ablenken lassen.«

»Callora!«

Die Stimme ihres Vaters schallte über den Hof. Sie sah auf und erkannte seine schmale Figur vor dem Eingang der Ställe. »Einer unserer Gäste und sein Gefolge nähern sich der Burg. Zieh dich um, ich will, dass du ihn begrüßt.«

Cally seufzte innerlich und zuckte entschuldigend mit den Schultern, während sie Lasse den Striegel in die Hand drückte. Dann eilte sie mit ihrem Vater zusammen zurück zum Hauptgebäude. Auf dem Weg dorthin waren schon wieder die Stimmen vor der Mauer zu hören und dieses Mal kamen sie ihr eindeutig wütend vor. Was ging da vor sich? Hatte sich das Gefolge ihres Gastes auf dem Weg zu ihnen irgendwie unbeliebt gemacht?

»Was ist da draußen los, Vater?«

»Ach.« Der Herzog winkte ab und war bereits wieder auf dem Weg nach drinnen. »Die faulen Hunde aus den ärmeren Vierteln verschwenden wieder ihre Zeit mit betteln, anstatt ihrer Arbeit nachzugehen.«

Cally legte die Stirn in Falten und folgte ihm nur zögerlich. Nach all dem, was sie in der letzten Zeit erfahren hatte, machten sie solche Aussagen des Herzogs unruhig.

Als sie das Hauptgebäude betrat und einen kurzen Blick zurückwarf, sah sie, wie einige Wachen nach draußen eilten, um der Unruhe Herr zu werden.

Nachdem der Herzog sie endlich aus der Begrüßungszeremonie entlassen hatte, verließ Cally den Saal und wehte in ihrem langen Kleid durch den angrenzenden Flur. Noch im Laufen zog sie sich eine besonders schmerzhafte Klammer aus dem Haar und verzog dabei das Gesicht. Immer dieses unnötige Herausgeputze, damit sie für eine halbe Stunde, in der sie wie eine lächelnde Puppe neben ihren Eltern stand, dem neuen Gast vorgestellt werden konnte.

Sie war schon auf dem Weg zu ihrem Zimmer, um sich von Marilee aus dem Kleid helfen zu lassen, da kam sie an einem großen Fenster vorbei, das den Blick auf den Innenhof freigab. Plötzlich fielen ihr die Unruhen vor der Burgmauer wieder ein, bei denen es um Nahrungsmittel gegangen war, und sie ärgerte sich über sich selbst. Sie durfte so etwas nicht einfach stehen lassen, sie war nicht ihr Vater.

Die Worte des Herzogs hallten klingelnd in ihrem Kopf nach und machten ihr bewusst, dass er mit an Sicherheit grenzender Wahrscheinlichkeit nichts gegen die drohende Hungersnot vor seinen Toren unternehmen würde. Aber ohne seine Zustimmung war auch sie zur Untätigkeit verdammt.

Oder? Cally stand immer noch am Fenster und ließ zu, dass der Wind ihre Frisur noch weiter auflöste. Gerade war ihr Vater noch mit dem neuen Gast zugange. Würde er es merken, wenn sie doch etwas unternähme? Unentschlossen wickelte sie sich eine Haarsträhne um den Finger. Konnte sie irgendwie Lebensmittel unters Volk schmuggeln?

Schließlich riss Cally sich los und setzte endlich den Weg zu ihrem Zimmer fort. Natürlich würde er es merken, was dachte sie sich denn? Spätestens wenn sie Wachen damit beauftragte, das Essen in die Stadt zu bringen, konnte sie es nicht mehr verbergen. Sie schüttelte den Kopf, um die widerspenstigen Gedanken loszuwerden und die Leute vor dem Tor zu vergessen – sie hatte ganz andere Probleme.

Doch es gelang ihr nicht. Es kam ihr einfach so falsch vor. Was, wenn manche ihrer Bürger es wirklich nicht durch die nächste lange Nacht schafften, weil ihr Vater in den letzten Monaten schlecht gewirtschaftet hatte? Der Gedanke an Familien, die ihretwegen im Dunkeln ohne etwas zu essen ausharren mussten, erschreckte sie so sehr, dass sie auf dem Absatz kehrtmachte und den Flur wieder zurücklief.

Hier am Hof fand man immer etwas Essbares, da würde es schon nicht auffallen, wenn mal ein Apfel oder zwei fehlten.

Nur beeilen musste sie sich! Ihr lief jetzt schon ein Schauer über den Rücken, wenn sie nur daran dachte, wie ihr Vater reagieren würde, wenn er von ihrem Alleingang erführe.

Mit aufgebauschten Röcken wehte sie in Richtung der Vorratskammer und schlug dabei den Weg durch den Keller der Burg ein, damit sie niemand von draußen an den großen Türen sehen würde. Sie war beinahe am Ziel, da ertönte ein Geräusch in ihrem Rücken und Cally stieß vor Schreck einen erstickten Schrei aus.

»Beruhige dich, ich bin's nur!«

Marilee. Ihr fiel ein Stein vom Herzen. In den dunklen Gängen des Kellers war schon das kleinste Geräusch gruselig. »Was zum Teufel machst du hier unten?«

»Das könnte ich genauso gut dich fragen.« Ihre Zofe stemmte die Hände in die Hüften und pustete sich eine blondgelockte Haarsträhne aus der Stirn. »Ich hab in deinem Zimmer auf dich gewartet, aber als du nicht kamst, hab ich nach dir gesucht. Und dann gesehen, wie du hier runter bist.« Sie deutete mit der Hand auf die Wände des Kellergewölbes. »Du bist doch mit diesem Kleid nicht auf dem Weg zur Bucht, oder?«

Cally öffnete mit der freien Hand die nächste Tür und schüttelte den Kopf. »Nein, bestimmt nicht. Nur zur Vorratskammer.«

»Durch den Keller?« Marilees Stimme klang zurecht skeptisch und sie wich einer Spinnwebe aus. »Willst du mir vielleicht auch verraten, wieso?«

Cally entschied, dass sie es ihr genauso gut erzählen konnte, wo sie sie schon ertappt hatte. Ihre Zofe würde sie schon nicht verpetzen. »Vorhin gab es Aufstände vor der Mauer. Wahrscheinlich, weil die Menschen aus den ärmeren Stadtteilen fürchten, während der nächsten langen Nacht zu hungern. Und Vater will nichts unternehmen.« Sie trat in die Kammer und sofort schlug ihr der salzige Geruch von gepökeltem Fleisch entgegen. »Deswegen will ich ihnen heimlich ein paar Sachen bringen lassen.«

Marilee blieb im Türrahmen stehen, während Cally noch etwas unkoordiniert begann, Lebensmittel in einen Leinensack zu stopfen.

»Warum ist eure Beziehung immer noch so angespannt?«

Cally hielt inne und sah ihre Zofe an. »Wie meinst du das?«

»Na ja, ich dachte, das würde nur dadurch kommen, dass es beinahe unmöglich schien, den Nachfahren fürs Bluterbe zu finden. Aber auch jetzt tust du das hier lieber heimlich, als mit dem Herzog zu sprechen.«

Cally fuhr damit fort, den Boden des Sackes mit Hirse zu füllen, doch nun bewegte sich die kleine Schaufel in ihrer Hand langsamer. »Vielleicht, weil ich weiß, dass es sowieso nichts bringen würde. Er hört mir gar nicht wirklich zu. Ich werde ihn auch nicht dazu bringen können, Tharek wie einen Menschen zu behandeln, bis es so weit ist.«

Schweigen.

»Tharek? Er ist dein Feind, Cally, vergiss das nicht.« Marilee kam etwas näher. »Du wirst ihn sowieso töten.«

Cally stieß wütend die Schaufel in das Getreide vor sich und versuchte, sich nicht anmerken zu lassen, dass ihr bei diesen Worten ein Schauer über den Rücken lief. »Das heißt nicht, dass man ihn vorher noch quälen muss. Sein Tod ist Strafe genug.«

Darauf antwortete ihre Zofe nichts mehr und Cally bemühte sich auch nicht weiter, sie von ihrer Meinung zu überzeugen. Marilee war der gütigste Mensch, den sie kannte, doch bei diesem Thema schienen andere Maßstäbe zu gelten.

»Wie willst du das in die Stadt bekommen?«, flüsterte Marilee schließlich.

»Gar nicht.« Mittlerweile hatte Cally genug Zeit gehabt, sich etwas zu überlegen, doch ihr war nur eine einzige halbwegs gute Möglichkeit eingefallen. »Kennst du den alten Bill, der seine Ware im äußeren Burghof verkauft?«

»Natürlich, wer in seinem Leben noch nichts bei ihm besorgt hat, gehört eigentlich nicht hierher.«

Cally konnte im Schein der Lampe ein kleines Lächeln auf Marilees Gesicht sehen, das auch sie wieder etwas positiver stimmte. Sie musste sich ohnehin auf ihre kleine Mission konzentrieren und durfte sich gerade nicht ablenken lassen.

»Ich werde die Sachen zu ihm bringen und er soll sie aufbewahren, bis wieder Menschen nach Essen fragen. Meinetwegen kann er sie bis dahin als seine eigene Ware ausgeben und ich gebe ihm noch ein paar Münzen.« Natürlich konnte sie nicht sicher sein, dass es dieselben Leute sein würden wie heute, doch wahrscheinlich hatte es jeder von denen, die an der Mauer bettelten, nötig. »Ich vertraue ihm, dass er die Sachen nicht für sich selbst nimmt.«

Endlich packte auch Marilee mit an und half ihr dabei, einen weiteren Sack zu füllen.

»Alles nur, weil wir die Lebensmittel nicht offiziell zu ihnen bringen lassen können, ohne dass dein Vater es merkt?«

Cally seufzte. »Genau deswegen.«

Die Prinzessin lief durch einen der langen Gänge des Hauptgebäudes und ihre weichen Lederschuhe glitten sanft über den Boden. Nachdem Marilee und sie die Säcke mit Mühe und Not zum alten Bill hatten schaffen können, war sie sofort ihr unpraktisches Kleid losgeworden.

Wie es den Anschein hatte, war der Herzog immer noch damit beschäftigt, dem neuen Gast die Burg zu zeigen, und Cally war heilfroh, dass dies all seine Aufmerksamkeit in Anspruch nahm.

Sie betrat den Balkon, der sich an die Außenwand des Haupthauses schmiegte und von dem aus eine Treppe nach unten führte. Um sicherzugehen, dass ihr Plan mit den Nahrungsmitteln aufging, wollte sie wenigstens Garra davon erzählen. Vielleicht konnte er ab und zu kontrollieren, dass sie wirklich bei den Menschen ankamen, und gleichzeitig den alten Bill vor allzu motivierten Abnehmern schützen. Tief in Gedanken versunken nahm sie kaum wahr, dass vom Hof her Gelächter und eine ungewöhnliche Geräuschkulisse zu hören waren. Erst als sie die Stimme ihres Vaters erkannte, unterbrach sie ihren strammen Schritt und hielt inne. Was veranstalteten die da unten?

Normalerweise wäre sie neugierig an die Balustrade getreten und hätte sich sorglos das Spektakel angesehen. In den letzten Tagen war sie jedoch von einer Nervosität erfüllt, die sie auch jetzt dazu veranlasste, sich Sorgen zu machen.

Zuerst sah Cally nur ihre Gäste und den Herzog selbst vor dem Waffenplatz stehen, an dem auch sie sonst trainierte. Kurz sackten ihre Schultern erleichtert nach unten. Er zeigte ihnen anscheinend wirklich nur die Burg. Doch dann erkannte sie, wer da gerade den Kampfplatz betrat.

Es war Tharek. Ihr Vater hatte ihn erneut holen lassen.

Erschrocken klammerten sich ihre Hände um die hölzerne Balustrade. Was hatte er jetzt schon wieder vor? Konnte er nicht einfach den Tag abwarten, an dem endlich alles vorbei sein würde?

Cally biss sich stumm auf die Lippe und beobachtete das Geschehen unter sich. Auch Tharek schien nicht zu wissen, warum er hergebracht wurde, und sein Körper war angespannt wie eine Bogensehne. Er hielt sich jedoch aufrecht und von seinen Verletzungen zeugte nur noch ein roter Striemen an seinem Kopf. Cally hatte ihn nicht mehr gesehen, seit sie in jener Nacht aus dem Zimmer gestürmt war.

Als eine der Wachen näher an ihn herantrat, versteifte sich sein Körper und strahlte sofort Angriffsbereitschaft aus. Cally war so auf Tharek fokussiert, dass sie erst bemerkte, dass er von Rin begleitet wurde, als dieser nach seinen Handgelenken griff. Vater übertrieb es wirklich maßlos mit den wichtigen Aufgaben, die er ihm gab. Sie traute ihm nicht.

Rin löste die Fesseln und Thareks Hände waren frei. Obwohl Cally am liebsten gerufen hätte, dass sie ihn so schnell wie möglich wieder fesseln sollten, lag ihre Zunge schwer und bewegungsunfähig in ihrem Mund. Rin war zwar ein Idiot, doch sie spürte, dass er dieses Mal nicht auf eigene Faust handelte, sondern Befehle ausführte. Unbewusst lehnte sie sich noch ein wenig weiter vor, sodass ihr Oberkörper ins Freie ragte. Die laute Stimme ihres Vaters hätte sie jedoch auch gehört, wenn sie sich in der hintersten Ecke des Balkons verkrochen hätte.

»Kämpfe, damit du meiner Tochter ein ebenbürtiger Gegner sein wirst!«

Wie bitte? Was sollte das? Bei ihrem Bluterbe würde niemand kämpfen. Er würde gefesselt sein. Das hatte Mutter doch gesagt, oder nicht? Cally fuhr sich nervös mit der Zunge über die trockenen Lippen.

Tharek blickte angespannt in die Runde. Überlegte er, ob er fliehen konnte? Doch auch wenn sie genau davor Angst hatte, musste sie sich eingestehen, dass das unmöglich war. In seinem Rücken ragte eine hohe Mauer auf und um ihn herum standen der Herzog, seine Gäste und mehrere bewaffnete Wachen.

Als er weiterhin nicht reagierte, trat Rin aus dem Zuschauerkreis hervor und verpasste Tharek einen so heftigen Stoß in den Rücken, dass dieser beinahe in die mit Stroh gefüllte Puppe für Faustkämpfe hineinstolperte. Die Männer lachten. Thareks Kopf schoss herum und die schwarzen, nun strähnigen Haare blieben in seinem schweißnassen Gesicht kleben.

Gleich würden sie aufeinander losgehen! Cally war so angespannt, dass sie sich fühlte, als ob ihre Haut bald reißen würde. Diesmal könnte sie wenig für ihn tun.

Beinahe wünschte sie sich, dass Rin einen Schlag kassierte, doch es geschah nicht. Und als ihre flackernden Augen etwas zur Ruhe kamen, erkannte sie auch, wieso. Rin stand mit dem Rücken zu ihr, deshalb konnte sie es nicht sicher sagen, doch sein angewinkelter Arm ließ darauf schließen, dass er etwas in der Hand hielt. Etwas Leichtes, wie ein Messer oder einen Dolch.

Oh nein!

Kurz bevor sie ihren Griff um das Geländer lösen und in den Innenhof stürmen konnte, riss die Spannung ab wie eine zu fest gespannte Schnur, denn auch Tharek war bewusst, was die Waffe für ihn bedeutete. Resigniert drehte er sich um und hob die Fäuste. Sogar von hier oben konnte Cally erkennen, wie sich die Muskeln seines Rückens unter dem dünnen Wams abzeichneten. In der Schmiede hatte er gesagt, er sei Lehrling. Seine kräftige Muskulatur schien auf jeden Fall dafür zu sprechen. Er sah wirklich gut aus. Verärgert schüttelte sie den Kopf. Das waren gerade die letzten Gedanken, die sie haben sollte!

Tharek schlug halbherzig gegen den gefütterten Körper der Puppe, die sich kaum bewegte.

Von unten ertönte unzufriedenes Gemurmel. Die Show, die ihrem Vater und seinen Männern geboten wurde, stellte sie nicht zufrieden. Rin sah zum Herzog hinüber, der etwas sagte, das Cally nicht hören konnte. Dann trat er wieder an Tharek heran, der mit schlaff herunterhängenden Armen vor der Puppe stand. Sein gesenkter Kopf berührte beinahe ihre Brust und er schien zu versuchen, alles andere um sich herum auszublenden. Rin sprach ihn an und als er nicht reagierte, stieß er ihm mit der freien Hand grob in die Seite. Konnten sie ihn nicht einfach in Ruhe lassen?

Sie wollten wirklich unbedingt, dass er die Kontrolle verlor.

Und es funktionierte. Doch sicher nicht so, wie sie sich das vorstellten.

Rin wurde von einem vor Zorn glühenden Blick getroffen, dessen Intensität auch Cally schaudern ließ. Ohne den Augenkontakt abzubrechen, trat Tharek einen Schritt zurück und schlug so fest gegen die Puppe, dass der Stoff am Hals riss und Stroh auf die Erde segelte.

Das Blut rauschte in Callys Ohren, so angespannt war sie. Vielleicht hörte sie auch deshalb die Rufe von unten erst beim zweiten Mal.

»Komm runter, Callora!«

Auf wackeligen Beinen stieg sie die Treppe hinunter. Kurz verfluchte sie sich selbst dafür, dass sie kein Kleid trug, mit dem sie sich aus gutem Grund vom schmutzigen Kampfplatz hätte fernhalten können. Was sollte sie hier? Die ganze Sache war auch ohne ihr Beisein schon erniedrigend genug für Tharek.

So würdevoll es ging, kam sie auf die Gruppe Männer zu, die allesamt in ihre Richtung blickten. Ihr Vater hatte ein aufmunterndes Lächeln auf den Lippen. »Das ist eine wunderbare Idee, mein Kind. Wenn er schon trainieren soll, dann wenigstens richtig.«

Auch da verstand sie noch nicht.

»Welche Waffe möchtest du nehmen?«

Die erschrockene Leere in Callys Kopf füllte sich plötzlich und viel zu schnell mit Bildern des Verstehens. Sie sollte ihm nicht zuschauen, sie sollte gegen ihn kämpfen!

»Nein!« Ihr Ausruf brachte ihr überraschte Blicke ein und das Lächeln ihres Vaters verrutschte ein wenig. So schnell sie konnte, fügte sie hinzu: »Ich halte das für keine gute Idee. Er war nach der Feier schon übel zugerichtet. Wir brauchen ihn noch.«

Doch so leicht ließ sie der Herzog diesmal nicht davonkommen. »So ein Humbug. Schau dir den Kerl an! Gesünder, als er es verdient hat.« Er klopfte Ganzog, der den Herzog anscheinend bei seinem Rundgang durch die Burg begleitete und nun ebenfalls neben den neuen Gästen stand, auf die Schulter, als wären sie auf einmal die besten Freunde. »Zeig ihnen, was du bei uns auf der Burg gelernt hast, Callora.«

Vor Angst wurden ihre Hände beinahe taub. Sie konnte nicht gegen ihn kämpfen. Nicht jetzt. Sie war nicht bereit dafür.

Aber sie hatte keine Wahl. Jetzt vertraute Vater einmal in ihre Fähigkeiten, da durfte sie ihn nicht enttäuschen. Wie in Trance ging sie zum Waffenhalter hinüber. Vor lauter Aufregung konnte sie die Formen kaum richtig erkennen. An den Rändern ihres Blickfeldes flimmerte es schwarz. Er war so viel stärker als sie. Zu einem echten Kampf zwischen ihnen durfte es niemals kommen, das war nicht der Sinn des Bluterbes.

Mit zittrigen Fingern griff sie nach einem leichten Schwert. Als ihre Hand den Griff umfasste, kehrte ein winziger Funken Zuversicht in ihren Körper zurück. Sie hatte das schon tausendmal gemacht. Sie kämpfte schon ihr Leben lang. Erst gegen Puppen, dann gegen den Waffenmeister und, als ihr Vater noch gesund war, auch gegen ihn. Sie konnte das.

Als sie sich umdrehte, fing sie den zufriedenen Blick von Fürst Ganzog auf. Dieser Idiot hatte wieder genau das bekommen, was er wollte.

Während sie das Schwert probehalber neben ihrer Hüfte kreisen ließ, schwor sie sich, dass sie Tharek nicht demütigen würde. Aber sich selbst blamieren durfte sie auch nicht – nicht vor ihrem Vater und den Vasallen – oder sie konnte sich ihren Ruf als starke Anführerin abschminken.

Cally zwang sich, Tharek anzusehen. Er stand immer noch neben der Puppe und hatte sich keinen Zentimeter bewegt. Sein Blick war auf sie gerichtet, aber er schien durch sie hindurchzusehen. Nur an seinen verkrampften Fäusten konnte man erkennen, dass er mitbekommen hatte, was hier gerade geschah. Erst jetzt fiel ihr auf, dass dieser Kampf nicht wie ihre übrigen Übungskämpfe sein würde. Tharek war nicht bewaffnet.

»Gebt ihm ein Holzschwert«, sagte sie und stellte sich in Position: fester Stand, die Beine nicht zu eng beieinander. An ihrem Kopf pulsierte eine Ader. Mit einem stumpfen Schwert konnte Tharek sie nicht verletzen, aber sie ihn trotzdem. Sie musste vorsichtig sein.

Zuerst sah es so aus, als würde er nicht nach dem Schwert greifen, das Rin ihm reichte. Tatsächlich sah er sie beinahe verwirrt an. Cally nickte kurz und unauffällig. Sie würden ihn sowieso zwingen und dann endete die Sache vielleicht noch schlimmer. Er hatte keine Wahl. Sie beide hatten keine Wahl. Würde er die Chance nutzen, um sich an ihr zu rächen?

Als er das Holzschwert schließlich entgegennahm, wurde Cally flau im Magen. Sie versuchte, sich zu sammeln. Alles wie immer. Alles wie immer. Nur ein Übungskampf.

Sie musste ihm zugutehalten, dass er sich nicht bewegte, bis sie den ersten Schritt auf ihn zu machte und in einem halbherzigen Vorstoß seine erste Parade herausforderte. Er blockte ihren Schlag mit seinem nutzlosen Holzschwert und ihre Klinge hinterließ eine Kerbe darin. Cally versuchte zuerst, Tharek nicht in die Augen zu sehen, doch wie sollte sie sonst seine Schritte erahnen? Als sie es dann doch tat, war sein Gesicht eine regungslose Fassade.

Als er auch nach mehreren Sekunden keinen Gegenstoß ausführte, setzte sie aus kürzerer Distanz nach und dieses Mal hatte er mehr Mühe, schnell genug seine Seite zu schützen. Doch es war nicht genug für ihre Zuschauer. Von der Seite hörte Cally erneut unzufriedenes Gemurmel, das im Rauschen ihrer Ohren unterging. Sie holte aus und dieses Mal streifte sie mit der flachen Seite ihres Schwertes seine Hüfte.

»Kämpfe wie ein Mann, Junge, oder du bekommst gleich die nächste Chance, verdroschen zu werden!«, rief der Herzog.

Cally atmete zittrig ein. Ihre Blicke trafen sich. Um Thareks Mund lag ein bitterer Zug. Beinahe sah es so aus, als hätte er Schmerzen.

Und dann holte er aus. Er schlug mit dem Schwert zu wie ein Gossenjunge, doch sein Körper war weitaus stärker als der eines Kindes. Der Schlag war für Cally beinahe unvorhersehbar, da er in keiner Weise den Regeln der Kampfkunst folgte, die sie gelernt hatte. Während sie automatisch versuchte, ihre weiche Seite zu schützen, traf sie der Schlag mit voller Wucht am Hüftknochen und ließ sie taumeln. Sofort schoss ein lähmender Schmerz durch ihr Bein und sie strauchelte. Verdammte Scheiße!

Mehr aus Reflex als mit Verstand riss sie ihr Schwert wieder nach vorne, doch in ihrer ungewollten Rückwärtsbewegung verfehlte sie ihr Ziel. Sie konnte gerade noch seitlich ausweichen, als das Holzschwert zum zweiten Mal auf sie zu sauste. Sie spürte den Luftzug neben ihrem Kopf und realisierte, wie nah dran er gewesen war, sie wenigstens kurzzeitig außer Gefecht zu setzen.

Sie gönnten sich jetzt keine Pause mehr.

Cally fand in einen sicheren Stand zurück und zwang ihren Kopf, sich an all das zu erinnern, was sie gelernt hatte. Ihr Körper konnte es eigentlich, sie musste ihm nur die Chance geben, die gewohnten Abläufe durchzuspielen. Sie täuschte einen Schlag auf seinen Schwertarm an und zwang ihn zu einer Parade. So hatte sie genug Zeit, um ihn unvorbereitet erneut anzugreifen. Doch da hatte sie die Rechnung ohne ihren Gegner gemacht. Noch während Tharek stümperhaft seine Kinderwaffe vor die Brust riss, stürmte er blindlings auf sie zu und prallte mit dem Holzschwert zuerst gegen ihren Körper. Der erschrockene Schritt zur Seite, den Cally gemacht hatte, konnte sie nicht vor der Wucht des Aufpralls retten, der ihren Körper nach hinten schleuderte. Sie wurde praktisch von ihm überrannt.

Die Millisekunde, in der sie nach hinten fiel, kam ihr wie eine Ewigkeit vor. Noch während sie versuchte, den Stoß abzufangen, spürte sie seine Haare an ihrem Hals kitzeln und die Wärme, die von seinem Körper ausging. Ihre linke Seite pochte vor Schmerz. Sie würde verlieren. Auch wenn sie in der Kampfkunst ausgebildet war, war sein Handeln derart unvorhersehbar und kraftvoll, dass sie ihr Können nicht einsetzen konnte. Sie würde im Schmutz landen und sich jämmerlich blamieren.

Während sie nach hinten kippte, sah sie sich selbst aus der Perspektive ihres Vaters. Besiegt von einem Bauernjungen mit einem Holzschwert. Besiegt von der verfeindeten Familie.

Doch kurz bevor sich ihr Körperschwerpunkt endgültig nach hinten verlagerte, krallte sich etwas in ihr Wams. Thareks Finger umschlossen den Stoff so fest, dass sie nicht fiel, sondern wankend nach hinten stolperte und ihn mit sich riss. Ihr Vater verschwand aus ihrem Kopf und kurz war da überall nur er. Sein Gesicht an ihrem, sein Haar an ihrer Haut, sein Geruch. Und die Tatsache, dass er sie gerade nicht auf die Erde stieß, sondern festhielt.

Für einen Moment war ihr Verstand wie benebelt. Dann endlich, kurz bevor es zu spät gewesen wäre, begriff sie, was er wirklich tat. Obwohl ihre getroffene Seite heftig protestiere, wand sie sich so schnell sie konnte an seinem Körper vorbei, um hinter ihn zu gelangen. Für einen Außenstehenden musste es so aussehen, als ob sie seinen Schwung ausgenutzt und gegen ihn verwendet hatte, als sie ihm von hinten in die Kniekehlen trat. Als ob sie ihn besiegt hätte, als er mit einem Keuchen zu Boden ging und das Holzschwert fallen ließ. Als ob sie sich gut fühlte, als sie es an sich nahm und demonstrativ in die Höhe streckte.

Ihr Blick traf auf die zufriedenen Gesichter ihrer Zuschauer und ihr Inneres verband sich zu einem so festen Knoten, dass sie glaubte, sich gleich übergeben zu müssen.

Rin kam auf sie zu und lächelte sie an, doch sie wich vor ihm zurück und hätte es fast nicht geschafft, ihre Fassade aufrecht zu erhalten. Wenn er jetzt noch mit ihr über den Kampf sprechen wollte, würde es ihr wirklich hochkommen. Ihre abweisende Reaktion ließ etwas in seinem Gesicht gefrieren und seine stechenden Augen sahen plötzlich noch kühler aus. Sie war kurz davor ihm zu sagen, er solle sie nicht so anstarren, da wandte er sich ab und ging zu Tharek, der immer noch auf dem Boden lag.

Zwischen ihrer lähmenden Angst, zu verlieren, und dem jetzigen Moment waren nur wenige Sekunden vergangen. Ihre Hüfte pochte und wie in Trance wartete sie darauf, dass Rin Tharek die Fesseln wieder anlegte und ihn fortbrachte. Darauf, dass diese Situation endlich vorüber war.

Als er ihm stattdessen so heftig gegen den Kopf trat, dass dieser mit einem dumpfen Schlag auf den Boden prallte, unterdrückte sie gerade noch einen erschrockenen Aufschrei.

Aus purer Verzweiflung kappte Callys Kopf alle Verbindungen zu ihrem Körper. Sie stand nur da und sah zu, wie Rin ihm dann endlich die Fesseln anlegte; spürte die Anwesenheit der anderen Menschen um sich herum mehr als die eigene. Als Rin Tharek wegführte, ging sie die Treppe hinauf und hatte das Gefühl, dass ihr bei jedem Schritt die Beine wegzuknicken drohten.

Kapitel 12

Tharek

Als Tharek mit dem Holzschwert voran auf die Prinzessin zugelaufen war, hatte er wirklich gedacht, dass er sie umstoßen würde. Dass er ihren schmalen Körper auf die Erde befördern würde, wie die seiner Freunde, wenn sie sich als Kinder gerauft hatten. Dass er diesen Idioten seinen Triumph unter die Nase reiben könnte.

Doch dann hatte er ihren Blick gesehen. Ihre weit aufgerissenen Augen. Die Angst darin. In diesem Moment war sie zu jemandem geworden, den es zu beschützen galt.

Callora hatte der Herzog sie genannt.

In der Sekunde, in der er sich entscheiden musste, ob er die Hand nach ihr ausstreckte oder nicht, hatte er verstanden, dass er diese Männer nicht besiegen würde, indem er sie zu Boden warf. Dass es ihm rein gar nichts brachte, sie zu demütigen. Es würde ihn nicht hier rausbringen und auch nicht zurück zu Fynn.

Außerdem konnte er es einfach nicht.

Deshalb hatte er sie festgehalten. Hatte ihren

Körper so nah an seinen gepresst, dass die Schwerkraft sie ihm nicht entreißen konnte.

Diese Gedanken versuchte er in seinem Kopf präsent zu halten, als sie flink wie ein Wiesel an ihm vorbeigehuscht war und ihn von hinten zu Fall gebracht hatte. Als sie ihm das Schwert aus den Fingern gerissen und sich mit einem selbstsicheren Grinsen auf den Lippen zu ihrem Vater umgedreht hatte. Er lag immer noch auf dem Boden, deshalb konnte er es nicht sicher sagen, doch er hoffte, dass das Lächeln dabei genauso wenig bis zu ihren Augen gereicht hatte wie in seiner Vorstellung. Dass er das Richtige getan hatte. Dass sie nicht so war, wie sie es alle anderen glauben lassen wollte.

Diese Überzeugung kam gefährlich ins Wanken, als sein Kopf auf den trockenen Boden gerammt wurde. Er spuckte etwas Blut aus und ließ sich dann widerstandslos die Fesseln anlegen.

Er fragte sich nur, wann der Schreiber der Nachricht ihm zeigen wollte, dass er hier nicht alleine war. Denn gerade fühlte es sich verdammt noch mal danach an.

Kapitel 13

CALLY

Cally zog sich die Kapuze tief ins Gesicht und bog in die nächste Seitengasse ein. Es war bereits so dunkel, dass sie Mühe hatte, sich in der Stadt zu orientieren, und die kühle Nachtluft strich ihr über die Wangen. Hin und wieder warfen ihr die Menschen, die zu solch später Stunde noch auf den Straßen unterwegs waren, oberflächliche Blicke zu, doch sie wurde nicht erkannt. Mit dem unter die Mütze geklemmten Haar und ihren Stallklamotten war das auch mehr als unwahrscheinlich.

»Hey, Kleine, willst du nicht mit reinkommen?«

Unwillkürlich zog sich Callys Magen zusammen, doch sie rang sich ein Lächeln ab und sah zu dem Mann hinüber, der in verräterischer Schieflage an der Eingangstür einer Kneipe lehnte, die von außen mit dunklem Holz verkleidet war und von mattem, gelbem Laternenlicht beleuchtet wurde. Eigentlich hatte sie eine andere Taverne in der Innenstadt im Sinn gehabt, doch wenn sie es sich recht überlegte, war diese Spelunke genauso gut wie jede andere.

»Tatsächlich will ich das. Danke für die Einladung«,

gab sie förmlich zurück. Sein verdutzter Gesichtsausdruck, als sie tatsächlich in seine Richtung kam, verriet ihr, dass er nicht wirklich damit gerechnet hatte.

Sie nutzte diesen kleinen Moment der Überraschung und quetschte sich an dem betrunkenen Kerl vorbei durch die Tür der Kneipe. Erst versuchte er, hinter ihr her zu stolpern, doch nach wenigen Metern in dem vollen Eingangsbereich hatte sie ihn abgeschüttelt. Himmel, wie lange war sie nicht mehr an einem Ort wie diesem gewesen?

Cally gab sich die größte Mühe, in Anbetracht des säuerlichen Geruchs von Alkohol und ungewaschenen Körpern nicht das Gesicht zu verziehen, und bahnte sich ihren Weg zum Tresen. Kam es ihr nur so vor oder starrten sie die Menschen an? Es musste Einbildung sein. Sie sah genauso schäbig aus wie alle anderen hier und falls jemand seine Augen auf dem Körper einer Frau ausruhen wollte, hatten einige junge Damen in diesem Etablissement mehr zu bieten als sie.

Möglichst ohne einen der Männer zu berühren, die dicht gedrängt an der Bar saßen, ließ sie sich auf einem freien Hocker nieder. Die Lautstärke der Menschenmasse dröhnte in ihren Ohren, doch ehrlich gesagt war Cally froh darüber. Alles war gerade besser als die einsame Stille ihres Zimmers, die ihr zu viel Raum gab, um ihren Gedanken nachzuhängen. Ungefragt schossen ihr die Bilder vom Kampf am Nachmittag in den Kopf. Tharek hatte ihr geholfen und sie hatte bloß dabeigestanden, als Rin ihn erneut verletzt hatte. Wie hatte sie das zulassen können?

»Was hast du zu trinken?« Ihr Mund sprach die Worte aus, um ihren Kopf vom Nachdenken abzuhalten.

Der stämmige Mann hinter dem Tresen richtete seine dunkel umrandeten Augen auf sie und sah sie ungläubig an. Um diese Uhrzeit eine Frau alleine anzutreffen, die nicht hier arbeitete, war ungewöhnlich. »Was willste denn haben?«

Wenn sie das wüsste, hätte sie nicht fragen müssen.

»Irgendwas Starkes.«

Er musterte sie unauffällig und runzelte kurz die Stirn, drehte sich dann um und entkorkte eine längliche Flasche mit einer klaren Flüssigkeit darin. Als er ihr das kleine Glas kurz darauf so schwungvoll auf den Tresen stellte, dass die Flüssigkeit darin auf das ohnehin schon klebrige Holz spritzte, wünschte sich Cally kurz, sie hätte Met oder etwas anderes Bekanntes bestellt. Doch dann griff sie nach dem Getränk und leerte es in einem Zug.

Bei ihrem ersten Husten drehte sich der Kerl rechts von ihr zu ihr um. Nach einer Zugabe ihrerseits, die sich schon verdächtig nach Würgen anhörte, hatte sie die mitfühlend lächelnde Aufmerksamkeit des ganzen Tresens inne. Stur biss Cally die Zähne zusammen, um das widerliche Gebräu in sich zu behalten, dann hatte sie es endlich geschafft und konnte schlucken. Heilige Mutter Gottes, was war das für ein Zeug? »Noch einen.«

Zuerst dachte sie, der Wirt würde ihr kein weiteres Glas ausschenken, doch anscheinend wirkte sie entschlossen genug, um ihren Willen durchzusetzen. Dieses Mal konnte sie das Husten beinahe ganz unterdrücken.

»Halt dir für den Nächsten die Nase zu, dann geht's leichter runter.«

Cally sah nach links und blickte in die bereits leicht trüben Augen eines alten Mannes, der sie schelmisch angrinste.

»Danke für den Ratschlag«, erwiderte sie und nickte ihm kurz zu, bevor sie sich wieder nach vorne drehte und versuchte, das flaue Gefühl in ihrem Magen zu ignorieren. Doch der Alte schien das Gespräch noch nicht als beendet anzusehen.

»Was macht so jemand wie du hier zwischen uns?« Aus dem Augenwinkel sah sie, wie er unverhohlen ihre Kleidung musterte. Anscheinend sah sie doch nicht so unauffällig aus, wie sie gedacht hatte.

»Will nur etwas auf andere Gedanken kommen.«

»Verstehe, verstehe.«

Der Alte wedelte mit seinem dünnen Arm und kurz darauf erschien wie durch Zauberhand noch ein Gläschen vor ihr. Cally lächelte, hielt sich betont deutlich die Nase zu und trank die Teufelsbrühe in einem Schluck. Im Gegenzug bekam sie ein von schwarzen Zähnen dominiertes Grinsen zurück.

»Mal sehen, wie lange wir hier noch lustig trinken können, wenn das Essen bald knapp wird«, sagte der Alte und drehte gedankenverloren das zerkratzte Glas zwischen seinen knochigen Fingern.

Cally kam der Schnaps hoch und brannte ein zweites

Mal in der Kehle. Darüber wollte sie jetzt wirklich nicht reden. »Der Herzog hat alles im Griff«, presste sie mühsam hervor und sah dem Mann absichtlich nicht in die Augen.

»Wollen wir's hoffen, jetzt, wo sie ihren Buben gefunden haben. Armer Junge.«

Ihre Kleidung schien ihm zu verraten, dass sie eine Verbindung zum Hof hatte, denn seine kleinen Augen blickten Cally unverhohlen an und warteten interessiert auf ihre Reaktion. Sie begann sich unwohl zu fühlen, doch sie durfte keine Gelegenheit verstreichen lassen, den Leuten die Relevanz ihres Tuns zu erklären. Die Bürger mussten ihrer Familie vertrauen, schließlich sollten sie auch Cally als neue Herzogin akzeptieren.

»Es ist notwendig, damit die Prinzessin ihren Titel annehmen kann. Das Ritual verlangt es so. Sonst würde er nicht gefangen gehalten werden.« Sie wusste nicht, ob es in ihrem Kopf vom Schnaps oder ihren eigenen Worten rauschte.

»Jaja, die Tradition. Besser wäre es, sie würden sich um wichtigere Angelegenheiten kümmern. Ich bin sowieso bald tot, aber die anderen Leute hier würden bestimmt gerne noch ein paar Jährchen mit Essen versorgt werden.« Mittlerweile hatte sich ein resignierter Ton in seine Stimme geschlichen und seine penetranten Blicke lösten bei Cally eine Gänsehaut aus. Wenn es nach ihr ging, konnte dieses Gespräch bald beendet sein.

Sie war gerade dabei, sich wieder um die Aufmerksamkeit des Wirts zu bemühen, da fingen ihren Ohren den letzten Teil des Gemurmels auf, das der Mann von sich gab, bevor auch er sich um sein nächstes Getränk kümmerte und es genüsslich leerte. »Wunderbare Tradition, ja. Grundloses Gejammer über die Vergangenheit.«

Callys Gehirn schüttelte seine Benommenheit für einen Moment ab und wurde aktiv. »Grundlos ist eine maßlose Untertreibung. Keine Familie lässt zu, dass eine andere ungestraft in ihren Reihen mordet.« Zwar drehte sich ihr trotz des betäubenden Schleiers des Alkohols der Magen um, wenn sie das Bild des Blutopfers mit Thareks Gesicht in Verbindung brachte, doch ihre Familie würde niemals grundlos solche Taten vollbringen. So etwas durfte niemand behaupten.

»Damals war Krieg, Mädchen. Solche Dinge geschehen nun mal.« Nun wirkte auch der alte Mann, als ob er keine Lust mehr auf das Gespräch hätte.

»Sie haben meine Urgroßmutter grausam in ihrer Zelle verdursten und verhungern lassen!« Jetzt hatte Cally sich verraten, doch sie war ohnehin sicher, dass ihr Gegenüber nur zu gut wusste, wer sie war.

»Pah!«, stieß der Alte hervor und drehte sich zu ihr um. »Das ist die Geschichte, die hier jeder kennt, Mädchen. Aber das ist nicht alles, was man wissen sollte.«

Wenn er sie noch einmal Mädchen nannte, würde sie … Sie musste sich zusammenreißen, um bei ihrer Antwort nicht hochnäsig zu klingen. »Sie haben den Krieg verloren und dann alle Geiseln einfach zum

Sterben zurückgelassen.« Ihre Hände schlossen sich so fest um das Glas vor ihr auf dem Tisch, dass ihre Knöchel weiß hervortraten. Wäre das alles doch nur nie geschehen, dann würde sie heute nicht in dieser Situation stecken.

»Hab nie gesagt, dass das nicht passiert ist, Mädchen. Aber wieso der Krieg überhaupt ausgebrochen ist, darüber wird nie gesprochen.« Der Alte hatte tatsächlich den Nerv, sie wieder anzulächeln. »Das hat dir dein Vater wohl nicht erzählt, was?«

»Was meinst du damit?«

»Ein Junge, Gustav hieß er meine ich, war damals als Mündel deiner Familie bei euren auserkorenen Feinden.« Er atmete tief ein und sammelte Luft für seine nächsten Worte. »Doch der Junge starb durch einen Unfall. Seine Mutter, deine Urgroßmutter, wurde verrückt vor Trauer und bezichtigte die andere Familie des Mordes. Und dann ging's los.«

Mit offenem Mund starrte Cally ihr Gegenüber an. »Wieso hätten wir einen Krieg wegen eines Unfalls beginnen sollen?«

»Ja, wieso?« Der Alte hob die Hände in die Luft und zuckte mit den Schultern. »Das kann ich dir jetzt auch nicht mehr sagen. Sicher ist nur, dass der Tod des Jungen genutzt wurde, um die schon lange da gewesenen Streitereien eskalieren zu lassen.«

Dieses Mal schaffte Cally es, den Wirt herbeizuwinken und sich einen neuen Schnaps zu bestellen. Ihre Finger zitterten und die Geräuschkulisse der Kneipe verschwand hinter dem Rauschen in ihren

Ohren. Welchen Grund hätte er, ihr Lügen zu erzählen? Klar, die Menschen in der Stadt waren schon einmal besser auf ihre Familie zu sprechen gewesen, aber die Vergangenheit zu verdrehen würde ihnen auch nicht mehr Essen verschaffen. Sie kippte die klare Flüssigkeit in einem Zug herunter und schüttelte trotzig den Kopf. Eigentlich wollte sie sagen, dass ihre Vorfahren den Krieg ganz bestimmt nicht begonnen hatten, doch stattdessen kam »Was für eine Art Unfall?« aus ihrem Mund.

Es schien, als ob der Alte nur darauf gewartet hätte, dass er seine Geschichte erzählen konnte. »Eine schlecht behandelte Wunde nach einem Kampftraining, die sich entzündete – so sagt man sich. Der Junge war ein Mündel gewesen, so wie deine Familie immer einen Buben von ihnen bei sich hatte.«

»Wieso hätten wir freiwillig jemanden in die Arme der Barbaren schicken sollen?« Unterbewusst nahm Cally wahr, dass der steigende Alkoholpegel sie klingen ließ wie ihren Vater. Aber sie konnte dem Mann seine Geschichte nicht einfach so abnehmen.

»Ein kluger Einfall deiner Vorfahren, würde ich sagen. Die beiden Häuser standen schon immer in Konkurrenz zueinander und der Austausch der Mündel sorgte dafür, dass sie sich nicht bei der kleinsten Provokation an die Gurgel gingen. Hat zwar am Ende nicht so gut geklappt, aber na ja. Einige Jahre ist es dennoch gutgegangen.«

Hatte ihr Vater jemals von Mündeln gesprochen? Von einem Unfall? Cally konnte sich nicht daran erinnern. Langsam aber stetig kroch ein ungutes Gefühl durch ihren Körper und blieb als Knoten in ihrem Hals stecken. Waren es nicht langsam genug Überraschungen? Sollte sie alles, was sie zu wissen glaubte, infrage stellen? Sie konnte sich das nicht länger anhören.

Ruckartig setzte sie das Glas ab und sprang von ihrem Hocker auf. Sie musste hier raus und nach Hause.

»Danke für das Gespräch«, nuschelte sie gerade noch, als sie an dem Alten vorbeihuschte und sich dann in die kühle Nachtluft rettete. Auf dem Weg zur Burg atmete sie mehrmals tief ein und aus, um sich zu beruhigen.

Sie musste mit dem Herzog darüber sprechen. Aber theoretisch machte es keinen Unterschied. Sie hatten Mitglieder ihrer Familie ermordet und den Geist ihres Vaters und seiner Vorfahren mit so unendlich viel Trauer gefüllt, dass das nicht so leicht vergessen werden konnte. Das rechtfertigte das Bluterbe. Oder?

Keuchend schnappte Cally nach Luft und riss ihren Kopf nach oben, um besser atmen zu können.

Ihre Hände zitterten. Sie wollte nicht wieder einschlafen. Es war die Finalität, die Endgültigkeit des Traumes gewesen, die sie so sehr verstörte, dass sie sich selbst daraus hatte befreien müssen. Sie war das Ende gewesen. Sie und ihre Hand, die ein Schwert schwang.

Schweiß perlte auf ihrer Stirn und nachdem sich ihr Atem wieder etwas beruhigt hatte, spürte sie, wie durstig sie war und wie furchtbar sich ihr Kopf anfühlte. Wie viel von diesem Höllenzeug hatte sie getrunken? Sie taumelte aus dem Bett und stürzte die Hälfte des Wassers aus dem kleinen Krug hinunter, den die Dienerinnen abends in ihr Zimmer stellten. Als die kühle Flüssigkeit in ihrem Körper angekommen war, ging es ihr langsam besser und der Raum hörte auf, sich zu drehen. Noch ein wenig besser wurde es, als sie die Türen geöffnet hatte und in ihrem Nachthemd hinaus auf den Balkon trat.

Sie konnte sich kaum an den Rückweg gestern Nacht erinnern. Hatte sie in der Kneipe selbst noch kaum etwas von der Trinkerei gespürt, so hatte der Alkohol wenig später auf dem Nachhauseweg regelrecht ihren Körper übernommen.

Ein sanfter Wind strich Cally durch die Haare und verursachte eine Gänsehaut auf ihren nackten Armen. Ihr Kopf schwebte in einer Mischung aus Klarheit und Verwirrung, aber sie war sich nicht sicher, ob dieser Zustand wirklich nur von ihrer kleinen Trink-Eskapade herrührte. Wenn man es genau nahm, dauerte er schon an, seit Tharek hier war.

Callys Blick wurde vom Westturm angezogen und blieb daran hängen, egal wie sehr sie sich anstrengte, nicht hinüberzusehen. In ihrem Kopf wiederholte sich die Geschichte des alten Mannes und ihr wurde klar, dass das alles für sie kaum zu begreifen war. Eine Entscheidung in der Vergangenheit – ein unglücklicher Zufall – sorgte heute dafür, dass man von ihr erwartete, einen anderen Menschen zu töten. Und das nur, um das Leben leben zu dürfen, das ihr sowieso zustand.

Eine Seite in ihr wollte ihrem Vater erzählen, was sie erfahren hatte, doch sie durfte nicht schwach werden und ihrer irrationalen Hoffnung nachgeben. Er würde ihr nicht glauben und schon gar nicht das Bluterbe absagen. Seit nunmehr vierzig Jahren schichtete er die Steine der Vergangenheit aufeinander und er würde niemals zulassen, dass jemand an den Gemäuern rüttelte. Nein, eher als dass er Tharek freiließ, würde er seinen Plan gefährdet sehen und ihn noch schneller vorantreiben – mit ihr als Marionette.

Tränen traten Cally in die Augen, als ihr bewusst wurde, wie gefangen sie in ihrer Lage war. Sie sehnte sich so sehr danach, mit jemandem über all das zu sprechen, ohne Tharek weiter in Gefahr zu bringen. Aber da gab es niemanden. Nicht einmal Marilee konnte sie sich anvertrauen. Jedes ihrer Worte, das Zweifel vermuten ließ, war eine Gefahr für Tharek.

Cally fröstelte in der kühlen Nachtluft, schlang die Arme um ihren Körper und ging wieder zurück in ihr Zimmer. Eigentlich hatte sie sich wieder in ihr warmes Bett kuscheln wollen, doch dann hielt sie inne und ließ zu, dass ihre Füße einen anderen Weg wählten.

Das Kerzenlicht warf flackernde Schatten auf die dunklen Wände der Burg. Je mehr ihre Hand zitterte, desto heftiger tanzte das Licht seinen fremdbestimmten Tanz. Cally war sich nicht sicher, was genau sie hier tat. Sie wusste nur, dass dieses Gefühl, das in ihrem Inneren wütete, sie nie verlassen würde, wenn sie in ihrem Zimmer blieb.

Kurz hielt sie inne und lauschte ins Dunkel. Die Wache vor der Tür hatte ihren Posten vor wenigen Sekunden verlassen und unterhielt sich nun unten am Eingang mit ihrer Ablösung. Cally war durch den angrenzenden Teil der Burg gekommen und hatte so lange fröstelnd in dem dunklen Gang gewartet, bis es Zeit für den Wechsel war. Vorsichtig stellte sie ihre Kerze auf den Boden.

Ihr Vormarsch war wirklich perfekt geplant. Sie hatte Garra bei der Wacheinteilung geholfen und konnte sich noch immer gut an die Schichtwechsel erinnern. Ohne zu zögern, huschte sie zur Tür und fummelte einen Schlüssel aus ihrer Tasche. Cally hatte darauf bestanden, ebenfalls einen zu bekommen – für »Notfälle«, wie sie sagte. Was aber nicht bedeutete, dass sie dabei gesehen werden wollte, wie sie mitten in der Nacht in Thareks Zimmer schlich. Mit wenigen Handgriffen hatte sie das Schloss geöffnet und glitt so schnell sie konnte in den Raum, bevor die nächste Wache ihren Platz einnehmen konnte.

Erst als sie leise die Tür hinter sich geschlossen hatte, sackte das Adrenalin ruckartig ab und ihr wurde bewusst, was sie hier gerade tat. Wo sie war. Mit wem sie in einem Zimmer war. Nachts, im Dunkeln.

Ihr Puls schoss wieder in die Höhe und sie wirbelte herum. Cally hatte nun die dicke Holztür in ihrem Rücken und sah, wie trübes Mondlicht durch das einzige Fenster des Raumes schien.

Kapitel 14

Tharek

Thareks Schlaf war viel zu leicht, um das klackernde Drehen des Schlüssels im Schloss zu überhören. Innerhalb weniger Sekunden saß er aufrecht auf der dünnen Matratze und starrte ins Dunkel. Es war mitten in der Nacht, das konnte nur Ärger bedeuten.

Gerade als er aufgestanden war und sich lautlos in den Schatten der hintersten Ecke des Zimmers geschoben hatte, schlüpfte eine Person in den Raum und schloss die Tür hinter sich. Vor Schreck hielt er die Luft an und vermied jedes Geräusch, das seine Position hätte verraten können. Das schummrige Mondlicht machte gerade einmal die Füße des Eindringlings sichtbar, der Rest verschwand noch in der Dunkelheit. Bei diesem Licht hatte er keine Chance, einen möglichen Angreifer auszuschalten, bevor er direkt vor ihm stand.

In seiner Panik bemerkte Tharek zunächst nicht, dass die Person viel zu lange unschlüssig vor der Tür stehen blieb. Ihr Atem war kaum zu hören. Er war kurz davor, sich auf gut Glück auf den Eindringling zu stürzen, so sehr ließ das Adrenalin seine Muskeln zittern, doch dann trat dieser einen Schritt nach vorne ins schummrige Mondlicht.

Erleichterung mischte sich mit Erstaunen und wich dann Wut. Konnte sie ihn nicht wenigstens nachts in Ruhe lassen?

»Was zum Teufel machst du hier?« Seine Stimme klang hart und abweisend. Als die Prinzessin nicht antwortete und nur still in seine Richtung blickte, fügte er hinzu: »Geh wieder zurück. Es gibt keinen Grund für dich, hier zu sein.«

Kurz sah sie so aus, als ob sie seiner Aufforderung nachkommen würde, doch dann straffte sie die Schultern. »Ich bin hier, um mich zu entschuldigen.«

Die Beule an seinem Kopf, die ihn vorher stundenlang vom Schlafen abgehalten hatte, machte sich auf einmal bemerkbar. Er wollte ihr sagen, dass sie sich ihre Entschuldigung sonst wohin schieben konnte. Er wollte ihr sagen, dass sie ihn an diesem einen Tag in der Schmiede mit ihrer Entscheidung in die Hölle geschickt hatte. Doch er tat es nicht. »Hast du ja jetzt getan. Also geh wieder in dein eigenes Zimmer zurück.«

Obwohl er allen Grund dazu hatte, derart unfreundlich zu sein, fühlte es sich nicht richtig an. Auch wenn Callora Befehle gab, sie konnte nichts dafür. Das hatte er heute in ihrem Gesicht gesehen, als der Herzog und seine Hampelmänner sie dazu aufgefordert hatten, gegen ihn zu kämpfen. Sie war ein Spielstein, genau wie er. Nur dass sie im Gegensatz zu ihm zu wissen schien, welches Spiel gespielt wurde.

»Brauchst du irgendetwas für deinen Kopf?«

Er trat einen Schritt nach vorne, sodass sie ihn im Mondlicht sehen konnte. »Nein.«

Sie sollte gehen. Er hatte gerade keine Kraft, sich mit dem Gefühlschaos auseinanderzusetzen, das sie in ihm hervorrief. Geschweige denn damit, ob das hier gerade eine Chance zur Flucht war.

Seine kalte Antwort schien ihr den Mut geraubt zu haben, denn sie drehte sich tatsächlich um und machte Anstalten, wieder aus dem Zimmer zu gehen. Callora drückte bereits die Klinke herunter, da erinnerte er sich plötzlich an den Zettel, den er gefunden hatte.

»Warte!«

Die Prinzessin hielt inne.

Konnte es sein? Konnte es sein, dass sie ihn geschrieben hatte? Er schüttelte kurz den Kopf und bereute es sofort, als ihm ein stechender Schmerz in die Stirn fuhr. Blödsinn. Natürlich war sie es nicht gewesen. Sie hatte ihn schließlich erst hierhergeschleppt. Trotzdem durfte er diese Chance, an Informationen zu kommen, nicht verstreichen lassen.

»Was mache ich hier?«

Er sah, wie sie zusammenzuckte und sich wieder Richtung Tür wandte. Dieses Mal wirkte es beinahe wie eine Flucht.

»Warum redet dein irrer Vater ständig von meiner Familie?«

Tharek sah nur ihre angespannte Silhouette, als sie nach einem kurzen Schweigen endlich antwortete: »Erinnerst du dich an den großen Krieg?«

»Mein Vater hat nicht oft darüber gesprochen. Und ich bezweifle, dass ich etwas mit ihm zu tun hatte. Beantworte meine Frage!«

Jetzt drehte Callora sich doch zu ihm um und er konnte ihr offenes Haar über die leicht gebeugten Schultern fallen sehen. Im Dunkeln wirkte es beinahe schwarz, doch er wusste, dass es im Tageslicht von einem sanften Braun war und sich oft aus ihren Zöpfen löste.

»Deine Familie hatte sehr wohl etwas mit dem Krieg zu tun«, flüsterte sie. »Auch wenn ich heute gelernt habe, dass meine wohl die Hauptschuld trägt.«

»Unsinn. Was sollte eine Bauernfamilie mit eurer politischen Idiotie zu tun haben?« Sie würde ihm Lügen auftischen, genau wie ihr Vater. Aber nicht mit ihm.

»Haben sie dir erzählt, wie deine Mutter gestorben ist?« Die Prinzessin sprach mittlerweile so leise, dass er sie kaum verstehen konnte. Als er nicht antwortete, fuhr sie fort: »Du stammst nicht von einfachen Leuten ab, sondern von einem ehemals mächtigen Adelshaus, das schon immer mit meiner Familie verfeindet ist.«

Als die Bedeutung ihrer Worte langsam in seinen Kopf tröpfelte, spürte er, wie sein Gesicht heiß wurde. »Jetzt tu du nicht auch so, als ob du mehr über meine Familie wüsstest als ich selbst!« So ein vermaledeiter Blödsinn! Adelshaus, das sollte mal einer Fynn erzählen, dem mittlerweile wahrscheinlich die zerfledderten Klamotten vom Leib fielen!

Unwillkürlich trat Tharek einen Schritt nach vorne.

Sie drehte den Kopf zur Seite und zuckte kurz zusammen. Es sah beinahe so aus, als ob sie dachte, dass er sie schlagen würde. Der Gedanke erschreckte ihn so sehr, dass er seine vor Wut geballten Fäusten sofort senkte.

»Ich denke, sie haben es dir nicht erzählt, um dich zu schützen. Um dich davon abzuhalten, Rache an uns zu nehmen.«

Tharek gefror das Blut in den Adern. »Wieso hätte ich das tun sollen – Rache?«, fragte er ins Dunkel, die Augen geschlossen.

»Weil mein Vater«, sie stockte und schluckte schwer, »deine Mutter am Tag seiner Krönung zum Herzog getötet hat. Nur so konnte er den Titel erben.«

Sein Inneres absorbierte die Dunkelheit um ihn herum und sog sie in sich auf. *Weil ich sie getötet habe.* Das waren die Worte des Herzogs gewesen, gesprochen auf der Feier, in den Augen den Wahnsinn. Und genau wegen dieses Wahns hatte er ihm nicht geglaubt. Wieso sollte er auch?

Aber hier war sie – seine Tochter – und aus irgendeinem Grund wusste Tharek, dass sie ihn nicht anlog. Dass ihr Vater wirklich den Menschen getötet hatte, der ihm sein ganzes Leben lang gefehlt hatte.

Kapitel 15

CALLY

Cally konnte die dunkle Silhouette seines Körpers vor Schmerz zittern sehen und dennoch sprach er weiter.

»Aber das reicht euch nicht. Ihr wollt noch mehr Blut vergießen, um meine Familie für eine Feindschaft zu bestrafen, die von unserer Seite aus nicht besteht – von der ich nicht einmal wusste.«

An Thareks Tonfall konnte sie erkennen, dass er es noch nicht vollends verstanden hatte. Oder vielleicht wollte er sie dazu zwingen, das auszusprechen, was sie nicht aussprechen konnte. Wie jung war sein Bruder noch? Er hatte vorhin seinen Vater erwähnt. Cally betete, dass er noch da war, um für ihn zu sorgen.

»Das Bluterbe muss weitergehen«, flüsterte sie. »Ich werde die nächste Herzogin sein.« Dann brach ihre Stimme weg und sie bildete sie sich ein, seine hellen, blauen Augen durch das Dunkel hindurch sehen zu können. Wie sie sich in ihre Seele bohrten und sie zwangen, weiterzusprechen. »Ich werde die nächste Herzogin sein, indem ich dich töte.«

Stille spannte sich wie ein Netz durch den Raum, das jede Sekunde zu reißen drohte.

Und es riss.

Plötzlich war er über ihr, seine Hände griffen ihren Hals und er drückte sie aufs Bett. Röchelnd versuchte sie sich zu wehren, doch er war zu stark und sein Körper zu schwer auf ihrem. Sie konnte ihn nicht wegdrücken und das Atmen wurde immer schwerer. Callys Gedanken rasten und Panik schoss wellenartig durch ihren Körper. Er würde sie ersticken! Sie würde keine Herzogin werden. Sie würde nicht töten müssen. Tharek würde leben. Tharek …

Das Dunkel der Nacht rückte von allen Seiten in ihr Sichtfeld, bis sie kaum noch etwas erkennen konnte.

Callys Wangen fühlten sich feucht an. Weinte sie? Sie wusste es nicht. Langsam ging die Panik in Gleichgültigkeit über und ein immer dichter werdender Nebel legte sich über ihre Sinne. Sie konnte es Tharek nicht übelnehmen. Gleich würde alles vorbei sein. Einfach vorbei. In Ihrem Kopf wurde es enger und enger. Trotz der Ruhe ihres Geistes versuchte ihr Körper ein letztes Mal, sich zu retten. Doch für mehr als ein leises Wimmern reichte ihre Kraft nicht.

Mit einem verzweifelten Keuchen Thareks fiel die Schwere von ihren Lungen.

Cally schnappte hektisch nach Luft. Beinahe hätte er sie umgebracht. Beinahe.

Er kniete immer noch über ihr, nur wenige Zentimeter entfernt. Zwischen ihnen vibrierte die Hitze und mit jedem weiteren Atemzug kam Cally wieder mehr zu sich.

Zitternd versuchte sie, sich auf ihre Atmung zu

konzentrieren und bemerkte dann, dass auch Thareks Körper bebte. Er schluchzte. Ihre Wangen waren feucht von seinen Tränen – nicht von ihren eigenen.

Sie streckte sich nach oben und berührte sein Gesicht mit ihren Händen. Strich über seine feuchten Wangen und wischte die Tränen fort. Die Farbe dieser wunderschönen Augen sollten nicht verwaschen werden. Er war nicht der Böse. Er sollte nicht leiden für das, was ihre Familie tat.

Sein Blick wurde klarer und umfing sie, schloss sie ein in dem eisblauen Feuer darin. Plötzlich waren seine Hände hinter ihrem Rücken und zogen sie nach oben. Wie selbstverständlich passten ihre Körper ineinander und Cally umklammerte seinen Rücken, bis sie beide wieder langsamer atmeten. Doch auch dann ließen sie einander nicht los.

Die Dunkelheit verschluckte die Zeit. Irgendwann mussten sie eingeschlafen sein.

Cally wurde von lauten Stimmen geweckt, die vom Innenhof ins Zimmer drangen. Kurz blinzelte sie verwirrt in die ungewohnte Umgebung, doch schneller, als ihr lieb war, verließ ihr Kopf den ruhigen Ort, an den sie ihre Träume geschickt hatten.

Sie stieg mit zittrigen Beinen aus dem Bett und atmete erleichtert aus, als Tharek sich nur zur Seite drehte, aber nicht aufwachte. Sie hatte wirklich die ganze Nacht in seinen Armen geschlafen – in den

Armen ihres Gefangenen. Die Bedeutung dessen, was sie getan hatte, war zu groß, um sich hier und jetzt damit auseinanderzusetzen.

Was war da zwischen ihnen passiert?

Weitere Rufe rissen sie aus ihren Gedanken. Irgendetwas schien da draußen los zu sein. Vorsichtig öffnete Cally die Tür einen Spaltbreit und schlüpfte aus dem Zimmer, ohne einen Blick zurückzuwerfen. Wenn sie heute noch einen klaren Gedanken fassen wollte, musste sie so schnell wie möglich hier raus.

Etwas stimmte nicht. Die Gewissheit kroch kribbelnd über Callys Haut, als sie den engen Treppengang des Turmes hinunterlief. Keine Wache vor der Tür, keine Wache am Eingang des Turmes.

Die Kerzen an der Wand warfen flackernde Schatten und sie bemühte sich, bei ihrem halsbrecherischen Tempo nicht über die eigenen Füße zu fallen. Wieso machten die Leute mitten in der Nacht einen solchen Tumult? Was war draußen los, dass die Wachen dort gebraucht wurden?

Als sie aus der Tür ins Freie stolperte, sah sie mehrere Menschen in der Mitte des Innenhofes stehen und in den Himmel starren. Einige schlugen die Hände über dem Kopf zusammen und ein kleines Kind weinte.

Die Erkenntnis über den Grund der Aufregung traf Cally völlig unvorbereitet. Sie war nicht mitten in der Nacht aufgewacht. Es war wieder geschehen.

Die Dunkelheit legte sich mit all ihrer Schwere auf ihre Schultern und ließ ihren Körper in sich zusammensinken. Bei dieser Sache hatte es keinen Zweck, zu versuchen, sich als starke Herzogin zu präsentieren. Ihre Stärke würde ihr nichts nützen. Hiergegen konnte sie nichts ausrichten. Hiergegen konnte niemand etwas ausrichten. Eine weitere lange Nacht war angebrochen.

Der Klang des eigenen Namens riss Cally aus ihrer Schockstarre. Einige der Bürgerinnen und Bürger hatten sie entdeckt und liefen durcheinanderrufend auf sie zu.

»Eure Hoheit, wir brauchen mehr Männer, um die Ernte einzufahren!«

»Wann werden die Vorräte verteilt?«

In Callys Kopf überschlugen sich die Gedanken. Fetzen des Gesprächs, das sie mit Garra geführt hatte, kreisten in ihrem Kopf.

… nicht genug Essen …

Verkalkuliert …

Cally wurde schwindelig.

Wie zum Teufel sollte sie das den Leuten beibringen? An einem Morgen, an dem die Sonne nicht aufging. In einem Nachthemd mitten im Hof. Sie wollte nichts lieber, als wegzulaufen und sich in ihrem Zimmer einzuschließen. Als die erste Person sie am Arm fasste und sie die Stimmen, die nach ihr riefen, kaum noch unterscheiden konnte, wurde sie panisch.

»Kommt in einer Stunde vor den großen Balkon. Dann werdet ihr alles erfahren«, brachte sie mühsam hervor und versuchte sich ihren Weg zum Hauptgebäude zu bahnen. Sie musste mit ihrem Vater sprechen.

In der Burg selbst war es nur wenig heller als draußen. Auch hier musste während der langen Nächte sparsam mit Fackeln umgegangen werden. Cally atmete tief durch und versuchte, das unangenehme Gefühl von den an ihrer Kleidung zerrenden Händen abzuschütteln. Eiligen Schrittes stolperte sie die Stufen zum kleinen Thronsaal hinauf, in dem Gäste empfangen und der Rat einberufen wurde. Sicherlich wurde sie schon erwartet. Aber wie sollte sie erklären, dass man sie nicht in ihrem Zimmer hatte finden können?

In ihren dünnen Schläppchen schlitterte Cally um die nächste Ecke und bog in den letzten langen Flur ein. Sollte sie den Herzog damit konfrontieren, dass sie um den schlechten Stand der Stadt wusste? Eigentlich hatte sie keine Wahl. Diplomatie war etwas für helle Tage. Lange Nächte mussten Zeiten der Wahrheit und der Taten sein, sonst würde es für viele Menschen schlecht ausgehen.

Außer Atem riss Cally die Türen des Thronsaals auf. Sie sammelte gerade genügend Luft, um sich für ihr verspätetes Erscheinen zu entschuldigen, da erkannte sie, dass der Raum leer war. Es waren noch nicht einmal die Fackeln angezündet. Zischend entwich der Atem aus ihren Lungen und sie stützte sich ungläubig am Türrahmen ab. Wo zum Teufel waren alle?

»Es wurde kein Rat einberufen.«

Cally zuckte zusammen und gab einen erstickten

Schrei von sich. Als sie sich umdrehte und Garra im Halbdunkeln erkannte, hielt sie sich erleichtert eine Hand an die Brust. »Wie könnt Ihr mich nur so erschrecken? Ihr wisst doch, wie es ohne Licht ist.«

»Entschuldigt. Ich hatte vermutet, dass Ihr hierherkommt.«

Cally runzelte die Stirn. »Natürlich. Wir müssen uns beraten. Ich habe den Leuten in einer Stunde eine Ansprache auf dem großen Balkon versprochen.«

Garra strich sich durch das bereits schüttere Haar. »Euer Vater ist in seinem Schlafzimmer. Ich glaube nicht, dass er vorhat, heute noch etwas zu unternehmen.«

An seinem Tonfall merkte Cally, was er von diesem Umstand hielt, doch er war viel zu treu, um es laut auszusprechen.

Cally schnaubte verärgert und knallte die Tür des Thronsaals wieder zu. Das konnte ihr Vater vergessen. Sie mussten den Leuten Klarheit geben, auch wenn die vielleicht eher ernüchternd als Trost spendend war.

»Ich werde zu ihm gehen. Danke für Eure Hilfe.« Sie nickte Garra zu und eilte dann weiter den Flur entlang, in Richtung des Zimmers ihrer Eltern.

Ihr Klopfen war hektisch und so kurz, dass niemand so schnell ein »Herein« herausbringen konnte, wie sie die Tür aufriss. Sie hatte sich ihren Vater in seinem schweren Mantel vorgestellt, wie er vor seinem Fenster stand und in den Hof hinausblickte, aber sich schlichtweg weigerte, herauszukommen. In der Realität erwartete sie ein ganz anderes Bild.

Die Herzogin saß auf dem Ehebett und hatte eine Hand auf die Schulter ihres Mannes gelegt, der noch unter den schweren Laken lag. Seine Haut sah blass und glänzend aus und unter seinen Augen lagen dunkle Schatten. Callys Mund wurde trocken. »Ist … ist alles in Ordnung?«

Ihr Vater schüttelte unwirsch den Kopf. »Natürlich, ich habe nur nicht besonders gut geschlafen.«

Cally verspürte das Bedürfnis, sich zu ihren Eltern aufs Bett zu setzen, sich in den Arm nehmen zu lassen und zu hören, dass alles gut werden würde. Doch sie blieb, wo sie war.

»Warum bist du hier?« Ihr Vater fixierte sie mit seinen dunklen Augen.

Überrascht öffnete Cally den Mund, doch kein Ton kam heraus. Dann brachte sie mühsam hervor: »Die nächste lange Nacht ist da. Wir müssen besprechen, was zu tun ist.« Wieso sagte sie das so, als ob er es nicht wüsste? Und die wichtigere Frage: Wieso tat er so, als ob er es nicht wüsste?

»Es gibt nichts zu besprechen. Es ist nicht die erste lange Nacht. Alles wird so laufen wie sonst auch.«

»Wir müssen Männer der Wache abberufen, um die Ernte von den Feldern zu holen.«

»Dann lass Garra das tun.«

Sie legte verzweifelt den Kopf in den Nacken. »Vater, das reicht aber nicht. Die Leute haben Angst und ich habe ihnen eine Ansprache versprochen.«

Hilfesuchend sah sie ihre Mutter an, doch die wandte sofort den Blick ab. Cally spürte Wut in sich aufsteigen. Sie war genau die Art Frau, die sie nicht werden wollte. Wunderschön und in Eleganz fast nicht zu übertreffen, aber am Ende doch nur ein Schmuckstück an der Seite ihres Mannes. Sie konnte nicht einmal für ihre eigene Tochter einstehen. Dabei musste sie doch ebenso wissen, dass der Herzog einen Fehler machte. Wieso sagte sie nichts?

Cally nahm all ihren Mut zusammen. »Die Menschen ahnen, dass die Vorräte knapp sind. Und so ist es auch, nicht wahr?«

Stille durchflutete den Raum. Sie krallte sich in Callys Brust fest und ließ sie ihren Mut bereuen.

»Das ist nicht dein Problem, Callora.«

»Und ob es das ist! In ein paar Wochen bin ich Herzogin!«

»Aber jetzt bist du es noch nicht, also konzentriere dich auf deine Aufgaben und lass mich meine Arbeit tun.«

»Du tust sie aber nicht«, dachte Cally resigniert. »Du schaffst es nicht mehr.« Sie wagte einen letzten Vorstoß: »Ich will dir doch nur helfen, Vater. Lass mich die Ansprache übernehmen. Wir besprechen, was zu tun ist, und ich verkünde es.«

In seinem Gesicht regte sich kein Muskel, als er antwortete: »Du bist noch nicht so weit. Es wird keine Ansprache geben. Garra verteilt die Wachen und wir sitzen die Dunkelheit aus. So, wie wir es immer getan haben.«

Callys Hände ballten sich zu Fäusten und sie hatte

Mühe, die Tränen zurückzuhalten. »Die Leute brauchen diese Worte. Sonst wird es Chaos geben.«

»Bitte geh jetzt, Callora. Such Garra und sag ihm Bescheid. Ich bin müde.«

»Wieso kann ich nicht …?«

»Geh jetzt!«

Cally stöhnte verzweifelt und verließ widerwillig den Raum. Das hier würde in einer Katastrophe enden, da war sie sich sicher.

Wie konnte ihr Vater nicht verstehen, dass er mit seiner Entscheidung einen fatalen Fehler machte? Er regierte dieses Land schon seit so vielen Jahren. Er musste wissen, was es mit den Leuten machte, wenn man sie alleine ließ. Alleine im Dunkeln. Ohne Führung.

Cally war bereit, die Ansprache zu halten. Bald würde sie Herzogin sein. Wie konnte er ihr diese Aufgabe in wenigen Wochen oder sogar Tagen anvertrauen, aber nicht jetzt? Zuerst wollte sie in ihr Zimmer gehen und die Tür hinter sich zuschlagen lassen. Doch der Gedanke, sich nur mit den Unheil prophezeienden Stimmen in ihrem Kopf zu beschäftigen, machte sie beinahe verrückt. Er hatte ihr alle Möglichkeiten zu handeln verboten. Sie konnte nichts tun.

Als Cally abrupt die Richtung wechselte und ihre Füße dem gleichen Weg folgen ließ, den sie schon vor wenigen Stunden gegangen war, hörte sie von draußen immer noch das aufgebrachte Summen einer Menschenmenge. Hoffentlich waren genügend Wachen dort, um für Ordnung zu sorgen.

Sie spähte durch das nächste Fenster, an dem sie vorbeiging, und sah, dass mittlerweile die großen Feuerkörbe im Innenhof angezündet worden waren und zumindest ein wenig Licht spendeten. Es war nicht die erste lange Nacht und es würde nicht die letzte sein. Die Menschen würden es auch ohne sie schaffen. Oder nicht?

Bevor sie in den Verbindungsgang zum Westturm einbog, hielt sie einen von Garras Männern an und trug ihm auf, die Worte ihres Vaters an den Hauptmann weiterzugeben. Es wäre sicherer, es persönlich zu tun, doch sie hatte gerade nicht die Kraft, seinem enttäuschten Blick standzuhalten. Ebenso wie sie war auch er der momentanen Willkür seines Herrn ausgeliefert.

Der Gang vor Thareks Zimmer war nach wie vor leer und die Wachen im Turm verschwunden. Gut so. Draußen wurden sie eher gebraucht und eine Flucht war dank der abgeschlossenen Tür sowieso beinahe unmöglich. Außerdem konnte sie so wieder ungesehen hineinschlüpfen.

Als sie den Raum betrat, stand er an seinem kleinen Fenster, die dunklen Haare noch zerwühlt vom Schlaf. Er schaute nicht einmal nach hinten. Es schien, als ob er damit gerechnet hätte, dass sie kam. Unschlüssig blieb Cally in der Tür stehen. Sie hatte keine Ahnung, wie sie sich ihm gegenüber verhalten sollte. Sie hielt ihn gefangen. Er hatte versucht, sie umzubringen. Und trotzdem hatten sie die ganze Nacht zusammen verbracht und sich gegenseitig davor bewahrt, auseinanderzubrechen. Cally wusste nicht, wieso, aber gerade war er der einzige Mensch, mit dem sie sprechen wollte.

»Es überrascht mich jedes Mal wieder. Als ob es unmöglich wäre, dass es noch einmal geschieht.« Seine Stimme war rau und tief, frisch aus der Stille der Nacht erwacht.

Sie wusste genau, was er meinte. Die Vorstellung, wieder Tage oder gar Wochen ohne Licht zu verbringen, überstieg den Geist derart, dass man kaum darüber nachdenken konnte. Cally ging zum Fenster hinüber und stellte sich so dicht hinter Tharek, dass auch sie hinaussehen konnte. Ihre Haut kribbelte, als sie seine berührte. Sie waren sich so nah. Wenn Tharek sie jetzt überwältigte, wäre sie ihm erneut schutzlos ausgeliefert. Gleichzeitig wollte sie die Arme um ihn schlingen und ihr Gesicht in seinem Rücken vergraben.

»Wie ist es auf dem Land?«

Sein Kiefermuskel spannte sich an und sie hätte sich am liebsten geohrfeigt. Schließlich war sein Bruder noch dort – alleine. Entsprechend traurig klang auch seine Stimme, als er antwortete.

»Einsam. Lange Wege im Dunkeln zurückzulegen ist zu gefährlich, um es ohne Grund zu riskieren. Deshalb bleiben alle in ihren Häusern und sitzen es aus. Solange eben genug zu essen da ist.«

Essen, da war es wieder. Das alles entscheidende Thema.

»Aber um so was musstest du dir wohl noch nie Gedanken machen«, fügte er leicht spöttisch hinzu.

Cally zuckte zusammen. Das Band zwischen ihnen, das sie gerade noch so deutlich gespürt hatte, zerriss mit einem Knall in ihrem Kopf.

»Was meinst du damit?«

Tharek drehte sich zu ihr um und seine blauen Augen glänzten im schwachen Licht, das von draußen hereinschien.

»Du bist die Tochter des Herzogs. Im Dunkeln wirst du von Kerzen umringt und in Decken eingewickelt. Was sollst du in einer langen Nacht fürchten?«

Wut stieg in Cally auf. »Ist das dein Ernst? Du denkst, nur weil ich zwischen Burgmauern wohne, sind mir die langen Nächte egal?«

Er öffnete den Mund, nur um dann von ihr unterbrochen zu werden.

»Bevor mein Vater und sein Rat genügend Vorräte aufbauen konnten, um für die Stadt zu sorgen, gab es hier keine schlimmeren Zeiten als die langen Nächte.« Cally schluckte und schlang plötzlich verunsichert von ihrem eigenen Ausbruch die Arme um den Körper. »Als ich klein war, durfte ich im Dunkeln keinen Fuß aus der Burg hinaussetzen. In der Stadt wurde gestohlen, gekämpft und getötet. Wenn ich aus dem Fenster gesehen habe, konnte ich Häuser brennen sehen – alles im Kampf ums Essen. Und immer wieder haben es auch Leute in die Burg geschafft.« Sie schauderte und wandte sich ab.

Die ersten langen Nächte ihres Lebens waren nur verblasste Erinnerungen aus ihrer Kindheit, doch die Angst fühlte sich noch genauso real an wie damals. »Also sag du mir ja nicht, dass es in der Stadt keinen Grund zur Angst gibt.«

Doch Tharek glaubte ihr nicht. »Die Leute draußen sammeln sich vor dem Hauptgebäude, also warten sie wohl auf die Vorräte. Meinem Bruder wird keiner etwas zu essen bringen.«

Seine Stimme war ruhig, doch Cally hörte seine Gefühle trotzdem heraus. Seinen Zorn, der die Situation jede Sekunde zum Kippen bringen könnte. Sie sollte gehen.

»Sie warten auf eine Ansprache. Darauf, dass ihnen jemand sagt, wer was zu tun hat.« Sie stand auf und wandte sich zur Tür. »Aber wenn es dich glücklich macht, kann ich dir sagen, dass sie nicht einmal die bekommen werden – geschweige denn genügend Vorräte.« Ihr Ton wurde bissig. Was hatte sie sich hiervon erwartet? Vorwürfe über ihr angeblich so privilegiertes Leben waren bestimmt nicht das, was sie jetzt brauchen konnte.

Plötzlich stand er neben ihr und hielt seine Hand über den Türknauf. Sofort schlug ihr Herz wieder schneller.

»Willst du damit sagen, es gibt keine Vorräte, Callora?«

»Nicht keine.« Sie machte eine Pause. »Aber auch nicht genug. Und ich heiße Cally, falls du dich mich nicht bewusst wie meine Eltern behandeln willst.«

Tharek schwieg und die Stille kam ihr vor wie der schlimmste Vorwurf, den er ihr machen konnte. Aber was hätte sie tun sollen? Sie wusste seit kaum mehr als einer Woche, dass ihr Vater sich verkalkuliert hatte. Außerdem war so viel anderes passiert.

»Cally also, na gut. Und ihr wollt es ihnen verschweigen und deshalb wird niemand zu der Menge sprechen?«

»Verdammt noch mal, nein!« Sie wirbelte herum und stieß Tharek dabei von sich weg. »Es wird niemand zu ihnen sprechen, weil mein Vater mich nicht lässt.« Sie spürte, wie ihre Stimme kippte. Langsam war die Grenze erreicht. »Es wird ihnen niemand sagen, was zu tun ist, und das ganze Chaos von früher wird sich wiederholen.« Cally schlug die Hände vors Gesicht und spürte, wie ihre Beine schwach wurden. Es war einfach alles zu viel. Die Verantwortung lastete schwer auf ihren Schultern und nach der letzten Nacht mit zu wenig Schlaf und zu viel Aufregung, hatte ihr Körper dem nichts mehr entgegenzusetzen. Sie ging bereits in die Knie, da fühlte sie Thareks Hände an ihren Schultern, die ihr Halt gaben.

»Du möchtest zu ihnen sprechen, aber sie lassen dich nicht?«

»So einfach ist das nicht. Vater ist krank und trifft gerade nicht die besten Entscheidungen.«

Thareks Hände hielten sie weiter aufrecht. »Wenn dir das bewusst ist, dann setze dich doch über sie hinweg.« Seine blauen Augen gruben sich beinahe in ihre und seine Stimme war so eindringlich, dass es Cally ins Herz traf. Einen Moment lang schien die Zeit stillzustehen und sie wollte tun, was er sagte, nur um ihn nicht zu enttäuschen. Sprachen sie gerade wirklich nur über die Ansprache?

Dann wandte Tharek den Blick ab und deutete mit dem Kopf zum Fenster. »Die Leute brauchen jemanden, der ihnen sagt, was zu tun ist.«

»Ich kann nicht.« Cally senkte den Blick.

»Wieso nicht?«

Sie schwieg.

Eine seiner Hände verließ ihre Schulter, doch noch bevor sie die Wärme vermissen konnte, spürte sie seine rauen Finger an ihrer Wange.

»Tu es einfach.«

KAPITEL 16

THAREK

Nachdem die Prinzessin verschwunden war, beobachtete Tharek die Menschen draußen auf dem Hof. Immer mehr schlichen, nur beleuchtet von den Fackeln, die sie trugen, und den Feuerkörben, wie Geister in Richtung des großen Balkons vor dem Hauptgebäude. Anscheinend waren die Burgtore geöffnet worden und gewährten nun auch den normalen Städtern Einlass. Das war ja schon mal ein Anfang.

Tharek stützte sich mit den Händen auf den Sims seines Fensters und lehnte sich so weit nach vorne, wie es die Höhe und sein klopfendes Herz zuließen. Nicht ohne Grund sorgte sich niemand darum, dass er auf diesem Weg aus dem Zimmer fliehen könnte. Es war wirklich verdammt hoch und die Außenwand des Turmes aalglatt. Trotz der leichten Gänsehaut, die ihm die bedrohliche Höhe bescherte, lehnte er sich weiter nach vorne, um ja nicht zu verpassen, wenn Cally auf den Balkon trat.

Durch die erzwungene Untätigkeit kreisten seine Gedanken und so konnte er den Traum, den er letzte Nacht gehabt hatte, nicht mehr verdrängen. Nachdem

Cally in seinen Armen eingeschlafen war, war auch er erschöpft weggedämmert. Er hatte geträumt, dass ein in einen Mantel gehüllter Mann zu ihrem Hof gekommen war, der einsam und dunkel in der Nacht gelegen hatte. Er hatte spüren können, dass Fynn alleine dort war und ihn niemand vor der Ankunft des Fremden warnen konnte, denn er selbst war wie festgefroren in seiner Position als Beobachter gewesen. Dann endete die Szene plötzlich, als er, wahrscheinlich durch eine Bewegung von Cally, aufgewacht war.

Doch auch jetzt hinterließ die Erinnerung daran ein schales Gefühl in seinem Mund. Es war ihm alles viel zu real vorgekommen. Beinahe so, als ob er diesen Mann tatsächlich einmal beobachtet hätte. Kannte er die Situation aus seiner Kindheit? Er konnte sich nicht daran erinnern.

Tharek schüttelte die Gedanken ab und konzentrierte sich wieder auf die wogende Menschenmenge im Hof. Ihre Bewegung, die Unruhe und das aufgeregte Summen verschiedener Stimmen – all das verriet ihm, dass die Leute da unten genauso aufgewühlt waren wie er. Eine weitere lange Nacht. Eine weitere Durststrecke aus Dunkelheit, durch die Fynn dieses Mal alleine durchmusste.

Was würde er an seiner Stelle tun? Allein zu Hause bleiben und dafür beten, dass es nicht mehr als ein paar Tage wurden? Oder sich hinaus ins Dunkel wagen und irgendwo Zuflucht suchen? Vielleicht würde Rollo ihn in der Schmiede schlafen lassen, solange nicht richtig gearbeitet werden konnte. Falls er nicht dachte, dass Tharek mit seinem Geld durchgebrannt war und ihn übers Ohr gehauen hatte. Er fuhr sich mit den Händen durchs Haar und riss dabei hart mit seinen Nägeln an der Kopfhaut. Egal wie es lief, er war hier und konnte nichts tun. Fynn musste es alleine schaffen.

Draußen kam Bewegung in die Menge und einzelne Rufe schallten über den Hof. Die Menschen warteten schon zu lange und die Stimmung drohte zu kippen. Bald würden sie erfahren, dass ihr geisteskranker Herzog sie verhungern lassen wollte.

Und dann betrat die Prinzessin den Balkon. Zuerst sah er nur den Saum ihres Kleides – roter Stoff, auf dem das Fackellicht tanzte, wodurch es aussah, als ob er in Flammen stünde. Wie in Zeitlupe schritt sie aus der Umarmung ihrer Wachen hinaus und ging langsam zur Brüstung nach vorne. Ihr braunes Haar war nach hinten gesteckt worden und legte den Fokus ganz auf ihr Gesicht. Die satte rote Farbe des Kleides ließ sie energischer wirken und was auch immer es war, das sie so aufrecht gehen ließ, es funktionierte. Sie hatten es geschafft, sie wie eine Herzogin aussehen zu lassen.

Es fiel Tharek schwer, seine Augen von ihr abzuwenden. Wollte er, dass sie Herzogin wurde? Hatte er sie dazu ermutigt, ihren rechtmäßigen Weg fortzusetzen und somit seinen zu beenden?

Er schüttelte den Kopf. Nein, er hatte sie dazu ermutigt, die richtige Entscheidung zu treffen. Was auch immer das für ihn bedeutete.

Bei dem Gedanken daran, dass seine eigene Familie

auch einmal adelig gewesen sein sollte, musste er beinahe lachen. Er konnte das Wort nicht einmal denken, ohne einen Würgereiz zu bekommen. Sein Vater war der freundlichste Mensch auf Erden gewesen, doch wenn es um die Oberschicht ihrer Gesellschaft ging, hatte er seine Verachtung nie verstecken können – und diese Haltung hatte sich auf seine Söhne übertragen. Bisher hatte Tharek keinen Grund erkennen können, sie zu ändern, ganz im Gegenteil.

Die Stimmung im Hof hatte sich verändert. Die Menge war verstummt und kaum einer der Zuschauer regte sich mehr. Gespannt wartete Tharek auf Callys erste Worte, doch während sie zu sprechen begann, zuckte er erschrocken zusammen und wandte sich vom Fenster ab.

Es hatte gerade an der Tür geklopft.

Wie versteinert starrte Tharek durch den Raum. Cally war da draußen, sie konnte es also nicht sein. Außerdem würde sie nicht klopfen. Niemand würde klopfen, wenn er einen Gefangenen sehen wollte.

Seine Hände wurden feucht, während sein Kopf auf Hochtouren arbeitete. Anklopfen war ein Zeichen der Höflichkeit – aber in seinem Fall war ausgeschlossen, dass es das bedeuten sollte. Wenn die verdammten Wachen es darauf anlegten, könnten sie ihn mitten im Schlaf aus dem Bett zerren, ohne auch nur ein Wort mit ihm zu wechseln.

Vorsichtig entfernte er sich vom Fenster und schlich so leise er konnte durch den Raum, den Körper gespannt wie eine Bogensehne. Aber vielleicht wollte die Person auch gar nicht hereinkommen. Vielleicht sollte das Klopfen bedeuten, dass er zur Tür kommen sollte. Dafür sprach, dass sie sich immer noch nicht geöffnet hatte.

Konnte es der Schreiber der Nachricht sein?

Obwohl sein Instinkt ihm vehement davon abriet, stellte Tharek sich direkt hinter die Tür und presste sein Ohr dagegen. »Wer ist da?«

Zuerst war nur Callys Stimme vom Hof aus zu hören und er war kurz davor, seiner Nervosität nachzugeben und so schnell wie möglich wieder Distanz zwischen sich und die Tür zu bringen, da hörte er ein Flüstern durch das Holz: »Wie geht es dir da drinnen?«

Obwohl ihm die Stimme vage bekannt vorkam, konnte er sie ohne ein Gesicht nicht zuordnen. »Wer bist du?«, wiederholt er seine Frage. Und wo war die Wache, die eigentlich vor seiner Tür stehen sollte?

»Kein Sinn für Geplauder? In Ordnung, dann kommen wir gleich zur Sache.«

Der Tonfall sandte Tharek einen Schauer über den Rücken. Mittlerweile war er sich ziemlich sicher, dass die Person vor seiner Tür nicht vorhatte, ihm zu helfen. »Was willst du von mir?«

»Ich will …«, der Mann erschuf eine theatralische Pause, die Thareks Hände nur noch mehr zittern ließ. »Ich will, dass du das bekommst, was dir zusteht.«

Obwohl er die Geräusche der Rede draußen immer noch hören konnte, schien seine Welt stillzustehen, so angespannt war er.

Der Fremde schnalzte mit der Zunge und fuhr fort:

»Und da es nicht so aussieht, als würden der Herzog und die Prinzessin verstehen, wie du wirklich behandelt werden solltest, werde ich mich selbst darum kümmern müssen.«

Thareks Zunge wurde bleischwer und pelzig. Die Dunkelheit in seinem Zimmer und die Tatsache, dass er den Mann nicht sehen konnte, ließen es wirken, als ob dieser direkt neben ihm stehen würde. Was für ein fanatischer Anhänger des Bluterbes musste man sein, um so eine schreckliche Drohung auszusprechen?

Obwohl die Situation ihm verdammt noch mal wirklich Angst machte, durfte er es sich nicht anmerken lassen!

»Falls du es nicht bemerkt hast, befindet sich eine Tür zwischen dir und mir. Demnach gehe ich davon aus, dass du wohl nicht in der Lage bist, hereinzukommen. Also zieh Leine und lass mich mit deinem kranken Gelaber in Ruhe!« Er ballte seine Hände zu Fäusten, um ihr Zittern zu unterdrücken.

»Gut, dass du das so siehst, dann kannst du wenigstens noch in Ruhe schlafen. Aber wir werden sehen, ob ich nicht genug Einfluss habe, um an gewisse Schlüssel heranzukommen.«

Einfluss? Es musste einer der Fürsten sein. Tharek schlug so fest mit der flachen Hand gegen die Holztür, dass sie in ihren Angeln wackelte. »Verschwinde!«, brüllte er und lauschte dann bebend ins Halbdunkel.

Als er auch nach einigen Sekunden keine Antwort erhielt, sank er mit dem Rücken an der Tür in sich zusammen und vergrub das Gesicht in den Händen.

Er durfte sich nicht eingestehen, wie sehr ihn dieser Besuch verängstige, sonst würde er wahnsinnig werden.

Dann hörte er Gebrüll von draußen und kam so schnell es ging wieder auf die Beine. Als er mit klopfendem Herzen am Fenster ankam, sah er, dass Cally immer noch auf dem Balkon stand, die ältere Wache, die er bereits kannte, direkt neben sich. Als Tharek sich wieder etwas gefasst hatte und das taube Gefühl, das der Schock in seinem Körper ausgelöst hatte, langsam abebbte, hörte er, dass die Wache damit drohte, die Nahrungsrationen zu streichen. Es schien also nicht so gut zu laufen.

Doch sein Herzschlag beruhigte sich ein wenig, als Cally danach wieder selbstsicherer nach vorne trat. Weitere Minuten vergingen, in denen sich die Leute zu beruhigen schienen und ihr zuhörten. Tharek jedoch konnte sich kaum auf ihre Worte konzentrieren. Zu sehr hallte die Drohung des Fremden in seinem Kopf nach.

Kurz darauf verneigte Cally sich schließlich und verschwand mit wehendem Kleid hinter den Türen der Burg.

Immer noch mitgenommen beobachtete Tharek, wie die Menge nach und nach aus dem Hof tröpfelte. Doch, ein paar Leute hatten vorsichtig applaudiert, da war er sich sicher. Sie hatte es geschafft. Aber würde sie es auch schaffen, ihn hier rauszubringen, bevor es zu spät war?

Kapitel 17

Cally

Als Cally in ihr Zimmer zurückkam, ließ sie sich mit einem Seufzer aufs Bett fallen und das rote Kleid drapierte sich wie ein Fächer um ihren Körper. Sie hatte es hinter sich. Es war nicht perfekt gelaufen und einmal hatte Garra ihr mit einer unschönen Drohung wieder Gehör verschaffen müssen, aber sie hatte es geschafft. Sie hatte die Ansprache gehalten und den Leuten wenigstens etwas Hoffnung gegeben. Eine Richtung, in die sie blicken konnten.

Sie rollte sich auf die Seite und sah aus dem Fenster. Noch heute Nachmittag würden einige Freiwillige aus der Stadt dabei helfen, die Ernte von den Feldern zu holen, bevor die empfindlichen Pflanzen durch den Mangel an Licht und die plötzlich sinkenden Temperaturen kaputtgingen. Alles, was von höfischem Land stammte, würde gesammelt und dann nach und nach rationiert wieder ausgegeben werden. So war zumindest der Plan.

Cally erhob sich steif und ging zu ihrer Frisierkommode. Müde sah sie aus, müde, aber zufrieden. Sie würde Garra so schnell es ging bei der Organisation helfen, aber vorher musste sie diesen Aufzug hier loswerden. Sie zupfte sich die Spangen aus dem Haar und erwog bereits nach dem ersten scheinbar unlösbaren Knoten nach Marilee schicken zu lassen, doch ihre Ungeduld sprach dagegen.

Fluchend zog Cally eine besonders widerspenstige Klammer aus ihrem Haar, als sie den Umschlag auf ihrem Tisch entdeckte.

Verdammt, sicherlich ließ der Herzog nach ihr schicken. Cally faltete den Brief auseinander und machte sich auf eine geschriebene Schimpftirade gefasst. Was sie jedoch sah, trieb ihr den Schweiß auf die Stirn. In einer ihr unbekannten Schrift stand dort: *Komm heute Nacht zur Bucht, wenn du ihm helfen willst.*

Ihr blieb beinahe das Herz stehen. Wer hatte das geschrieben? Woher wusste die Person davon?

Sie unterdrückte das Bedürfnis, den Brief sofort in die Glut des Kamins zu werfen, als ob damit die Bedeutung hinter den Worten vernichtet werden könnte. Jemand in der Burg wusste, dass sie dabei war, Gefühle für Tharek zu entwickeln – er musste gemeint sein. Und das war wirklich verdammt gefährlich! Callys Puls raste. Vater durfte auf keinen Fall wissen, dass sie ins Wanken kam. Auf keinen Fall!

Sie ließ sich schwer auf ihren Hocker fallen und zwang sich, tief durchzuatmen. Jetzt keine voreiligen Schlüsse ziehen. Cally wendete den Brief mehrmals, doch es war kein Hinweis auf einen Absender zu finden. Wieso sollte ihr jemand das hier schreiben? Da stand, sie solle kommen, wenn sie ihm helfen wolle.

Wieso machte sich jemand die Mühe, wenn er sie auch einfach verraten konnte?

Das Papier drehte und drehte sich in Callys Hand. Was, wenn es gar niemand vom Hof war? Was, wenn es jemand von außerhalb geschafft hatte, den Brief hereinzuschmuggeln? Was, wenn er ernst gemeint war? Aber Tharek hatte nicht erwähnt, dass es jemanden gab, der versuchen könnte, ihm zu helfen.

Kurz lachte sie bitter auf. Wieso sollte er auch gerade ihr so etwas erzählen?

Und dennoch war es möglich.

Sie musste wissen, ob es wirklich einen Weg gab, ihn aus der Burg zu bringen, ohne den Verdacht auf sich selbst zu lenken. Sie musste heute Nacht zur Bucht gehen.

Callys Hand strich über rauen Stein und die Fackel malte unbeständige Bilder aus Licht, als sie durch den halbdunklen Gang lief. Schon der Geruch allein versetzte Cally zurück in ihre Kindheit, als sie diesen Weg unzählige Male gegangen war, um sich in einem unbeobachteten Moment ans Wasser zu schleichen. Auf der einen Seite wachte die Burg über die Stadt wie ein Drache auf seinem Felsen. Auf der anderen Seite wurde sie selbst bewacht – von einem breiten Fluss aus silbrigem Wasser. Dorthin war sie unterwegs.

Ihr Geist sprang zurück in die Gegenwart und zu ihrem Treffen. Sie hatte entschieden, nichts von ihrer eigenen Zerrissenheit preiszugeben, bis sie sicher wusste, welche Absichten ihr Gegenüber hatte. Erst wenn sie Gewissheit hatte, dass die Person wirklich auf Thareks Seite stand, konnte sie mehr zeigen als das, was sie durch ihr Kommen bereits bestätigte. Sie musste einfach vorsichtig sein.

Der Boden wurde feuchter und gab leicht unter ihren Stiefeln nach, als sie näher ans Wasser kam. Unheimlich flüsternd strich der Wind durch den Gang, doch Cally fürchtete sich nicht. Fast niemand kannte diesen versteckten Weg direkt von der Burg zum Wasser. Der Schreiber der Nachricht würde von der Stadt her kommen, da war sie sich sicher.

Als sie um die nächste Kurve bog, konnte sie das träge Rauschen des Flusses bereits hören. Wie viele Stunden hatte sie früher hier unten gespielt? Im Sommer, während der langen Tage, war die Bucht voll mit Kindern gewesen. Wenn Cally ihren Stallmantel über die feinen Klamotten gezogen hatte, war sie eine von ihnen gewesen.

Sie trat ins Freie und ein übermütiger Windstoß riss an der Flamme ihrer Fackel. Schnell schützte sie sie mit ihrem Körper. Ohne Licht würde sie den Schreiber der Nachricht niemals finden. Hier unten am Wasser war die Nacht um ein Vielfaches dunkler als in der Nähe der Stadt und könnte sie ohne Probleme mit Haut und Haaren verschlingen.

Unsicher drehte Cally sich hin und her. Wo genau sie sich treffen sollten, hatte nicht in der Nachricht gestanden. In der langgezogenen Bucht gab es mehrere kleine Höhlen, die sich natürlicherweise in dem massiven Stein gebildeten hatten, auf dem die Burg saß. Keine war besonders tief, konnte aber zwei Menschen vor neugierigen Blicken schützen und eignete sich somit gut für ein geheimes Treffen.

Cally zitterte. Sie war sich nicht sicher, ob das von der kalten Nachtluft oder ihrer Aufregung kam. Gerade als sie beschlossen hatte, in Richtung Stadt zu laufen, erklang eine Stimme in ihrem Rücken und sie zuckte erschrocken zusammen.

»Eure Hoheit!«

O heilige … Musste man sie so erschrecken?

Kannte sie diese Stimme? Vom ersten Schreck überrascht verschwand die Erinnerung an den Klang sofort wieder aus ihrem Kopf. Sie war sich nicht sicher. Klar war nur, dass es ein Mann war, der nach ihr rief. Cally packte die Fackel fester und erinnerte sich an den Dolch an ihrer Hüfte. Kein Grund zur Sorge. Schließlich war sie hier, um zu reden. Und wehrlos war sie auch nicht. Sie kniff die Augen zusammen und starrte in die Dunkelheit. Wieso trug er keine Fackel und pirschte sich an wie ein Tier auf der Jagd?

»Wo seid Ihr? Zeigt Euch.«

Sie rührte sich nicht vom Fleck, als eine dunkle Gestalt langsam in ihr Sichtfeld trat. Der Mann musste ganz in der Nähe des Tunnelausgangs gestanden haben. Wieso gab er sich erst jetzt zu erkennen? Nervosität strich unangenehm kribbelnd über ihre Haut.

Vielleicht war das hier doch keine so gute Idee gewesen.

Dann erhellte der Fackelschein schwach die nahende Gestalt und sie konnte eine Silhouette ausmachen. Verdammt, sie kannte ihn, oder nicht? Als er erneut sprach, bekam sie Gewissheit und ihr wurde von einer Sekunde auf die andere übel.

»Ihr seid also doch gekommen. Ich muss sagen, ich hatte nicht wirklich damit gerechnet.« Rin trat vollends in den kleinen Lichtkegel und helle Streifen tanzten über sein Gesicht.

Es war eine Falle. Niemals wollte gerade er ihr helfen, Tharek zu befreien. »Warum hast du den Brief geschrieben?«, presste sie hervor. »Wieso hast du mich hierher bestellt?« Sie erinnerte sich an den Blick, den er ihr nach dem misslungenen Kampf mit Tharek zugeworfen hatte, und befürchtete, die Antwort selbst zu kennen. Irgendwo in seinem verwirrten Kopf hatte er einen Anspruch auf sie erhoben, den es niemals geben dürfte.

Seine blassen Augen glitzerten unter den Strähnen des sandfarbenen Haars, das ihm wie immer ins Gesicht fiel. Er ließ sich Zeit mit seiner Antwort und Cally musste sich zusammenreißen, um nicht zurückzuweichen. Je weiter sie sich von ihm entfernte, desto schlechter konnte sie ihn sehen.

»Ich glaube, ich wollte einfach nur sehen, ob Ihr der Aufforderung wirklich folgen würdet.« Er neigte seinen Kopf ein wenig zur Seite und ließ sie nicht aus seinem Blick entkommen. Er sah sie an wie … ja, wie seine Beute. Ein Schauder lief ihr über den Rücken. »Und Ihr seid da, also hatte ich recht. Ihr empfindet etwas für den dreckigen Mistkerl.«

Unweit von ihnen entfernt raschelte es und Cally wäre beinahe zur Seite gesprungen vor Schreck. »Bestimmt nur ein Tier. Konzentrier dich! Die echte Gefahr steht hier vor dir«, versuchte sie sich in Gedanken zu beruhigen und atmete tief ein. Sie war die Tochter des Herzogs und Rin nur eine Wache. Er hatte ihrer Familie Gehorsam geschworen. Und trotzdem lockte er sie hierher. Hitze stieg in Callys Gesicht, als sie daran dachte, was passieren würde, wenn ihr Vater davon erführe.

Nein, das durfte nicht passieren. Es würde Thareks Schicksal besiegeln.

»Da irrst du dich.« Sie zwang eine Maske aus Gleichgültigkeit und Trotz über ihre Furcht. »Ich habe einen Brief in meinem Schlafzimmer gefunden, der mehr als ominös war, und ich bin gerade in einer Lage, in der ich keine Überraschungen vertragen kann. Deshalb wollte ich nachsehen. Aber da es sich nur um einen schlechten Scherz handelt, kann ich ja wieder gehen.« Callys Herz schlug schneller, als das überhebliche Lächeln auf seinen Lippen nicht verschwand. »Ich werde Vater davon unterrichten, dass du scheinbar nichts Besseres zu tun hast, als wilde Vermutungen über mich anzustellen.«

»Also ist er Euch vollkommen egal, ja?«

Sie gab nicht vor, nicht zu wissen, wen er meinte. »Er ist der Schlüssel zu meiner Zukunft, zu meinem

Bluterbe. Und das weißt du genauso gut wie ich.« Ihr Kiefer war so angespannt, dass er beim Sprechen schmerzte. Wieder dieses Rascheln in der Nähe, begleitet von einem anderen Geräusch, das Cally nicht zuordnen konnte. Dieses Mal drehte auch Rin leicht den Kopf, schien aber in keiner Weise beunruhigt. Sie konnte nicht verhindern, dass sie das noch nervöser machte.

Er kam einen Schritt näher, sodass sie seinen Atem auf ihrem Gesicht spüren konnte. Alles in Cally zog sich zusammen. Aber sie durfte nicht zurückweichen. Sie war seine Herrscherin.

»Dann habe ich mich wohl geirrt«, flüsterte er. »Aber umso besser. Dann bist du frei für mich.«

Es war sicherlich kein gutes Zeichen, dass er sie nicht mehr wie eine Prinzessin ansprach. Callys Hand schloss sich fester um den Dolch. Konnte sie wirklich auf eine ihrer eigenen Wachen einstechen? In ihrem Kopf flackerte das Bild von Rin auf, der Thareks Kopf mit einem Fußtritt auf den Boden krachen ließ. Ja, das konnte sie.

Rin sprach immer noch unbeirrt weiter: »Lass mich dir zeigen, was du stattdessen haben kannst.«

Schneller, als sie reagieren konnte, griff seine Hand nach ihrer und presste sie fest an ihre Hüfte. Seine andere griff in ihren Nacken und zog ihren Kopf zu sich.

Cally schrie erschrocken auf und ließ bei dem Versuch, an ihren Dolch zu kommen, die Fackel fallen. Dunkelheit überlagerte ihr Sichtfeld und sie warf verzweifelt den Kopf nach hinten. Doch Rin war zu stark. Sie spürte seine Lippen an ihrer Wange, seinen Atem auf ihrer Haut. Ruckartig drehte Cally den Kopf zur Seite und riss an ihrem Arm, doch sie konnte sich nicht befreien. Zusammen stolperten sie rückwärts, bis Callys Rücken den Felsen berührte, ihr Körper noch immer fest in Rins unnachgiebigem Griff. Und wieder die Geräusche aus der Dunkelheit.

Was passierte hier?

Rin wand den Dolch aus Callys Hand und er fiel mit einem dumpfen Geräusch in den feuchten Sand. Gefangen. Sie war gefangen. Ihr Kopf schrie vor Angst vor dem, was gleich passieren würde, während ihr Körper Rin hilflos ausgeliefert war. Er riss an ihrem Mantel und kalte Luft strich über ihren Oberkörper. Nein! Nein! Nein!

Dann stöhnte er wie aus dem Nichts schmerzerfüllt auf und Cally konnte für eine Sekunde wieder atmen. Rins Hände lösten sich von ihrem Körper und er stolperte nach hinten. Der eigene Herzschlag dröhnte ihr in den Ohren. Ein Knurren in der Dunkelheit. Und dann zwei Körper, die aufeinanderprallten.

»Lauf!«

Oh mein Gott! War das etwa …? Nein, das konnte nicht sein.

Cally war kaum in der Lage, zu verstehen, dass dort noch jemand in der Dunkelheit war. Ihr Kopf vermischte eine fremde Stimme mit der Erinnerung an seine. So musste es sein. Tharek konnte nicht hier sein. Er war eingesperrt in einem Turm.

»Cally, lauf!« Er war es. Er war wirklich hier. Sie fühlte sich, als ob sich alles um sie herum drehte. Und dann schrie er auf. Ihr Herzschlag setzte aus. Hatte Rin ihn verletzt? Was, wenn er auch eine Waffe bei sich hatte?

Sie ließ sich auf den Boden fallen und tastete im Dunkeln hektisch nach ihrem Dolch. Wertvolle Sekunden verstrichen, bevor ihre Finger die vertraute Form fanden und sich um sie schlossen. Wild atmend sprang sie auf.

Mondlicht. Es musste Mondlicht geben. Ihre Augen gaukelten ihr nach der Helligkeit der Fackel nur vor, dass sie rein gar nichts sehen konnte. Mit zittrigen Beinen starrte sie nach vorne und erkannte zwei halb aufgerichtete Gestalten vor sich, im Dunkeln untrennbar miteinander verwoben.

Sie würde Tharek erkennen, seine Bewegungen. Ganz sicher. Das Dröhnen in ihren Ohren wurde immer lauter. Sie zwang sich, sich an die Kampfstunden mit Garra zu erinnern. Sie war ausgebildet, um zu kämpfen.

Cally war sich sicher, einen von Rins Armen ausmachen zu können. Ihr blieb nur ein kurzer Moment zum Zielen, doch das reichte. Mit Schwung rammte sie den kurzen Dolch in den Arm und die Bucht wurde von einem unheimlichen Aufschrei erfüllt, der den Dunst der Dunkelheit zerriss. Danach ein dumpfer Schlag. Knochen auf Knochen. Und dann war es plötzlich still. Nur schweres Atmen hing in der Luft und erinnerte an das, was gerade geschehen war.

Cally presste sich eine Hand vor den Mund, um ein Wimmern zu unterdrücken. Und dann war er da, seine Arme um ihren Körper, und hielt sie fest, während ihr die Tränen über die Wangen liefen und sie vor Schluchzen bebte.

Sie klammerte sich an Tharek fest, bis sie wieder in der Lage war, richtig zu atmen. Was war hier gerade geschehen? Und wo war Rin? Ihr panischer Kopf bildete sich ein, dass er sie beide gleich von hinten anspringen und beenden würde, was er begonnen hatte. »Wo ist er?« Callys Stimme zitterte.

Tharek drückte sie ein Stück von sich weg und sah ihr in die Augen. Der Mond tauchte sein Gesicht in milchig-trübes Licht und ließ nur seine hellen Pupillen hervorstechen. »Geht es dir gut?«

Cally nickte schnell und wand sich dann in seinem Arm, um hinter sich sehen zu können. Lag da eine Gestalt auf dem Boden? Tharek strich ihr mit dem Daumen über die Wange.

»Ich glaube, ich habe ihn ohnmächtig geschlagen. Wir würden hören, wenn er aufwacht.« Unterdrückte Wut spiegelte sich in seiner Stimme.

Cally strich sich die verschwitzten Haare aus dem Gesicht, wischte die letzten Tränen von ihrer Wange und nahm einen tiefen, zittrigen Atemzug. Dann löste sie sich von Tharek und ließ sich auf den Boden gleiten. Kurz darauf spürte sie seinen warmen Körper neben sich. »Was ist hier gerade passiert?«, flüsterte sie in die Dunkelheit. Langsam legte sich der Schreck und machte lähmender Erkenntnis Platz.

»Er hat dir eine Falle gestellt. Was hat er dir hier versprochen?« Tharek stöhnte im Dunkeln, als er seine Sitzposition veränderte.

»Hat er dich verletzt?«, platzte sie heraus und ignorierte seine Frage. Sie strich mit ihren Händen über seinen Arm. Er saß neben ihr. Ohne Fesseln. Frei. Die Situation kam ihr so unwirklich vor.

»Ich glaube nicht. Höchstens 'ne Rippe geprellt.« Wieder raschelte es neben ihr. »Nicht der Rede wert.« Er lachte. »Und nichts gegen die Genugtuung, diesem Arschloch endlich eine verpassen zu können.«

Trotz all der Anspannung schlich sich ein zaghaftes Lächeln auf Callys Gesicht. »Wie kannst du hier sein? Wie bist du rausgekommen?« Ihr wurde klar, dass er jetzt einfach gehen könnte. Nichts hielt ihn zurück. Was würde sie dann tun? Versuchen, ihn aufzuhalten?

»Er hat mich rausgeholt.«

»Er hat was?« Sie richtete sich ein wenig auf und starrte in Thareks dunkles Gesicht. Wieso sollte Rin das tun?

Sanfter Atem füllte die Pause vor Thareks Antwort. »Ich habe damit gerechnet, dass etwas passiert. Aber er hat mich trotzdem überrumpelt, als er in mein Zimmer gekommen ist und mich dann hier runtergeschleppt hat. Nur dass du auch in Gefahr bist, das habe ich nicht geahnt.« Er schüttelte den Kopf.

»Was meinst du damit? Wie hättest du das ahnen können?«

»Er war an meiner Tür und hat mir gedroht – während deiner Rede. Anscheinend wollte er, dass ich hierbei zusehen muss.«

In Callys Bauch drängte sich ein Knoten zusammen und sie hatte das Gefühl, sich gleich übergeben zu müssen.

»Vielleicht hat er geahnt, dass ich mehr gelitten hätte, als ich sollte.« Cally spürte Thareks Blick auf sich ruhen, während sie das Gesagte Revue passieren ließ.

Rin hatte gewollt, dass Tharek zusah, während er … Sie würgte innerlich und konnte den Gedanken nicht zu Ende bringen.

»Er hat mich geknebelt und dort hinten festgebunden«, Tharek deutete ins Dunkel. »Aber meine Hände waren nur mit Seilen gefesselt. Wahrscheinlich hat er sich zu sicher gefühlt, der Bastard. Ich konnte sie an einem spitzen Felsen durchreiben. Aber es war knapp.«

Cally sprang auf. Auf keinen Fall konnte sie länger an diesem Ort bleiben. Was wäre passiert, wenn Rin seinen Job ordentlich gemacht hätte? Wie hatte ihr Vater so einen Menschen in die Reihen ihrer Wachen lassen können? Er und seine unrealistischen Ermutigungen hatten ihn vielleicht erst dazu gebracht, sich so sehr mit ihr zu beschäftigen.

Ihr Körper wollte so schnell wie möglich weg von hier und drängte in Richtung des Tunnels, doch ihr Kopf erinnerte sie daran, dass die Situation noch nicht vorbei war. »Was sollen wir mit ihm tun?« Kurz schwieg sie. »Er wird reden, wenn er in die Burg zurückkehrt.«

Sie hörte, wie auch Tharek sich erhob. »Ich könnte es zu Ende bringen.«

Vor ihr fiel eine weiße Wand herunter, die sie kurzzeitig all ihrer Sinne beraubte. Meinte er das ernst? Könnte er ihn töten?

»Nein«, hauchte sie ins Dunkel. »Nein, tu das nicht.« Sie war sich nicht sicher, ob es ihr wirklich um Rin ging. Sie hasste ihn für das, was er getan hatte, und noch mehr für das, was er beinahe getan hätte. Aber das konnte sie nicht zulassen. Sie konnte nicht zulassen, dass Tharek jemand wurde, der zu so etwas in der Lage war.

Er selbst schien das jedoch anders zu sehen. »Wir können ihn nicht einfach hierlassen.«

Sie hörte Schritte auf dem Boden knirschen und bekam eine Gänsehaut. Könnte er es wirklich tun?

»Menschen wie er haben keine Gnade verdient. Wenn er dazu in der Lage gewesen wäre, hätte er mich auch getötet.«

Cally schluckte. Das Bluterbe forderte sogar, jemanden zu töten, der es nicht verdient hatte. »Doch, das können wir.«

Jetzt stand Tharek ganz dicht hinter ihr.

»Wie soll er erklären, was passiert ist, ohne sich selbst zu verraten?«, fuhr sie fort. »Es wird nicht ungefährlich, ihn weiterhin am Hof zu haben, aber wir sind jetzt gewarnt. Ich werde ihm das Leben als Wache zur Hölle machen.« Sie stolperte etwas über ihre nächsten Worte, doch sie wusste, dass es die richtige Entscheidung war. »Lass ihn einfach hier liegen. Er kann es niemandem erzählen, ohne preiszugeben, was er hier unten wollte, und er hat mir erzählt, wie wichtig ihm der Job ist.«

Kurz dachte sie, Tharek würde widersprechen, doch dann sagte er nichts.

Und Cally verstand auch, wieso. Seine Freiheit stand noch unausgesprochen zwischen ihnen. Selbst wenn sie es gewollt hätte, würde sie ihn nicht gegen seinen Willen zurück in seine Zelle bringen können. Am liebsten wäre sie zu ihm gegangen und hätte sich wieder in seiner Umarmung vergraben. Die Augen vor allem verschlossen. Doch trotz ihrer optimistischen Aussage wusste sie, dass sie ihn nicht vor allen Konsequenzen abschirmen konnte. Auch wenn Rin nicht sprach, würde sofort bemerkt werden, dass Tharek verschwunden war. Aber dann wäre er sicher bereits fort von hier. Sicher vor ihr und ihrer Familie.

»Du musst gehen. Zu deinem Bruder. Komm nie wieder in diese Stadt zurück.« Ihre Augen füllten sich mit Tränen.

Er bewegte sich neben ihr im Dunkeln, atmete tief ein und aus. »Was passiert mit dir?«

Zuerst war sie überrumpelt von seiner Frage, doch dann verstand sie, was er meinte.

»Er wird lügen und sagen, dass du an meiner Flucht beteiligt warst. Lass es mich einfach beenden.« Sein Tonfall wurde flehend.

Sie schüttelte energisch den Kopf. »Es würde keinen Unterschied machen, tu dir das nicht an.« Ihre Stimme zitterte. »Der Verdacht würde so oder so auf mich fallen. Vielleicht hat mich jemand in dein Zimmer gehen sehen und Vater ist bereits misstrauisch. Aber«, sie schluckte, »es ist egal, was sollen sie schon tun? Mich hängen lassen? Ich bin die Tochter des Herzogs.« Sie lachte bitter und setzte ihren Weg in Richtung des Tunnels fort. Der Wind frischte auf und zerrte an ihren Haaren. Der Gedanke, dass sie Tharek niemals wiedersehen würde, war kaum zu ertragen. Auch wenn sie nichts mehr wollte, als ihn in Sicherheit zu wissen.

Cally hatte den Eingang beinahe erreicht, da schloss Tharek zu ihr auf. Wenn er sie jetzt festhielt, würde sie zerbrechen. Sie konnte diesen qualvollen Moment nicht noch länger ertragen. Sie lief schneller.

»Ich werde nicht gehen.«

Sie stolperte beinahe und musste sich an der Felswand festhalten. »Doch, du musst!«

»Nicht, wenn ich nicht weiß, was mit dir passieren wird.« Er atmete tief durch. »Wir werden einen Weg finden.« Er war hinter ihr und sein Arm strich an ihrer Hüfte entlang. »Es wird eine andere Möglichkeit geben. Ich weiß, dass du mich ihnen nicht ausliefern wirst.«

Callys Puls stieg in die Höhe, als seine Hand sich in ihren Nacken schlich. Bei ihm zu sein war alles, was sie wollte. Aber nicht zu diesem Preis.

»Ich kann nicht gehen und dich hier alleinlassen, wenn du in Gefahr sein könntest.«

»Und ich kann nicht mit dir kommen. Das würde

den Ruin für dieses Land bedeuten. Vater kann nicht mehr.«

Thareks Gesicht war so verdammt nah an ihrem, dass ihre Lippen sich fast berührten.

»Ich weiß«, flüsterte er.

»Ich werde nicht zulassen, dass sie dir wehtun. Ich verspreche es.« Und das meinte sie mit all ihrem Herzen. Bevor sie weiterreden konnte, zog er sie zu sich heran und verschloss ihren Mund mit seinen Lippen.

Kapitel 18

Cally

Callys Haut kribbelte, als ob tausend Ameisen darauf herumlaufen würden, während sie den Hof überquerte. Alles zog sie in die Richtung des Turmes, zu ihm, doch sie wusste, dass sie diesem Verlangen nicht nachgeben durfte. Nach dem, was Tharek für sie getan hatte, durfte sie ihn nicht noch weiter in Gefahr bringen. Sie musste Abstand halten.

Dass sie furchtbar geschlafen hatte, vereinfachte die Sache nicht gerade und steigerte ihre Ungeduld. Zwar wurden nachts in der Burg die meisten Lichter gelöscht, um wenigstens annähernd einen Wechsel von hell zu dunkel zu simulieren, doch es änderte nicht wirklich etwas daran, dass sie während der langen Nächte immer grauenvoll schlecht schlief. Und die letzten Ereignisse halfen auch nicht wirklich dabei, zur Ruhe zu kommen.

Ihr Ausflug zur Bucht war zwei Tage her und seitdem hatte sie Tharek nicht mehr gesehen. Sie traute sich nicht, zu ihm zu gehen und so weitere Aufmerksamkeit auf sie beide zu ziehen. Dennoch waren ihre Gedanken unaufhörlich mit ihm beschäftigt – mit seinem Geruch, mit seinen Lippen auf ihren und dem unglaublichen Vertrauen, das er ihr schenkte, ohne einen wirklichen Grund dafür zu haben. Sie hatte ihn ins Unheil gestürzt. Sie musste diejenige sein, die ihn wieder herausholte. Sie musste. Deshalb war sie auf dem Weg zu ihrem Vater, der im Burggarten auf sie wartete.

Bei jedem Schritt suchte Cally die Umgebung nach Rin ab, wie sie es schon den gesamten letzten Tag getan hatte. Erst wenn die Luft rein war, konnte sie, ohne zu zittern weitergehen. Wenn sie an ihn dachte, wurde ihr Körper von solch einer Abscheu erfüllt, dass sie sich kaum unter Kontrolle halten konnte. Bisher hatte sie ihn nur einmal durch einen der Gänge huschen sehen und mit Genugtuung festgestellt, dass sein Arm nicht besonders gut aussah und eine Hälfte seines Gesichts beträchtlich angeschwollen war. In der Burg kursierte das Gerücht, dass er sich nachts betrunken in der Stadt geprügelt hätte. Wie erwartet hatte er also nicht geredet.

Nachdem sich der Schreck gelegt hatte, war Cally aber erst wirklich klar geworden, welch menschlichen Abgründen sie in seinem Verhalten begegnet war. Und er würde dafür bezahlen. Sie konnte ihren Vater nicht ohne Grund bitten, ihn aus der Burg zu verbannen, aber sie konnte ihm das Leben hier zur Hölle machen.

»Gib sie mir zurück!«, schallte es plötzlich über den Hof und Cally sah aus dem Augenwinkel, wie zwei kleine Körper pfeilschnell über den von Fackeln in gelbes Licht getauchten Platz schossen. Noch bevor sie sich komplett zu ihnen umgedreht hatte, erwischte der Verfolger seine Beute und die zwei Jungs landeten in einem Knäuel aus Fäusten auf dem erdigen Boden.

»Verpiss dich, sie gehört mir!«

Im schummrigen Licht sah es beinahe so aus, als ob sich die beiden Kinder in ein einziges Wesen mit ungewöhnlich vielen Gliedmaßen verwandelt hätten. Cally ging zu ihnen hinüber und packte den ersten Jungen, den sie erwischen konnte, am Kragen. »Lasst das bleiben, keiner prügelt sich hier!«, sagte sie bestimmt und zerrte ihn von dem anderen Kind weg. Er widersetzte sich ihrem Griff und zappelte, bis er sich beinahe losriss.

Für so einen Blödsinn hatte sie jetzt echt keine Nerven. »Schluss, hab ich gesagt!« Sie drehte das Kind zu sich um und sah ihm ins Gesicht.

Tränen des Zorns glänzten in den Augen des Kleinen.

»Er hat meine Figur genommen. Sie gehört ihm nicht.«

»Wohl gehört sie mir!«, rief der zweite Junge. »Wir haben gewettet und du hast verloren, du Heulsuse.«

Cally musste an sich halten, um nicht die Augen zu verdrehen. Solche Probleme würde sie sich wünschen. »Ich habe gesagt, hier wird nicht gekämpft und ihr haltet euch daran«, donnerte sie und sah dem Jungen dabei fest in die Augen.

Es dauerte ein paar Sekunden, dann biss er sich auf die Lippe und nickte. Sie ließ ihn los und machte sich wieder auf den Weg zum Burghain.

Sie hatte keine zwei Schritte gemacht, da gingen die beiden wieder aufeinander los. Cally wirbelte herum und ihre Augen verengten sich zu Schlitzen. Hatten sie nicht gehört, was sie gesagt hatte?

Wütend brummend zerrte sie die Kinder erneut mit einem beherzten Griff in die Kleidung auseinander. Dieses Mal achtete sie darauf, dass beide Jungen sie ansahen. »Habt ihr mich nicht verstanden? Ich sagte, ihr sollt damit aufhören.«

Schatten tanzten über die runden Gesichter vor ihr. Wie alt mochten sie sein? Sicher nicht älter als sechs Jahre.

»Doch, aber es gehört mir und nicht ihm.« Der Junge mit dem raspelkurzen Haar ließ seine kleine Hand nach rechts schnellen und versuchte, dem Jungen neben sich die Figur aus der Hand zu reißen.

Cally ging dazwischen und gab ihm einen bestimmten Klaps auf die Finger. »Lass das bleiben und hör mir zu.« Sie musterte die verkrampften Gesichter der beiden. Sie bezweifelte, dass sie sie als Tochter des Herzogs erkannten. Oder dass es sie kümmerte. »Wem gehört die Figur wirklich?«

»Mir! Er hat sie in der Wette verloren.«

»Lüg doch nicht!«

Das führte zu nichts. Cally ahnte, dass das Ganze von vorne losgehen würde, wenn sie ihnen auch nur eine Sekunde den Rücken zukehrte. Trotz all ihrer Ungeduld hatte sie plötzlich Mitleid mit den beiden. Für Kinder waren die langen Nächte furchtbar und vielleicht wäre auch für sie damals eine Holzfigur zum

Mittelpunkt ihres Lebens geworden.

»Gebt sie mir bitte kurz.«

Die Lippe des Jungen mit dem strähnigen, hellen Haar begann zu zittern und er schien sich sicher, die Figur nie wiederzusehen. Cally konnte das Widerwort auf seinen Lippen spüren, doch als sie die Hand ausstreckte, leistete er ihren Worten folge. Cally sah sich das Spielzeug an. Es war eine etwa faustgroße Holzfigur, die an ein paar Stellen bereits dunkle Flecken hatte. Trotzdem war der Ritter noch deutlich als solcher zu erkennen. Sie runzelte die Stirn und drehte ihn zwischen ihren Fingern.

Dann sah sie dem Jungen, der sie bei sich gehabt hatte, fest in die Augen und sagte: »Wenn ihr wirklich um die Figur gewettet habt und du hast gewonnen, dann gehört sie dir.« Sie sah das kleine Gesicht aufleuchten und drückte ihm das Spielzeug wieder in die Hand.

»Ab…!«

»Warte und hör mir zu!«, unterbrach sie den anderen. »Wenn man wettet, muss man mit den Konsequenzen leben, egal wie wichtig dir die Puppe war.«

Die erste Träne kullerte über sein Gesicht und glitzerte im Licht der Fackeln.

»Das heißt aber nicht, dass du nie wieder einen Ritter haben kannst. Kennst du den alten Bill? Geh heute Nachmittag zu ihm.«

Der Junge zögerte.

»Der Mann mit dem buckeligen Rücken, der seinen Laden direkt vor den Burgmauern hat.«

Jetzt nickte er.

»Gut, er wird dir zeigen, wie du dir eine neue Holzfigur schnitzen kannst.«

Kurz schien der Junge sich nicht sicher, ob er mit ihrem Angebot zufrieden war. Doch dann nickte er erneut und die Angespanntheit in seinem Gesicht wich einem verhaltenen Lächeln. Er zog seinen Freund am Arm und gemeinsam flitzten sie davon.

Cally stand aus der Hocke auf und fuhr sich durchs Haar. Gleich nach dem Treffen mit ihrem Vater würde sie zum alten Bill gehen und ihn auf den Überfall vorbereiten. Sie hatte ihm für seinen letzten Gefallen unverhältnismäßig viele Münzen gegeben; er war es ihr beinahe schuldig.

Auch wenn sie diesen Ort ansonsten tunlichst mied, zog sie der Anblick des Altars im Hain heute besonders in seinen Bann. Er war mit so vielen Kerzen ausgeleuchtet, dass er den kleinen Garten innerhalb der Burg tatsächlich wie einen heiligen Ort aussehen ließ. Gelbes Licht drängte sich satt und voll durch die allgegenwärtige Dunkelheit und verlor sich dann als tanzende Flecken in den Bäumen und Büschen.

Als Cally den Herzog vor der hell erleuchteten Steinstatue auf dem Boden knien sah, schauderte sie vor Ehrfurcht. »Glaubst du, er hört dich?«

Ihr Vater drehte sich nicht zu ihr um und fixierte weiter den Altar, als er ihr antwortete. »Er wird uns ganz genau beobachten, um zu sehen, wie wir mit seiner Strafe umgehen.«

Sie schluckte und zog sich ihren Mantel enger um die Schultern. Der Satz verschlang ihre gute Stimmung wie ein hungriges Tier. Strafe. Für ihn war die lange Nacht wirklich eine Strafe, die ihnen auferlegt wurde. Als ob sie darauf Einfluss nehmen könnten …

Der Herzog wandte leicht den Kopf nach hinten und hievte sich dann mit einer Hand am Sockel der Statue in eine stehende Position. »Wir konnten dich nie wirklich dazu bringen, an Gott und seinen Willen zu glauben.«

Cally konnte nicht sagen, ob seine Worte ein Vorwurf sein sollten oder nicht. Es machte aber auch keinen Unterschied. Als ihr Vater nun zu ihr gewandt dastand, umstrahlte das Licht des Altars seinen kahlen Kopf wie ein Heiligenschein.

Sie hielt es nicht aus, immerzu so schlecht von ihm zu denken. Auch wenn gerade einiges schieflief. Sie sah dem Herzog in die Augen und erinnerte sich daran, wie er sie als Kind auf seinen Schultern getragen hatte. Wie er ihr beigebracht hatte, dass die Familie das Wichtigste war. Cally schluckte. Sie musste darauf vertrauen, dass dieser Mann bis heute überlebt hatte. Sie war noch nicht bereit, ihn komplett gehen zu lassen und auf sich alleine gestellt zu sein. Er hatte dieser Stadt während seiner Herrschaft so viel Gutes getan.

Der Herzog musterte sie, als ob er die Gedanken hören könnte, die in ihrem Kopf herumflogen. »Setzen wir uns. Meine Knochen sind müde.«

Zwei Tage lang hatte er sein Zimmer kaum verlassen und nicht nach Cally verlangt. Sicherlich hatte ihm jedoch jemand berichtet, dass sie gegen seinen Willen die Ansprache gehalten hatte. Doch bislang war dies mit keinem Wort erwähnt worden. Cally hatte das Gefühl, dass ihr Vater es auch jetzt nicht ansprechen würde, doch das Ungesagte stand wie eine Wand zwischen ihnen und sie hatte das Bedürfnis, alles zu bereinigen.

»Du weißt, dass ich zu den Leuten gesprochen habe, nicht wahr? Sie befolgen seit zwei Tagen die Anweisungen.« Sie ließ sich auf eine der dicken Wurzeln plumpsen und sah ihn über ihre Schulter hinweg an. »Und ich glaube, es läuft ganz gut. Die Felder sind leer und die Menschen erst einmal erleichtert.« Sie holte tief Luft. »Aber was machen wir, wenn die Vorräte zur Neige gehen?«

Auch der Herzog ließ sich auf der breiten Wurzel nieder und verzog bei der Bewegung schmerzvoll das Gesicht. So erhaben er gerade vor dem Altar ausgesehen haben mochte, so schwach wirkte er jetzt wieder. Die Sorge um seine Gesundheit war schon eine alte Bekannte und nun klopfte sie wieder vehement an die Tür in Callys Kopf.

»Es wird noch eine Weile dauern, bis das der Fall ist«, brummte ihr Vater und verlagerte sein Gewicht etwas zur Seite.

»Du weißt nicht, wie lange die Dunkelheit andauern wird. Wir müssen uns auf das Schlimmste gefasst machen.«

Er faltete die Hände im Schoß zusammen und sah zum Altar hinüber. »Ich weiß nicht, wie es dir geht, mein Kind, aber ich höre das Wort Gottes gerade deutlicher denn je. Er straft die Menschen für ihre Sünden und wir haben uns die Sünde höchstpersönlich ins Haus geholt.«

Überrumpelt von diesem abrupten Themenwechsel bemerkte Cally erst nicht, welche ungute Wendung das Gespräch nahm.

»Wir haben den Verräter in unserer Burg und füttern ihn fett, anstatt zu tun, was richtig ist.«

Ihr Herzschlag beschleunigte sich. Das war gar nicht gut! Damit durfte er jetzt nicht anfangen!

»Aber es sind noch lange nicht alle Vasallen angereist. Ich dachte, wir müssen auf sie warten.«

»Pah, das kann noch Wochen dauern. Wie du ganz richtig erkannt hast, sollte die lange Nacht dieses Mal besser von der kurzen Sorte sein.«

Er glaubte wirklich, dass sie das in der Hand hatten.

»Das Bluterbe wird nichts an der Dunkelheit ändern, Vater. Es wird rein gar nichts ändern«, flehte sie und hielt direkt nach ihren Worten die Luft an. Das waren die eindeutigsten Zweifel, die sie jemals an dem Ritual geäußert hatte, und schon jetzt schlich ihr die Angst pelzig den Rücken hinauf.

Seine Augen rissen ihren Blick an sich und hielten ihn fest. »Zweifelst du, Callora?«

Er wusste es. Er wusste, dass sie mehr für Tharek empfand. Ihr Herz pochte viel zu schnell.

Das war der Moment, in dem sie sich entscheiden musste. Sollte sie ihm anvertrauen, was sie wirklich dachte und Tharek vielleicht so, ohne dass jemand zu Schaden kommen musste, befreien? Oder musste sie ihrem Vater ihre wahren Gedanken verschweigen, um ihn vor noch mehr Unheil zu schützen? Wie groß waren die Chancen, dass er seine Meinung änderte? Sie sah den Herzog an und musste plötzlich die Tränen zurückhalten. Vor ein paar Jahren, da hätte er es verstanden. Da hätten sie gemeinsam eine Lösung gefunden. Aber jetzt …? Jetzt hatte sie Angst, dass es das Ganze nur beschleunigen würde, wenn sie ihm von ihren Zweifeln erzählte. Sie konnte nicht in Worte fassen, wie sehr sie ihn vermisste.

»Nein, nur am Zeitpunkt«, sagte sie leise.

»Es gibt keinen besseren Zeitpunkt.«

Sie musste ihn irgendwie überzeugen. »Doch, den gibt es – wenn alle Vasallen da sind.« Seine Augenbrauen zogen sich zusammen und sie sah ihre Felle davon schwimmen. Bevor er etwas sagen konnte, schob sie hastig den nächsten Satz hinterher: »Das Bluterbe ist eine Demonstration unserer Macht und du hast es als diese angekündigt. Sie müssen es alle sehen.«

Und plötzlich änderte sich etwas in seinem Blick. Seine Augen waren nicht mehr auf sie gerichtet, sondern starrten in die im Dunkeln endlos erscheinenden Tiefen des Gartens. Was an ihren Worten hatte ihn so abgelenkt? Sie waren nicht mehr als ein hilfloser Rettungsversuch gewesen.

»Vielleicht …« Sein Umhang raschelte. »Vielleicht hast du damit nicht unrecht.«

Ein Fünkchen Erleichterung machte sich in Cally breit und sie zwang sich, kontrolliert und ruhig auszuatmen. Sie wusste immer noch nicht, was er meinte.

»In letzter Zeit sind sie sehr dreist geworden.«

»Wer?«

»Meine eigenen Vasallen, die anderen Herzogtümer. Sie alle geiern nach Macht und meiner Position.«

Cally fuhr sich mit der Zunge über ihre plötzlich trockenen Lippen. »Wie genau meinst du das?«

»Ich habe mehrere Drohungen bekommen, dass sie sich beim König beschweren wollen. Dabei werden diese Arschkriecher ihm nur vorgaukeln, dass hier etwas nicht klappt.«

Cally stand der Mund offen, was eine Antwort erst einmal verhinderte. Das rückte ihre Probleme noch einmal in ein ganz anderes Licht. Jetzt wurden sie auch noch von außen bedroht? Der Berg ihrer Sorgen wuchs und wuchs und sie musste aufpassen, nicht darunter begraben zu werden.

Doch ihr Vater entschied, erst einmal auf die übrigen Vasallen zu warten und das verhinderte das Schlimmste. Oder zögerte es zumindest ein wenig hinaus.

Als Cally in den Flur zu ihrem Zimmer einbog, konnte sie die Füße kaum noch vom Boden lösen, um den nächsten Schritt zu machen. Der schlechte Schlaf der letzten Nacht und die andauernde innere Unruhe zehrten sie aus und zum Ende des Tages waren die Reserven dann doch aufgebraucht.

Cally gähnte und strich sich das Haar aus dem Gesicht. Sie fühlte sich, als ob sie sich keine weitere Minute auf den Beinen halten könnte. Am liebsten würde sie sich in Thareks Zimmer schleichen und in seinen Armen einschlafen. Wissen, dass es ihm gutging und für eine Nacht alle Sorgen hinter sich lassen. Aber das durfte sie nicht. Für nichts auf der Welt würde sie in Kauf nehmen, dass sich das Risiko für ihn erhöhte.

Cally konnte ihre Zimmertür schon sehen und die Gedanken an ihr Bett vereinnahmten sie so sehr, dass sie die Schritte auf dem mit Teppichen gesäumten Boden nicht hörte. Erst als direkt vor ihr eine Person aus dem Schatten hervortrat, konnte ihr Körper reagieren. Sie schrie auf, als Rin, schneller als es möglich sein sollte, auf sie zu sprang und sie rücklings gegen die Wand presste, einen Arm über ihrer Kehle, den anderen merkwürdig von sich gestreckt. Sie hoffte, dass die Wunde ihres Messers ihm die Schmerzen seines Lebens bereitete.

»Du verdammtes Miststück«, zischte er und sie unterdrückte ein Wimmern. Vor ihm würde sie keine Schwäche mehr zeigen.

»Hatte der Drecksack seine kleine Prinzessin ganz für sich, nachdem ihr mich fast habt verrecken lassen?«

»Du hattest nichts anderes verdient!«

Er musste das hektische Pochen ihres Herzens spüren.

»Sagt die Frau, die ihre eigene Familie hintergeht.« Er spuckte vor ihr auf den Boden.

Wut breitete sich wie Feuer in Callys Körper aus und ließ ihren Kopf vor Hitze glühen. »Ich verspreche dir, ich mache dir das Leben hier zur Hölle!«

Als sie das Flackern in seinen Augen sah, fühlte sie sich stark, obwohl er sie immer noch fest an die Wand presste.

»Ach ja?« Er neigte seinen Kopf provokant zur Seite. »Und wie willst du das machen, ohne dich selbst zu verraten?«

»Verlass dich drauf, mir wird schon was einfallen. Und jetzt lass sofort die Finger von mir.«

»Ich glaube, mir fällt da etwas besseres e…«

Bevor Rins Hände ihre Hüfte erreichen konnten, spuckte sie ihm ins Gesicht und er wich fluchend zurück. Cally nutzte die Chance und wand sich aus seinem Griff. Sie hätte zu ihrem Zimmer laufen können, doch die Ähnlichkeit zu der Situation vor zwei Nächten ließ es nicht zu, dass sie floh und sich so wieder in die Opferrolle begab. Nie wieder würde er sie anfassen! Nie wieder!

Sie wirbelte herum und ging auf ihn los, sie schlug, trat und kratzte nach seinem verhassten Gesicht, bis er sie mit einem heftigen Stoß vor die Brust von sich wegbeförderte. Zischend wich die Luft aus ihrer Lunge, als sie nach hinten stolperte. Kurz wogte Panik in Cally auf. Was, wenn er es doch schaffte, sie zu überwältigen?

Rins stechende Augen visierten sie an und er sah aus wie ein Raubtier kurz vor dem finalen Sprung. Sie sollte rennen, als ob der Teufel hinter ihr her wäre, doch Cally war unfähig, sich zu bewegen. Er öffnete den Mund und setzte zum Sprechen an, da ertönte eine laute Stimme und ließ den halbdunklen Gang vibrieren.

»Was ist hier los?«

Cally hielt vor Erleichterung den Atem an. Mit zittrigen Beinen beobachtete sie, wie Rin herumfuhr und den Mann ansah, der auf sie zu gelaufen kam.

»Ich frage nicht noch einmal. Was ist hier los?«, knurrte Garra. Er packte Rin, der plötzlich gar nicht mehr so gefährlich aussah, am Kragen und hielt ihn fest. Dann sah er von ihm zu Cally und wieder zurück. Irgendetwas in ihrem Blick schien ihm zu sagen, was geschehen war.

Garra zog Rin dicht zu sich heran und sagte gefährlich leise: »Du packst noch heute Abend deine Sachen und bist verschwunden, bevor ich mich ins Bett lege.« Er machte eine Pause und Rin stöhnte als Antwort auf eine Handbewegung, die Cally im Halbdunkeln nicht richtig erkennen konnte.

»Und wenn du noch einmal einen Fuß in diese Burg setzt, wirst du sie nicht mehr lebend verlassen.«

Garras Tonfall war trotz seiner deutlichen Worte so ruhig, dass Cally eine Gänsehaut bekam. Zuerst sah Rin aus, als ob er widersprechen wollte, doch dann riss er sich demonstrativ aus dem Griff des Hauptmanns los und warf Cally einen letzten Blick zu, der sie in ihren Träumen verfolgen würde. Dann eilte er davon und Garra ließ ihn gewähren.

Keine Sekunde, nachdem Rin sich umgedreht hatte, gab Cally dem Drang ihres Körpers nach und ließ sich auf den Boden gleiten. Ihre Beine hätten sie nicht länger getragen. Als sie den Kopf hob, fing sie Garras Blick auf, in dem eine Unschlüssigkeit lag, die sie nur zu gut verstehen konnte. Sie würde nichts lieber tun, als ihm alles zu erzählen, war sich aber nicht sicher, ob sie damit eine Grenze überschritt. Garra kannte sie gut, schließlich begleitete er sie schon ihr ganzes Leben. Sie war sich sicher, dass er ahnte, dass mehr hinter diesem Zusammentreffen steckte.

Schließlich kam er zu ihr herüber und bot ihr eine Hand an, ohne weitere Fragen zu stellen. »Ihr solltet nicht hier auf dem Boden sitzen. Lasst mich Euch in Euer Zimmer bringen.«

Er hatte recht, die Zimmer der hochrangigen Gäste lagen auch in diesem Flur. Es könnte jeden Moment jemand vorbeikommen und so durfte man sie nicht sehen. Cally schluckte. Sie spürte den Kloß in ihrem Hals überdeutlich. Dann ergriff sie Garras Hand und ließ sich auf die Füße ziehen.

Es kam ihr vor, als ob sie beide in Watte gehüllt waren, als er sie in ihr Zimmer brachte und erst losließ, nachdem sie sich auf ihr Bett gesetzt hatte. Vielleicht zitterte sie ein wenig. Vielleicht saß sie aber auch nur wie versteinert dort und starrte an die Wand. Sie wollte diesen Menschen nie wiedersehen. Nie wieder. »Er muss gehen. Keine Sekunde länger.«

Garra fuhr sich durch sein schütteres Haar und sah ins Kaminfeuer, das in den langen Nächten immer in Callys Zimmer brannte. »Ich werde persönlich dafür sorgen, dass meine Drohung wahr wird. Er kommt nicht mehr in Eure Nähe.«

Er fragte nicht, was genau passiert war, und sie war dankbar dafür. Dennoch brachte sie es nicht übers Herz, ihn hinauszuschicken. Sie wollte noch nicht ganz allein sein. Nicht jetzt, wo es überall dunkel war und jeder der vielen Schatten eine diffuse Angst in ihr auslöste.

»Vater sagt, der Hof wird von außen kritisiert«, posaunte sie heraus und unterbrach damit die aufgeladene Stille.

Garra runzelte die Stirn und sah sie verwirrt an. »Ich weiß, er hat es mir vor ein paar Wochen erzählt.« Über sein furchiges Gesicht tanzte das Licht des Feuers. »Hat …?« Es klang, als ob er damit kämpfte, die Worte aus dem Mund zu bekommen. »Ist alles in Ordnung, Eure Hoheit? Ihr habt Euch … verändert … in den letzten Tagen.«

Cally konnte seinem Blick nicht standhalten und sah auf ihre Bettdecke. Was für eine harmlose Wortwahl für all das, was geschehen war. Und jetzt waren sie hier zusammen in diesem Raum und sie ertrug es nicht länger, mit niemandem darüber sprechen zu können. Als sie ihren Mund öffnete, kam die ganze innere Zerwühltheit der vergangenen Tage ungefiltert heraus, ohne dass sie es hätte verhindern können.

Wenn sie Garra nicht genau beobachtet hätte, wäre sie nicht sicher gewesen, ob er ihrem verwirrten Gebrabbel hatte folgen können. Doch sein Gesicht spiegelte unzählige Emotionen, während er ihr lauschte. Und als sie endete, erschien er Cally sogar im gelben Licht des Kamins eindeutig blass. Doch er hatte sie nicht einmal unterbrochen. Nicht, als sie ihm erzählt hatte, dass sie den Mann, den sie töten sollte, in ihr Herz gelassen hatte. Und auch nicht, als sie sagte, dass dieser ebenso fühlte. Dass er für sie geblieben war und so sein Leben erneut in ihre Hände gab. Cally sah Garra an und wartete auf eine Reaktion, irgendeine.

»Oh, Mädchen«, sagte er nur und schloss sie in die Arme, als die ersten stillen Tränen über ihre Wangen kullerten. Und das erste Mal seit Langem wurde ihr etwas leichter ums Herz.

Kapitel 19

CALLY

»Wenn wir einem von ihnen trauen können, dann ihm.« Garras Stimme hatte ihren üblichen grummeligen Tonfall angenommen.

Cally hielt mit ihm Schritt und rückte ihr Kleid zurecht. Man könnte denken, sie würde sich daran gewöhnen, in schweren Röcken und Unterröcken herumzulaufen, doch sie tat es nicht. »Ich kann nicht behaupten, dass mich diese Aussage wirklich beruhigt.«

Er sah sie von der Seite an. »Es war Eure Idee.«

Cally schnaubte belustigt. Das war so typisch Garra. Sich nicht lange mit Für und Wider beschäftigen, sondern einfach einer getroffenen Entscheidung folgen. Vielleicht sollte sie sich ein Beispiel daran nehmen.

Sie sprachen leiser, als sie in die Nähe des Studierzimmers kamen. »Erzählt mir noch mal, was wir von ihm wissen. Ich will mich nicht blamieren«, sagte sie. Und das durfte sie auch nicht, denn von dem Gespräch hing noch so viel mehr ab als nur ihr Ruf. Callys Kopfhaut pikste. Sie hatte sich zum ersten Mal seit Langem alleine die Haare hochgesteckt, war beim

Platzieren der Nadeln und Klämmerchen jedoch nicht ansatzweise so talentiert wie Marilee. Aber es sollten so wenige Leute wie möglich von dem Treffen erfahren.

»Fürst Castell ist noch relativ jung, deshalb bin ich auf ihn gekommen. Über seine Regentschaft hört man bisher nur Gutes, seine Bevölkerung übersteht jede lange Nacht unbeschadet. Ich schätze ihn also als so vernünftig ein, dass er Euch zuhören wird.«

Cally rief sich das Bild des Mannes, über den sie sprachen, vor Augen. Er und sein kleines Gefolge waren vor zwei Tagen am Hof angekommen, doch ihr Vater hatte sie alleine empfangen. Sie hatte ihn erst persönlich getroffen, als er sich zum Abendessen bei ihr vorstellig gemacht hatte. In Erinnerung geblieben war ihr ein freundliches Gesicht, umrahmt von kurzen, braunen Haaren.

»Welchen Grund hat er, uns zu helfen?«

»Keinen.« Garra ging ein wenig schneller, um vor Cally an der Tür zu sein und diese für sie zu öffnen. Sie neigte kurz dankend den Kopf und trat ein.

»Aber er hat auch keinen Grund, so ein fanatischer Anhänger des Bluterbes zu sein wie manch anderer. Soweit ich weiß, hat seine Familie sehr wenig unter dem Krieg gelitten – sie haben sich immer sehr unparteiisch verhalten.«

Cally ließ ihren Blick durch den Raum schweifen und vergewisserte sich, dass man hier einen Gast zu einem wichtigen Gespräch empfangen konnte. Die Lampen waren angezündet, das Feuer prasselte im

Kamin, es war alles bereit. Sie hatte das Studierzimmer schon immer den großen Sälen vorgezogen, in denen ihr Vater seine Gespräche zu führen pflegte. Sie kam sich darin immer eher verloren als mächtig vor.

Garra ließ sich schwer auf einen der Stühle fallen, doch Cally war zu unruhig, um sich an ein Möbelstück zu fesseln.

Sie hatte schon drei Runden durch den kleinen Raum gedreht, als es an der Tür klopfte und sie eilig nach vorne sprang.

»Lasst mich öffnen, Eure Hoheit«, sagte Garra hastig.

Cally winkte ab und ging selbst. Für solche Formalitäten hatten sie keine Zeit. Sie drückte die Klinke herunter und zog die Tür auf. Vor ihr stand der junge Mann, über den sie nur wenige Minuten zuvor gesprochen hatten. Er zwang seinen langen Körper sofort in eine Verbeugung und auch sie senkte höflich den Kopf. »Fürst Castell, danke, dass Ihr gekommen seid.« Sie trat einen Schritt zur Seite. »Kommt herein.« Dann schloss sie leise die Tür hinter ihrem Gast.

Garra erhob sich und verbeugte sich vor dem Fürsten. »Ist Euch jemand gefolgt?«

Der junge Mann musterte interessiert den Raum; auf seinen Lippen lag ein freundliches Lächeln. »Guten Tag, Hauptmann.« Er trat an eine vertäfelte Wand und betrachtete eines der teuren Bilder. »Ich denke nicht, aber mir war auch nicht klar, dass wir hier auf geheimer Mission sind. Vielleicht hätte ich etwas achtsamer sein sollen.«

Cally sah, dass Garra etwas erwidern wollte, doch sie bedeutete ihm mit einem eindeutigen Blick, zu schweigen. Ihr Gast brachte mit seinem Auftreten einen Schwung Leichtigkeit in den Raum, die sie nicht wieder verlieren wollte. Jegliche Form von Unbeschwertheit konnte sie in diesen Tagen, und vor allem für ihr momentanes Anliegen, gut gebrauchen.

»Setzt Euch doch«, sagte sie und deutete auf einen der gepolsterten Stühle.

Er kam ihrer Aufforderung nach und sie alle ließen sich an dem einzigen Tisch im Raum nieder. Während Fürst Castell sich hinsetzte, nutzte Cally die Chance und musterte ihn genauer. Ihr Zusammentreffen beim Abendessen war viel zu kurz gewesen, um sich wirklich kennenzulernen. Er schien gute fünf Jahre älter zu sein als sie selbst. Cally drückte den Rücken durch und schenkte ihrem Gast von dem Wein ein, den sie im Vorhinein auf dem Tisch bereitgestellt hatte.

»Sicherlich fragt Ihr Euch, warum ich um ein Treffen gebeten habe.«

Seine freundlichen Augen richteten sich auf sie. »In der Tat. Ich hoffe, Ihr werdet mir den Grund bald verraten. Wobei ich ehrlich gesagt auch für einen guten Wein und Gesellschaft zu haben gewesen wäre.« Er zwinkerte und sie konnte sich ein Lächeln nicht verkneifen.

Er war so anders als Tharek. Er hatte nichts von dessen Wildheit, nichts von dessen Schatten und erst recht nicht solche intensiven blauen Augen. Und doch lullte sie seine Leichtigkeit beinahe ein. Cally gab sich innerlich eine Ohrfeige. Sie war nicht hier, um mit einem jungen Mann zu plänkeln. Es ging um zu viel, um sich ablenken zu lassen.

Sie nahm ihr eigenes Weinglas in die Hand und führte es langsam an ihre Lippen. Sie hatte die ganze Nacht damit verbracht, hin und her zu überlegen, wie sie das Gespräch in die richtige Richtung lenken konnte, ohne zu viel zu verraten. Sie musste zunächst sicher sein, dass er ihre Ansichten teilte.

»Ich habe mich gefragt, wie sehr ich die Vasallen meines Vaters in mein Bluterbe einbinden sollte, und wollte zunächst Eure Meinung hören, bevor ich eine Entscheidung für alle treffe.«

»Ich bin der Einzige, den Ihr um Rat bitten wollt?« Neckisch, aber misstrauisch, so konnte man seine Tonlage beschreiben.

Cally setzte das Glas wieder ab.

»Bis jetzt, ja. Wie Ihr vielleicht wisst, ist es beinahe unmöglich, den Wünschen aller gerecht zu werden. Deshalb habe ich mich dazu entschieden, nur wenige zu fragen. Ihr seid der Erste.«

Der junge Mann lehnte sich in seinem Stuhl zurück und faltete die Hände über seinem flachen Bauch zusammen, der von einem grün gemusterten Wams bedeckt wurde.

»Und was genau wollt Ihr wissen? Von welchem Platz aus ich zusehen möchte?« Der Stuhl knarzte, als der Fürst sein Gewicht verlagerte, und er fuhr fort: »Um ehrlich zu sein, von der ersten Reihe aus, nachdem ich für so etwas eine Anreise von beinahe einer

Woche in Kauf genommen habe.« Er gab sich locker, ironisch und kein bisschen ernst.

Sehr gut. Cally strich sich eine Haarsträhne aus dem Gesicht und schenkte ihm ein Lächeln. »Ich habe nicht weniger Begeisterung von Euch erwartet, Fürst Castell.«

Nun musste sie nur noch herausfinden, ob sie es bloß mit seiner Art zu tun hatte oder ob ihm das Bluterbe wirklich so wenig bedeutete. »Ich dachte mir, dass Ihr dem Aufruf meines Vaters mit Freuden gefolgt seid.«

Er schnaubte belustigt und seine braunen Augen funkelten. »Nichts lieber als das. Meine Leute sind bestens gerüstet für eine lange Nacht. Sie brauchen keinen Herrn, der ihnen im Dunkeln Schlaflieder vorsingt.«

»Also ist es die erste Reihe für Euch, Ihr habt mein Wort. Aber wie verfahre ich mit den Ansprüchen der anderen?«

»Die da wären?«

Cally sah kurz hinüber zu Garra, der sich während des ganzen Gesprächs sehr zurückgehalten hatte, und fand in seinem Blick die Bestätigung, fortzufahren. Bisher verlief alles wie erhofft.

»Ich gehe davon aus, dass sie nicht eher zufrieden sind, bis ich eine öffentliche Zeremonie daraus mache.«

Jetzt hatte sie sein Interesse geweckt und er lehnte sich in seinem Stuhl ein wenig nach vorne. »Und das wollt Ihr nicht?«

Sie tat, als ob sie kurz nachdenken würde und schüttelte dann leicht den Kopf. »Nein, ich denke, das möchte ich nicht.« Es war ein Katz-und-Maus-Spiel und er war wieder an der Reihe.

»Um es klar auszudrücken: Ihr sucht bei mir also die Bestätigung, Euch über die Vorstellungen des Herzogs und seiner Vasallen hinwegzusetzen?« Er neigte fragend den Kopf, das Lächeln immer noch auf den Lippen.

Cally kam nicht umhin, ihn für seine Reife zu bewundern. Er war nicht viel älter als sie und handelte dennoch mit einem Selbstbewusstsein, das sie sich nur wünschen konnte.

»Ich habe Euch noch nicht gesagt, was ich stattdessen für angemessen halte.«

Jetzt war der heikle Moment gekommen. Cally, die ihr Gesicht in eine ungezwungene Maske presste, konnte spüren, wie Garra neben ihr vor Anspannung brodelte.

Fürst Castell hob eine Augenbraue und sein Lächeln zog sich in die Breite. Ahnte er, was gleich kommen würde? Er setzte gerade zu einer Antwort an, da wurde die Tür in Callys Rücken schwungvoll aufgeworfen und prallte donnernd gegen die Wand. Im Türrahmen stand eine atemlose Marilee, deren Haar aus dem sonst so perfekt gesteckten Knoten gerutscht war.

»Nicht jetzt, Marilee, wir haben …«

»Der Herzog sucht dich!«

Cally verstummte und Marilee atmete tief ein. »Und bei seiner Laune würde ich ihn nicht warten lassen. Er hat mir befohlen, die ganze Burg nach dir abzusuchen.« Sie warf einen kurzen Blick auf Callys Gesellschaft und runzelte kaum merklich die blasse Stirn.

Cally war hin- und hergerissen. Dieses Gespräch könnte entscheidend sein. Genauso, wie ihren Vater bei Laune zu halten. Sie warf einen weiteren Blick auf ihre Zofe, deren Brust sich von der Anstrengung des Laufens immer noch sichtbar hob und senkte.

»Entschuldigen Sie, Fürst Castell, ich muss gehen«, sagte sie, während sie sich erhob und ihre Röcke raffte, um besser rennen zu können.

Was sollte sie tun? Sie hatte keine Wahl. Ihr Vater war kein Mensch, dessen Befehle man einfach so ignorierte.

Als sie aus dem Raum wehte, hörte sie, wie der Fürst noch etwas sagte und Garra angespannt lachte.

Die Burg zu verlassen bedeutete nicht nur, dass sie ihre Pläne auf Eis legen musste, sondern auch, dass Tharek auf sich alleine gestellt und der Willkür des Herzogs ausgeliefert war. Nicht eingreifen zu können fühlte sich furchtbar an. Doch er selbst wusste wahrscheinlich gar nicht, dass sie weggeschickt wurde – und das war auch gut so. Um ihren Kopf zu beruhigen, hatte Cally Garra verboten, sie zu begleiten. Er würde in der Burg bleiben, um ein Auge auf Tharek zu werfen. Niemand konnte wissen, was ihrem Vater als Nächstes einfiel.

»Ich bin mir nicht sicher, ob der Waldweg die beste Wahl ist, Eure Hoheit.«

Cally warf noch einen letzten Blick zurück zur Burg und seufzte. »Das ist er ganz bestimmt nicht. Aber wir haben die Wahl zwischen dieser und einer weitaus längeren Route.«

Sie griff die Zügel ihrer geliebten Stute fester. Sogar das routinierte Tier war im Dunkeln unsicher und wollte bei jeder Gelegenheit antraben.

»Ich habe mich für schnell entschieden. Wir sollten nicht länger als nötig hier draußen sein.«

Hinter ihr wieherte eines der Pferde ihrer insgesamt sechs Wachen. Wiedmar, der neben ihr ritt und in der Garde einer von Garras besten Freunden war, nickte zustimmend mit dem Kopf, sah dabei aber alles andere als glücklich aus. »Ich kann mich nicht erinnern, wann der Herzog uns das letzte Mal während einer langen Nacht rausgeschickt hat.«

»Ich auch nicht. Aber die Zeiten haben sich geändert.« Sie wusste nicht, ob er bemerkte, wie viel mehr sie mit diesen Worten meinte. In jedem Fall hatte er mehr als recht – sich lange hier draußen aufzuhalten konnte schneller, als einem lieb war, ein böses Ende nehmen.

Doch ihr Vater hatte darauf bestanden, dass sie sofort aufbrachen und in eines der angrenzenden Dörfer ritten, um dort einen Streit zu schlichten.

Heute war einer seiner schlechteren Tage, sowohl mental als auch körperlich, und so war er selbst nicht in der Lage, aufs Pferd zu steigen. Cally müsse gehen.

Sofort.

Als sie von seinem Auftrag gehört hatte, hätte sie am liebsten geschrien vor Wut über den unpassendsten Zeitpunkt von allen. Doch sie musste ihrer Mutter nur einen kurzen Blick zuwerfen, um zu wissen, dass es vergebens war, mit ihm zu streiten. Ihre Mutter, die ihr Kind hinaus ins Dunkel gehen sah und wortlos eine Miene der Resignation zur Schau trug. Manchmal fragte sich Cally, was ihre Eltern hinter verschlossenen Türen für Gespräche führten. Sprachen sie überhaupt noch miteinander?

Der Wind raschelte in den Bäumen, als die Pferde die ersten Schritte in das Waldgebiet setzten. Geflüsterte Worte, die Cally nicht verstehen konnte und die ihre mühsam unterdrückte Angst weiter befeuerten. Außer ihr selbst trugen alle Wachen Fackeln und hüllten ihren kleinen Trupp in eine Blase aus gelbem Licht. Cally hoffte inständig, dass der Wind die Flammen nicht löschen würde. Der Gedanke, plötzlich ganz im Dunkeln zu stehen, ließ ihren Körper vor Unwohlsein kribbeln. Sie hatte nicht übertrieben, als sie Tharek erzählt hatte, welche furchtbare Angst lange Nächte ihr als Kind bereitet hatten. Und dieses Gefühl keimte in jeder langen Nacht erbarmungslos wieder auf.

Der Trupp hatte beinahe drei Viertel des Waldstückes in stiller Wachsamkeit durchquert, da begannen die Tiere unruhig zu schnauben und im Gebüsch krachte ein Zweig unter einer Last, die nicht bloß vom Wind oder einem kleinen Tier sein konnte. Noch bevor Cally Zeit hatte darüber nachzudenken, was das bedeutete, sprangen zerlumpte Männer auf den Weg vor ihnen. Die letzen Lichtspitzen ihrer Fackeln reichten nur knapp bis zu ihnen und machten sie zu zuckenden Schemen. Zuckende Schemen mit Messern und Knüppeln in der Hand. Ausgestoßene. Die größte Gefahr für Reisende in Gegenden wie dieser.

Callys Pferd blieb stehen und sträubte sich, näher an die unheimlichen Gestalten heranzugehen. Es warf wiehernd den Kopf in den Nacken und stampfte seine Hufe in den weichen Waldboden. Auch wenn die Tiere gut ausgebildet waren und sich einem Befehl im Zweifelsfall nicht widersetzen würden, sagte ihr Urinstinkt ihnen, dass sie fliehen sollten. Cally musste sich beherrschen, dass sie die Zügel fest in der Hand hielt und sich nicht ebenfalls von diesem Gefühl übermannen ließ.

»Macht den Weg frei, im Namen des Herzogs!«, brüllte Wiedmar. Auch sein Pferd machte Anstalten, rückwärtsgehen zu wollen, und er hatte Mühe, es mit nur einer Hand im Zaum zu halten. Cally fluchte innerlich über das Pech, genau jetzt diesen zwielichtigen Kreaturen zu begegnen – das hatte ihr gerade noch gefehlt.

Die Ausgestoßenen waren noch ein gutes Stück entfernt, doch ihr kehliges Lachen drang bis zu ihnen. Cally lief es kalt den Rücken hinunter.

Denken! Denken!

Garra hatte ihr so viel beigebracht. Sie wusste, wie man aus solchen Situationen herauskam. Angstschweiß bildete sich auf Callys Stirn, als die zerlumpten Männer sich bewegten und immer näher kamen. Auch wenn sie mit ihren gut bewaffneten Wachen deutlich im Vorteil war, wollte sie hier im Dunkeln um jeden Preis einen Kampf vermeiden. Wer wusste schon, zu was die Verzweiflung diese Gestalten verleiten konnte, wenn sie sogar bereit waren, sich mit ihren primitiven Waffen einer Truppe des Herzogs zu stellen.

Hinter Cally murmelten ihre Männer, warteten auf einen Befehl.

»Eure Hoheit, was …«, setzte Wiedmar neben ihr an, doch ihre Stimme unterbrach ihn.

»Auf mein Zeichen hin gebt ihr den Pferden die Sporen.« Cally sog hörbar die Luft ein, doch sie hatte eine Entscheidung getroffen. »Wir reiten sie einfach über den Haufen.«

Als ihre Wachen nickten und sie eine Fackel in die Hand gedrückt bekam, strich sie ihrer braven Stute sanft über den Hals, bevor sie tief einatmete und ihr mit einem lauten »Los!« die Fersen in den weichen Bauch drückte. Das sowieso schon angespannte Pferd explodierte wie ein Pulverfass und raste mit ihr ins Dunkel. Mit pochendem Herzen stellte sich Cally in die Steigbügel und gab dem Tier den Rücken frei, damit es ungehindert galoppieren konnte. Die Stärke des Pferdekörpers pulsierte mit jedem Sprung unter ihr und hinter sich hörte sie die donnernden Hufe der anderen Tiere. Es würde klappen. Es musste!

Durch die Geschwindigkeit und die Dunkelheit verwischte das Bild der Männer, die dort auf dem Weg standen, vor ihren Augen. Doch es dauerte nicht einmal eine Sekunde, da hatten sie sie erreicht. Von den heranstürmenden Tieren überrumpelt, blieben die sie an Ort und Stelle stehen und wichen nicht wie erhofft aus. Ihr war es einerlei, sollten sie über den Haufen geritten werden!

Gerade als der erste Mann einen winzigen Schritt zur Seite machte und mit seinem langen dünnen Messer ausholte, schleuderte Cally aus einem Impuls heraus die Fackel von sich und ihm entgegen. Sie traf ihn nicht, doch er stolperte mit einem Aufschrei nach hinten und schenkte ihr und ihrem Trupp wichtige Zeit, um blitzschnell durch die entstandene Lücke zu reiten. Erde stob zu allen Seiten, als sieben Pferde über den Waldweg flogen.

Als Cally gerade dachte, es geschafft und die einzig richtige Entscheidung getroffen zu haben, ertönte ein weiterer Schrei in ihrem Rücken. Aber zu nah, viel zu nah. Sie drehte sich in den Steigbügeln stehend nach hinten und brachte dabei ihr Pferd beinahe aus dem Tritt. Was war passiert? War es eine ihrer Wachen gewesen? Aber wer?

Sie traute sich erst, ihr Pferd anzuhalten, als sie so weit von den Ausgestoßenen entfernt waren, dass diese sie unmöglich einholen konnten. Als sie mit Schwung vom Rücken ihrer Stute sprang und Wiedmar die Zügel in die Hand drückte, atmete das Tier genauso schwer wie sie. Cally eilte nach hinten zu ihren Männern und sah bereits nach wenigen Schritten, dass Hugo, der als Letzter geritten war, in sich zusammengesunken auf seinem Pferd saß und beinahe zu einer Seite herunterzurutschen schien.

»Helft mir!«, rief Cally und gemeinsam zogen sie die stöhnende Wache von ihrem Pferd. Ein Messer steckte in seiner linken Achsel.

»Scheiße«, murmelte Cally und Hugo stöhnte zur Antwort. Einer der Ausgestoßenen musste es nach ihm geworfen haben und hatte zielgenau zwischen die Platten seiner Rüstung getroffen.

Verdammt, das konnte doch nicht wahr sein!

Cally kniete sich neben ihren auf dem Boden liegenden Wachmann und starrte das Messer an. Sie war die Tochter des Herzogs, sie hatte den Befehl gegeben, sie trug die Verantwortung. Die Last ihrer eigenen Entscheidung war kurz davor, sie selbst in die Erde zu drücken. Aber Schuldbewusstsein half ihr jetzt auch nicht weiter, sie musste praktisch denken. »Haben wir etwas zum Verbinden dabei?«

Die Wache neben ihr schüttelte mit starrer Miene den Kopf.

»Dann zerreißen wir meinen Umhang. Im nächsten Dorf können wir um Hilfe bitten.« Cally zwang ihre Stimme dazu, selbstsicher zu klingen. Es war keine tödliche Verletzung, er konnte atmen, also waren wohl die wichtigsten Organe intakt geblieben. Sie wüsste nicht, was sie tun sollte, wenn er wegen ihr starb.

Cally riss sich den Umhang von den Schultern und sah weg, als einer der Männer seinem Kameraden das Messer aus der Seite zog. Sein Schrei hallte gellend durch den Wald. Spätestens jetzt wusste jeder, wo sie waren. Die Männer wickelten den Stoff so fest es ging um Hugos Oberkörper.

Obwohl sie sich dabei grausam fühlte, sagte sie: »Wir müssen weiter. Helft ihm aufs Pferd.« Und sie betete, dass er reiten konnte.

Cally wäre am liebsten so schnell wie möglich im Dorf angekommen, aber da sie nicht riskieren wollte, dass Hugo vom Rücken seines Pferdes rutschte, konnten sie nur Schritt reiten.

Als Cally zwischen den Bäumen die ersten beleuchteten Fenster schimmern sah, seufzte sie erleichtert. Die Verantwortung nagte so sehr an ihr, dass es sich beinahe so anfühlte, als ob sie selbst verletzt wäre.

Als die Gruppe die Häuser erreichte, sprang sie als Erste vom Pferd und bedeutete Wiedmar, ihr zu folgen. Sie eilten zur vordersten Hütte und Cally klopfte fest gegen die Tür. Sie wartete mit pochendem Herzen. Klopfte wieder. Warum zum Teufel machte niemand auf?

»Öffnet, im Namen des Herzogs!«, brüllte sie schließlich und schlug mit den Fäusten gegen die Tür. Himmel, hier ging es um Leben und Tod!

Irgendwann wurde die Holztür einen Spaltbreit geöffnet und sie blickten in das bleiche Gesicht einer jungen Frau. Blonde Locken kringelten sich aus ihrem Kopftuch hervor und Furcht verkrampfte ihre Züge. Sofort tat es Cally leid, dass sie so wütend gewesen war. Natürlich hatten die Leute Angst. Es war mitten in einer langen Nacht und sie klopfte wie eine Irre an die Tür der armen Familie.

»Wir brauchen Hilfe«, sagte sie sanfter. »Habt Ihr warmes Wasser und einen sauberen Lappen?«

Die junge Frau spähte an Cally und ihrem Begleiter vorbei und sah, wie die anderen Wachen Hugo vom Pferd hievten. Auch wenn sie immer noch nicht glücklich aussah, murmelte sie: »Kommt rein«, und verschwand wieder im Haus. Die Tür ließ sie einen Spaltbreit offen.

Cally atmete erleichtert auf und winkte die anderen herbei. Während Hugo an ihr vorbeigetragen wurde, versuchte sie, sein Stöhnen auszublenden. Es war nur eine Fleischwunde, alles würde gut werden. Als sie als Letzte ins Haus trat, empfing sie warme Luft. Es roch nach Essen und plötzlich wurde sie von einer bleischweren Müdigkeit erfasst.

Ihre Männer hatten Hugo rittlings auf einen alten Stuhl in der Küche gesetzt. Er stützte sich schwer mit beiden Armen auf die Lehne und versuchte sichtlich, nicht zusammenzuzucken, als der provisorische Verband gelöst wurde. Die junge Frau erwärmte im Hintergrund Wasser und warf ihnen immer wieder unsichere Blicke zu. Plötzlich spürte Cally eine Berührung an ihrem Bein und als sie sich umdrehte, stand ein kleines Mädchen hinter ihr. Seine Hände umklammerten ein fleckiges Tuch und es sah mit großen Augen in die kleine Küche, in der sich fünf Fremde drängten. Cally wollte etwas zu ihr sagen, um sie zu beruhigen, doch bevor sie den Mund öffnen konnte, war die Kleine an ihren Beinen vorbei und zu ihrer

Mutter gehuscht. Diese strich ihr über das ebenfalls blonde Haar und murmelte etwas, das Cally nicht verstehen konnte.

»Ich danke Euch, dass wir hereinkommen durften. Wir wurden auf dem Weg durch den Wald von Ausgestoßenen angegriffen«, erklärte sie und sah aus dem Augenwinkel den blutroten Schlitz in Hugos Seite, der nun freigelegt war.

Die junge Frau nickte nur und tauchte einen Lappen in das warme Wasser, wrang ihn aus und brachte ihn den Männern. »Was macht Ihr während einer langen Nacht im Wald?«

Eine berechtigte Frage. »Wir wurden gerufen, um einen Streit in Eurem Dorf zu schlichten. Er scheint so wichtig zu sein, dass er nicht warten kann, bis es wieder hell wird.«

Die Frau beobachtete mit ernster Miene, wie zwei der Wachen Hugos Wunde auswuschen. »Ach, Shettil und sein Weg, ich verstehe.«

Cally konzentrierte sich auf das Gespräch mit ihr, um sich von dem durch Hugos zusammengebissene Zähne dringenden Stöhnen abzulenken. »Ihr wisst, worum es geht?«

Sie schnaubte. »Jeder hier weiß, worum es geht. Sie halten das Dorf damit seit einer ganzen Weile auf Trab.« Sie setzte sich an den winzigen Küchentisch und zog ihre Tochter, die das Geschehen immer noch mit großen Augen beobachtete, auf ihren Schoß. »Shettil legt sich mit dem Landesherrn an, nur wegen dieser dummen Straße.« Sie schüttelte den Kopf. »Er war schon immer ein Narr. Diesen Kampf kann er nicht gewinnen. Wir wissen doch alle, wie es am Ende läuft.«

Cally würde sich gerne zu ihr setzen und mehr über ihr Leben hier erfahren, das ihr so furchtbar weit entfernt von ihrem eigenen vorkam, doch die junge Frau hatte sie nicht gebeten, sich zu setzen.

»Wisst Ihr auch, wo er wohnt?«

»Drei Häuser weiter die Straße rauf auf der linken Seite. Helle Fensterläden.«

Cally nahm Blickkontakt mit Wiedmar auf, der daraufhin zustimmend nickte. Sie konnten hier ohnehin nicht helfen und standen nur im Weg. »Wir werden sehen, ob er da ist. Vielen Dank für Eure Hilfe.« Sie wandte sich zum Gehen und bat die zurückbleibenden Wachen, ihnen zu folgen, sobald Hugo bereit wäre. Noch länger hier zu verweilen, würde niemandem helfen. Je schneller er zu Hause war und von ihrem Heiler behandelt werden konnte, desto besser.

Zu zweit verließen sie die heimelige Wärme des kleinen Hauses und traten wieder hinaus ins Dunkel. Cally ließ die Schultern kreisen und atmete tief durch. Die Pferde blieben an Ort und Stelle angebunden, während sie wie zwei Schemen in der Nacht die Straße entlangliefen.

Das Haus, das die Frau ihr beschrieben hatte, war nicht schwer zu finden. Es war deutlich größer als das vorige und die Farbe blätterte an mehreren Stellen ab. Die Fensterläden jedoch schienen frisch gestrichen und schimmerten sogar im Dämmerlicht.

»Ich habe noch nie gesehen, dass ein Streit im eigenen Heim beigelegt wurde«, sagte Cally.

Wiedmar zuckte mit den Schultern. »Heute wird es so sein müssen.«

Cally grunzte wenig damenhaft und stampfte den kleinen Weg zur Haustür entlang. Ihre Stiefel waren an den Seiten mit Matsch verkrustete und insgesamt fühlte sie sich sehr wenig wie die Tochter eines Herzogs. Sie wollte nur nach Hause und diesen absurden Trip beenden. Sie klopfte kräftig, aber gezügelter als vorhin, an die Tür. Dieses Mal wurde sofort geöffnet und sie hoffte, dass dies ein Zeichen dafür war, dass man mit ihrem Aufkreuzen rechnete.

»Ja?« Ein Mann um die dreißig mit graublauen Augen, dunkelbraunem Haar, das zu einem Zopf gebunden war, und einem Vollbart stand vor ihr. Das musste Shettil sein.

»Ich bin Callora, die Tochter des Herzogs. Wir sind hier, um ein Urteil über Euren Streit zu fällen.«

Sie sah, wie sich bei dem Wort »Urteil« die Brauen des Mannes zusammenzogen. »Da gibt es nichts zu urteilen. Der Fall ist eindeutig.«

Cally seufzte innerlich. »Dann kann ich davon ausgehen, dass Ihr uns nicht gerufen habt.«

»Natürlich nicht. Ich brauche keinen Adel, um zu behalten, was mir zusteht.«

Sie verlieh ihrer Stimme einen so ruhigen Ton, dass man sich davon unmöglich provozieren lassen konnte. »Könnt Ihr Euch denn vorstellen, wer es dann war, der uns herbeordert hat?« Sie hörte, wie Wiedmar hinter ihr ungeduldig von einem Fuß auf den anderen trat.

»Kann nur einer gewesen sein, unser Landesherr. Will meinen Besitz nutzen, um sich selbst noch reicher zu machen.«

»Dann möchte ich, dass Ihr jemanden nach ihm schickt. Er soll so schnell wie möglich hier in Euer Haus kommen.«

Sie sah, dass er zögerte und sein Gesicht feindselige Züge annahm.

»Einer unserer Männer wurde auf dem Weg hierher verletzt und ich möchte, dass er so bald wie möglich einen Heiler sieht.« Sie legte eine deutliche Aufforderung in ihre Stimme.

Ihr Gegenüber bewegte zuerst unsicher den Oberkörper hin und her, doch dann drehte der große Mann sich um und rief über seine Schulter. »Junge! Nimm das Pferd und reite zum Landesherrn.« Dann sah er Cally in die Augen, sprach aber weiterhin zu seinem Sohn. »Der Herzog will ihn hier bei uns sehen.«

Der Herzog. Obwohl Cally hier vor ihm stand und eindeutige diejenige war, die Anweisungen erteilte, schien sie quasi nur durch ihren Vater zu existieren. Hitze stieg in ihre Wangen, doch ihre Vernunft siegte über den Zorn, den diese Erniedrigung hervorgerufen hatte. Es ging darum, Hugo so schnell wie möglich zurückzubringen.

Sie biss die Zähne zusammen und überlegte sich gerade eine Antwort, als Wiedmar hinter ihr mit einem warnenden Tonfall sagte: »Ihr wolltet Eure zukünftige Herrscherin sicherlich gerade hereinbitten.«

Der Mann verzog abfällig das Gesicht, doch dann trat er einen Schritt zur Seite und bedeutete ihnen mit einer fahrigen Handbewegung, hereinzukommen. Cally zögerte nicht und trat in den Flur.

Die Wartezeit, bis der Landesherr eintraf, war unangenehm und kräftezehrend. Wiedmar tigerte am Fenster entlang und starrte ununterbrochen nach draußen, obwohl man im Dunkeln absolut nichts erkennen konnte. Cally hatte sich, dem Drängen der Hausherrin nachgebend, schließlich auf einen Stuhl gesetzt, wurde aber immer noch misstrauisch von Shettil gemustert. Schon seit geraumer Zeit kitzelte ihr geflochtener Zopf im Nacken, doch sie war in der Steifheit der Situation wie festgefroren und bewegte die ineinander gefalteten Hände nicht aus ihrem Schoß.

Die wenigen Male, die sie ihrem Vater beim Schlichten von Streitereien zugesehen hatte, war das Gespräch nie begonnen worden, bevor beide Parteien anwesend waren. Sie wusste nicht, ob das nur für besonders wichtige Fälle mit Zuhörern galt, doch so oder so wollte sie alles richtig machen, wenn sie nun schon einmal hier waren. Diese Menschen würden bald ihre Bürger sein. Es war wichtig, was sie von ihr dachten.

Der Blick der Hausherrin streifte wiederholt ihr

Gesicht und als Cally es bemerkte, lächelte sie angestrengt, als ob sie damit von ihrer Nervosität ablenken könnte. Hoffentlich war das hier bald vorbei und sie konnten Hugo nach Hause bringen.

Die Zeit floss zäh wie Sirup dahin und als draußen Stimmen laut wurden und schließlich die Eingangstür knallte, hätte Cally beinahe vor Erleichterung geseufzt. Endlich.

Als ein etwas älterer Mann mit einem schlaksigen Jugendlichen in den Raum trat, bewegte sich der Hausherr keinen Zentimeter, um ihn zu begrüßen. Er nickte nur in Richtung seines Sohnes, der sich daraufhin eilig aus dem Staub machte. Der Vater selbst blieb mit verschränkten Armen an die Wand gelehnt stehen. Obwohl es fast unmöglich schien, zogen sich seine Mundwinkel unter dem struppigen Bart noch weiter nach unten.

Cally stand auf und nickte dem Landesherrn des Dorfes zu. Als dieser den Kopf neigte und sie ihn genauer besehen konnte, fielen ihr seine schlanke Statur und das schmale Gesicht auf. Sein Kopf war mit schütterem Haar bedeckt und er strengte sich sichtlich an, sie besonders freundlich anzulächeln.

»Es ist mir eine Ehre, Euch zu sehen, Eure Hoheit. Wie ich höre, ist Eure Krönung in greifbarer Nähe.«

Stolz und Aufregung kämpften in Callys Magen um den Vorzug und am Ende brachte sie nichts anderes hervor als: »Danke, dass Ihr so schnell gekommen seid.«

Sie warf einen Blick auf den bärtigen Riesen neben

sich und ermahnte sich selbst, dass sie nicht hier war, um die Belange des Landesherrn durchzusetzen, auch wenn dieser ihr weitaus zivilisierter erschien. Nein, es sollte eine faire Entscheidung sein.

»Was kann ich für Euch beide tun?«

»Nichts. Die Rechtslage ist klar.« Shettil lehnte sich in dem kleinen Raum nach vorne und von seiner lauten Stimme schien die Luft zu vibrieren. Cally seufzte innerlich. Das konnte lustig werden.

»Können wir vielleicht erst einmal klären, worum es genau geht?« Sie konnte nicht verhindern, dass sie genervt klang.

Der Landesherr trat einen Schritt näher an sie heran und präsentierte weiterhin sein beinahe unverändertes Lächeln. Die zwei Männer könnten wirklich nicht unterschiedlicher sein.

»Eure Hoheit, lasst mich erklären.« Er zeigte theatralisch nach draußen. »Der gute Shettil, schon seit Jahren Bürger dieses Dorfes, weigert sich, uns Handel mit den anderen Dörfern treiben zu lassen.«

»Was hat er denn mit dem Handel zu tun?«, grummelte Wiedmar, bevor Cally etwas sagen konnte, und platzierte sich hinter ihr. Sie bedeutete ihm mit einer Handbewegung, den Landesherrn nicht zu unterbrechen. Nichtsdestotrotz stellte sie sich die gleiche Frage. Shettil selbst schwieg zu ihrer Überraschung.

Der Landesherr setzte erneut an: »Der Frost vieler Winter hat die Steine unserer Brücke mürbe gemacht und ihr Einsturz hat vor Kurzem zwei gute Männer das Leben gekostet.« Er sah demonstrativ zu seinem

Widersacher hinüber. »Nun müssen wir die Händler über eine neue Route schicken, die wenige Meter über eine Straße führt, die im Besitz von Shettils Familie ist.

Cally begann zu verstehen.

»Und das wird sie auch bleiben«, knurrte Shettil.

»Dann lasst die Händler passieren.«

»Nicht ohne den Zoll, der mir zusteht!«

Das bis eben so freundliche Gesicht des Landesherrn nahm einen dunkelroten Ton an, als er diese Worte hörte. »Wir haben das schon mehrfach diskutiert, Shettil.« Er zischte den Anfang des Namens. »Keiner bezahlt Wegzoll für solch eine kurze Strecke. Sie werden ihren Handel einfach in den nächsten Ort verschieben. Und Ihr«, er streckte einen dünnen Finger nach ihm aus, »werdet genauso darunter leiden wie das ganze Dorf.«

Cally wollte etwas sagen, doch die brodelnde Energie zwischen den beiden Männern schien alle anderen Anwesenden im Raum wie durch eine Wand auszuschließen. In ihrem Kopf ratterten mehrere Ideen, diesen Streit zu schlichten, doch keine war es wert, ausgesprochen und dann von beiden Seiten abgelehnt zu werden. Ihr musste etwas Überzeugendes einfallen!

Der bärtige Shettil verließ seinen Platz an der Wand und kam mit nach vorne gelehntem Oberkörper auf seinen Herrn zu. »Ich leide auch jetzt schon darunter, dass uns kaum etwas vom Erlös der gehandelten Waren übrig bleibt.« Seine Worte waren stechend scharf und wurden von einer unterschwelligen Drohung begleitet, die Callys Haut kribbeln ließ. »Ich habe nichts zu verlieren. Meine Frau bekommt in dieser langen Nacht sowieso schon so wenig zu essen, dass sie bald das Kind nicht mehr stillen kann.«

Es schien, als ob der Raum und alles darin einfröre und eine falsche Bewegung das Eis zum Zerspringen bringen könnte.

»Dann solltet Ihr euch vielleicht überlegen, wie es mit einem Erbe wie dem Euren überhaupt so weit kommen konnte. Euer Vater hatte solche Probleme nicht.«

Cally dachte gerade, dass Tharek den Landesherren hassen würde, als Shettil mit einem animalischen Knurren nach vorne sprang und sie sich gerade noch aus der Schussbahn bringen konnte. Seine bärenhaften Hände streckten sich nach seinem Gegenüber aus, der erschrocken nach hinten taumelte und sich so gerade noch vor ihnen retten konnte. Sie selbst stolperte gegen Wiedmar, der nun zwischen ihr und der Wand eingeklemmt war und die beiden Streithähne nicht erreichen konnte. Cally sah aus dem Augenwinkel, wie etwas Metallisches in der Hand des Landesherrn aufblitzte, und stieß einen erschrockenen Schrei aus.

Mein Gott, sie würden sich gegenseitig umbringen!

Die zwei Männer taumelten gemeinsam gegen den großen Kessel über der Feuerstelle, der in seiner Halterung hin und her schepperte.

Was sollte sie tun? Wie sollte sie sie stoppen?

Noch bevor sie das entscheiden konnte, schob sich Wiedmar vor die Prinzessin und schirmte sie mit seiner breiten Gestalt ab. Dann stürmte er auf die

Streithähne zu. Mit einem lauten Brüllen, das die beiden kurz aus der Fassung brachte, verschaffte er sich wertvolle Sekunden, um den großen Shettil von hinten zu packen und mit Schwung von seinem Gegner fortzuzerren.

Ihre erste Aufgabe in der Rolle einer baldigen Herrscherin und dann passierte so etwas.

Zunächst wehrte sich der große Mann, doch dann erkannte er, dass Wiedmar ihn so gepackt hatte, dass er sich nicht mehr befreien konnte. Im Raum wurde es schlagartig still und nur noch das schwere Atmen der Männer war zu hören. Der Landesherr lehnte am Türrahmen und sah aus, als ob er gleich ohnmächtig würde. Shettils Frau stand leichenblass hinter dem Tisch. Irgendwo im Haus schrie ein Kind.

Cally war ebenfalls zum Weinen zumute, doch sie durfte nicht abhauen, ohne das hier zu lösen. Sie durfte nicht gehen, ohne zu zeigen, dass hier verdammt noch mal nicht jeder machen konnte, was er wollte! Doch sie musste sich eingestehen, dass sie die zwei Männer niemals so voneinander hätte trennen können, wie Wiedmar es getan hatte. Sie fühlte sich schwach. Furchteinflößend schwach.

Plötzlich hasste Cally beide Parteien gleichermaßen dafür, dass sie sie in solch eine Situation gebracht hatten. Wie konnten sich Erwachsene derart kopflos verhalten? Sie waren doch keine Kinder! Für einen Bruchteil von Sekunden tat sich ein anderes Bild vor ihrem inneren Auge auf. Zwei Jungen, die vor ihr standen, einer mit Tränen in den Augen, der andere mit einer Holzpuppe in der Hand. Sie richtete sich auf und sah die Situation plötzlich mit anderen Augen. Damals hatte sie die beiden Kinder trennen können. Damals war sie stark genug gewesen, um sie einfach voneinander wegzuziehen. Und es hatte rein gar nichts gebracht. Sie brauchte Stärke, aber eine andere Form von Stärke!

»Seid Ihr noch bei Sinnen?« Ihre Stimme donnerte durch den Raum und gewann bei jedem Wort an Kraft. »Wobei, wenn ihr Euch gegenseitig umbringt, dann ist meine Arbeit getan und ich kann schneller wieder nach Hause.« Sie ließ sie die ganze Wut spüren, die sie eben noch empfunden hatte. Wut darüber, dass sie es wagten, ihr gegenüber ein solches Verhalten an den Tag zu legen.

Cally juckte es in den Fingern, ihren Worten Konsequenzen folgen zu lassen. Einfach, um ihnen einen Denkzettel zu verpassen. Doch eine Strafe nur um der Strafe Willen würde sie nicht weit bringen. In zwei Monaten wäre alles vergessen und der Streit würde neu entfachen. Wahrscheinlich sogar bereits dann, wenn die Sonne wieder aufging.

»Setzt Euch gemeinsam an den Tisch.«

Wütende Blicke, keine Reaktion. Sie funkelte die beiden an, schüttelte den letzten Rest Furcht ab und nährte ihre Autorität durch ihren Zorn. »Setzt Euch gemeinsam an den Tisch!«

Endlich bewegten sich die beiden Männer und setzten sich auf die klapprigen Holzstühle. Cally bemerkte, dass Shettil sich den Arm hielt und sein Hemdsärmel sich rot färbte. Anscheinend hatte ihn sein Gegner tatsächlich mit dem Messer erwischt. Aber Shettil biss die Zähne zusammen und sagte nichts, als der Landesherr sich ebenfalls am Tisch niederließ und langsam wieder Farbe in sein Gesicht zurückkehrte.

Obwohl der Hausherr alleine den Angriff zu verantworten hatte, fand Cally gerade beide Männer vor sich gleichermaßen erbärmlich und gönnte ihnen den Schmerz. Der Landesherr hätte kein Messer ziehen dürfen, sondern die Konsequenzen seiner spitzen Zunge tragen müssen.

Zu sehen, wie es sie jetzt quälte, miteinander an einem Tisch sitzen zu müssen, entlockte ihr beinahe ein Lächeln.

Erneut rief sie sich ihr Gespräch mit den zwei kleinen Jungen ins Gedächtnis. Ein Kompromiss war gefragt. Zu Beginn war sie der Meinung gewesen, beide Seiten hätten ein Mitspracherecht verdient, doch nun würde sie entscheiden – nach ihren Vorstellungen von Gerechtigkeit. Die Chance zum Dialog hatten die beiden vertan. Wiedmar positionierte sich breit und grimmig hinter Cally.

»Ich werde Euch jetzt sagen, wie in Zukunft mit der Straße verfahren wird. Haltet Ihr Euch nicht daran, wird dem Landesherrn sein Amt und Euch, Shettil, Euer gesamtes restliches Land vom Herzog entzogen.«

Kurz spiegelte sich Demut in den Augen der beiden, doch ganz den Mund halten konnte Shettil dann doch nicht. »Ihr wollt Euch gegen das Recht aussprechen, dass ein Mann frei über seinen Besitz verfügen kann? Ich kann mir nicht vorstellen, dass Euer Vater das gutheißen würde.«

Frech, er war trotz alledem noch frech.

»Ihr habt jederzeit die Möglichkeit, Euch beim Herzog persönlich zu beschweren. Allerdings könnte es passieren, dass er dann eine andere Entscheidung trifft, die Euch noch weniger gefällt. Mein Vater schätzt es nicht, wenn die Autorität seiner Familie angezweifelt wird.« Cally lächelte Shettil an, dessen Mund sich zu einer schmalen Linie verzog. Seine Frau legte ihm eine Hand auf die Schulter und schüttelte kurz den Kopf. Der Landesherr schwieg.

»Die Händler werden Euren Weg mitbenutzen dürfen, damit dieses Dorf hier weiterhin bestehen kann.« Sie sah, wie das Licht in Shettils vor Wut glühenden Augen noch etwas schwächer wurde, und tief in ihr drinnen regte sich Mitleid. Er war ein grober Mann, doch am Ende wollte er für seine Familie sorgen wie alle anderen auch.

»Aber Ihr werdet nicht leer ausgehen.« Sie wartete innerlich auf einen Einwand des Landesherrn, doch dieser schwieg weiterhin eisern. Vielleicht hatte ihm Shettils Überlegenheit den Wind aus den Segeln genommen.

»Euer Herr wird Euch von den Marktgebühren, die er einnimmt, jede zehnte Goldmünze überlassen. Im Gegenzug seid Ihr dafür verantwortlich, dass der Weg passierbar ist.« Sie sprach so schnell weiter, dass die beiden keine Chance hatten, ihr ins Wort zu fallen. »Zusätzlich werde ich ein Schreiben aufsetzen lassen, das anordnet, dass die Dorfbewohner für ihren eigenen Markt in Zukunft keine Abschläge mehr leisten müssen. Falls irgendwann eine neue Brücke gebaut wird, entfallen Shettils Anteile am Marktumsatz, nicht aber der letzte Punkt.«

Sie lockerte vorsichtig ihre verkrampften Finger und wartete nach ihrem Monolog auf Reaktionen.

Wiedmar war schließlich derjenige, der zuerst sprach. »Wenn Ihr dem zustimmt, besiegelt es mit einem Handschlag und das Treffen ist beendet.« Sein Tonfall schloss alle anderen Optionen aus. Dennoch hielt Cally die Luft an, als beide Männer zögerten, sich dann jedoch nach vorne lehnten und sich so ruppig und kurz die Hände schüttelten, dass es beinahe gewaltsam aussah.

Sie hatte es geschafft.

Als sie aufstand und mit einem ernsten Nicken das Gespräch beendete, meinte sie, ein kleines Lächeln auf dem Gesicht der Hausherrin zu sehen. Es war mehr als ihre Familie hatte erwarten können und das wusste sie.

Cally seufzte, als die Tür kurz darauf endlich hinter ihnen ins Schloss fiel. Dann spürte sie Wiedmars Hand auf ihrer Schulter. »Gut gemacht«, sagte er.

Es dauerte mehrere Tage, bis sie sich selbst eingestehen konnte, dass diese Aussage der Wahrheit entsprach.

Kapitel 20

Tharek

Langsam strich Tharek mit seinen Fingern durch Callys Haar, das im Halbdunkeln geschmeidig glänzte. Ihr Kopf lag auf seiner Brust und wenn er sich konzentrierte, konnte er spüren, wie sich ihr Oberkörper bei jedem Atemzug leicht hob und senkte. Wahrscheinlich war es dieser Moment, der nach dem Mist, den er in der letzten Zeit erlebt hatte, dem Empfinden von Glück am nächsten kam.

Vor etwa einer Stunde war Cally in sein Zimmer gekommen, hatte ihn angelächelt und ihn dann an der Hand hinter sich her durch einen unbeleuchteten Gang gezogen. Wäre Tharek nicht so überrumpelt gewesen, hätte er vielleicht protestiert. Schließlich war es nicht ungefährlich, einfach in der Burg umherzulaufen – sie könnten entdeckt werden. Doch gleichzeitig war er erleichtert nach all den Stunden, eingesperrt und alleine mit seinen Gedanken, etwas anderes zu sehen. Die Spannung zwischen ihnen war greifbar wie ein gespanntes Band und als sie nach scheinbar endlosem Stolpern durch dunkle Winkel und Flure im Burggarten angekommen waren, hatte

Tharek sich fast frei gefühlt.

Nach seiner Entscheidung in der Bucht hatte es ihn fast wahnsinnig gemacht, Cally so lange nicht zu sehen. Und nun wusste er nicht, wie er sich ihr gegenüber verhalten sollte. Es gab so vieles, über das sie reden müssten.

Wie das Gewicht unzähliger Steine drückte die Last auf seine Brust und verdrängte das Gefühl der Weite und Freiheit. Stattdessen war er wütend. Wütend, dass er den Anblick dieses schönen Mädchens nicht einfach genießen konnte. Wütend, weil eine lächerliche Tradition ihrem Zusammensein im Weg stand. Wütend, weil sie nicht frei waren.

Jetzt lehnten sie zusammen am Fuß einer Baumwurzel und hatten noch kein Wort miteinander gewechselt, seit sie den Burggarten betreten hatten. Es war dunkel, aber die Temperaturen mild.

Cally bewegte sich in seinen Armen und er zog sie noch näher zu sich heran. Vergrub sein Gesicht in ihren Haaren. Sicher. Sie war sicher mit ihm. Er würde nicht zulassen, dass ihr jemand etwas antat. Ihr Haar roch nach Honig und kurz fragte er sich, wie er wohl riechen musste nach all der Zeit. Doch der Gedanke verschwand schneller, als er gekommen war. Es war zu viel passiert, um sich um so etwas zu sorgen.

»Wird keine der Wachen mich vermissen? Wir sind schon eine ganze Weile draußen.« Tharek wollte die Situation nicht mutwillig zerstören, aber die Sorge, dass ihm der Moment der Ruhe gewaltsam genommen werden könnte, schlich sich langsam in seine Gedanken.

Sein Hemd verschlang den Großteil ihrer Antwort, was jedoch keinen Unterschied machte, denn er kannte den Namen des Mannes, den sie erwähnte, sowieso nicht.

»Mit wem hast du gesprochen?«, fragte er nach.

»Mit Garra, unserem Hauptmann. Er hat nach der Feier geholfen, dich in dein Zimmer zu bringen.«

Um ehrlich zu sein, konnte Tharek sich nicht an viel von diesem Abend erinnern. War er überhaupt bei Bewusstsein gewesen, als er in den Turm gebracht wurde? Doch er glaubte trotzdem zu wissen, wen sie meinte. Den älteren Mann, der ihn verhaftet und an seinem ersten Tag unsanft in die Zelle befördert hatte. Tharek ballte eine Hand zur Faust und wehrte sich mit aller Kraft gegen die aufsteigende Wut, die bei dieser Erinnerung in ihm aufflammte. Ihre Stimme hatte geklungen, als ob sie ihn mochte. »Was hast du ihm erzählt?«

Sie richtete sich ein wenig auf, sodass er in ihre braunen Augen sehen konnte.

»Die Wahrheit.«

»Wie?«

Cally stützte sich neben seinem Körper auf einem Arm ab und machte ein ernstes Gesicht. »Er ist wie ein Vater für mich. Ich kenne ihn schon mein ganzes Leben. Wir können ihm vertrauen.«

»Bist du sicher, dass er nicht zum Herzog rennt? Schließlich ist er der Hauptmann seiner Garde.« Tharek konnte nicht verhindern, dass er sich irgendwie hintergangen fühlte. Sie hatte einfach eine Entscheidung getroffen, die ihn das Leben kosten könnte. Andererseits kannte sie diese Menschen auch viel besser und ohne das Zutun dieses Mannes hätte er heute nicht an der frischen Luft sein können. Er atmete hörbar aus und brachte sich ebenfalls in eine aufrechtere Position.

Cally beobachtete ihn ganz genau. »Ich weiß, wie es sich für dich anfühlen muss, aber du musst mir vertrauen. Ich finde eine Lösung.«

Genau genommen hatte er auch keine andere Wahl.

Sie beugte sich nach vorne und ihr Duft tanzte um ihn herum. Und dann begann auch sein Kopf zu tanzen, als sie immer näher kam. Sie zögerte und er wurde beinahe wahnsinnig. Mit einem Ruck zog er sie zu sich heran und innerlich seufzte er, als ihre weichen Lippen seine berührten. Seine Hände wanderten ihren Rücken hinunter, erkundeten ihn. Es war das erste Mal, das sie weitestgehend unbesorgt allein sein konnten und auch sein Körper zeigte sein Verlangen nach Normalität. Wenn sie sich so nahe waren, fühlte es sich beinahe an, als ob alles gut werden könnte.

Lachend zog Cally sich zurück. »Moment, mein Freund.«

Sie strich ihm über die Brust und er konnte etwas Neckisches in ihrem Gesicht erkennen, das er so bei ihr noch nie gesehen hatte. Es kostete ihn beinahe übermenschliche Anstrengung, sie nicht wieder zu sich heranzuziehen.

»Ich kenne dich eigentlich gar nicht. Was, wenn du mich nur verführen willst?«

Ihre Stimme klang, als ob sie scherzte, doch Tharek wusste, dass ein Funken Wahrheit in ihren Worten steckte – sie kannten sich wirklich nicht sehr gut.

»Ich schlage dir einen Handel vor«, gab er ebenso heiter zurück. »Informationen gegen Küsse.«

Er fühlte sich so lebendig wie schon lange nicht mehr und das gemeinsame Lachen mit Cally brachte eine Leichtigkeit mit sich, die in seinen Adern pulsierte.

Sie strich sich die Haare aus dem Gesicht und lächelte. »Du fängst an.«

»In Ordnung.« Er runzelte die Stirn und versuchte herauszufinden, was man einer jungen Frau wie ihr in einer Situation wie dieser von sich erzählen sollte. Nach ein paar Atemzügen, in denen er still dagesessen hatte und von Cally beobachtet wurde, kam er zu dem Schluss, dass es ihm nicht gelingen würde. Eine Situation wie diese hatte es wahrscheinlich noch nie gegeben.

»Ich bin neunzehn Jahre alt und habe mein ganzes Leben auf einem Hof verbracht. Das nächste Dorf ist so klein, dass es die Bezeichnung beinahe nicht verdient.« Er zuckte mit den Achseln. »Ergo gibt es nicht allzu viel zu erzählen.«

Sie zupfte an seinem Ärmel. »Und solche Arme hast du nur von der Hofarbeit bekommen, ja?«

»Ich habe schon ein halbes Jahr in der Schmiede gelernt, bevor ich hierherkam, um fehlendes Geld für meinen Meister einzutreiben.«

Cally sah ihn intensiv an und Tharek wagte nicht, auszuatmen, als ob er die Worte, die sich in seinem Mund formten, zurückhalten wollte. Er war sich noch nicht sicher, ob es gut wäre, sie wirklich auszusprechen.

Eine unangenehme Stille breitete sich zwischen ihnen aus. Dann zog er Cally wieder in seine Arme, sodass sie sein Gesicht nicht sehen konnte, als er sagte: »Ich hatte keine Wahl. Nachdem mein Vater gestorben ist, konnten mein Bruder und ich den Hof nicht mehr alleine führen.«

Callys Finger, die eben noch sanft über Thareks Arm gestreichelt hatten, spannten sich unwillkürlich an und krallten sich nun eher in seinen Hemdsärmel.

Kurzes Schweigen.

»Wie konntest du bleiben, wenn dein Bruder allein dort ist?«, flüsterte sie schließlich. Da waren sie ausgesprochen, die Gedanken, die ihn ständig verfolgten.

»Es ist nicht seine erste lange Nacht und er ist kein Kind mehr. Er kommt schon klar.« Tharek schluckte und zog Cally noch näher an sich. Vielleicht versuchte er, durch die Nähe seine Zweifel zu ersticken, doch es war ihm egal, solange es funktionierte. Wenn er daran dachte, was mit ihr geschehen würde, wenn er einfach verschwand, bildete sich ein Knoten in seiner Brust. Ja, er konnte er mit seiner Entscheidung leben.

Fynn war nicht in akuter Gefahr. Fynn würde es auch ohne ihn schaffen.

»Ich tue alles, was ich kann«, murmelte sie. »Jetzt, wo

Garra Bescheid weiß, werden wir zusammen einen Weg finden. Irgendwie findet man immer einen.« Sie seufzte und kuschelte sich tiefer in seine Arme. »Das ist das einzig Gute, das der Fanatismus meines Vaters mir beigebracht hat.«

Ein dummer Kommentar lag Tharek auf der Zunge, doch er schluckte ihn hinunter. Sie ungerechtfertigt mit dem Herzog zu vergleichen war das Letzte, was sie jetzt gebrauchen konnte. Stattdessen fragte er: »War es schon immer so schlimm? Mit ihm, meine ich.«

Cally schwieg zunächst und spielte wieder mit dem Stoff an seinem Hemdsärmel.

»Nein, eigentlich nicht. In meiner Kindheit war mein Vater mein Held.« Sie drehte sich so, dass sie Tharek ansehen konnte und ihre Stimme wurde dringlicher. »Ich weiß, dass das schwer vorstellbar ist, aber in meinen Augen hat er diese Stadt gerettet.«

»Du hast erzählt, was er gegen die langen Nächte getan hat«, antwortete Tharek mit einem Kloß im Hals.

Cally schüttelte den Kopf. »Aber nicht nur das, er hat den Menschen auch eine Alternative zu ihrem zerstörerischen Verhalten geboten. Mein Großvater war schon alt, als die langen Nächte begannen, und heillos überfordert damit. Vater hat die Leute aus einer Art Schockstarre befreit. Ihnen wieder Hoffnung gegeben.«

Tharek sah sie an und ihm war, als ob ihre Augen heller leuchteten als vorher.

»Nach meiner Geburt hat er mich auf den großen

Balkon gebracht und allen gezeigt, die an diesem Tag in die Burg gekommen waren. Er hat gesagt, dass Sicherheit und Geborgenheit wieder in ihr Leben kommen werden, genauso wie ich in sein Leben gekommen bin. Es hat zwar etwas gedauert, aber er hat es geschafft, dieses Versprechen zu halten.« Cally neigte ihren Kopf ein wenig zur Seite und fesselte Tharek mit ihrem sonst so zurückhaltenden Blick. »Deshalb heiße ich Callora – abgeleitet vom lateinischen Wort ›calor‹ für Wärme.«

Er lehnte sich nach vorne und küsste sie auf den Mund. Hielt seine Lippen einfach auf ihren und spürte sie. Ihre Wärme. Die Hoffnung. Als sie sich voneinander lösten, hoben sich Callys Wangen rot von der sonst blassen Haut ab.

Sie lächelte ihn an, doch in ihren Augen sah er den Schatten dessen, was die Geschichte über ihren Vater in ihr auslöste.

»Aber irgendwann hatte er alles getan, was er konnte. Ich schätze, diese Machtlosigkeit und die Tatsache, dass die langen Nächte nie zu enden schienen, haben ihn kaputt gemacht. Und die Krankheit vergiftet seinen Geist. Seit ein paar Jahren ist er wie besessen davon, dass das Bluterbe weitergeführt werden muss.«

Callys Worte hallten in Thareks Kopf wider, doch er hörte sie nicht wirklich. Stattdessen sah er ihr ins Gesicht und malte mit seinen Augen ihre Züge nach. Es schien, als ob er sie heute zum ersten Mal richtig sehen könnte. Irgendetwas hatte sich verändert. Er nahm Callys Hand in seine, hielt sie in die Luft, sah sie an und drehte sie hin und her. Und dann breitete sich ein Lächeln auf seinem Gesicht aus. »Callora«, sagte er. »Ich glaube, dein Name hat heute seine Bedeutung erfüllt.«

Sie runzelte die Stirn, doch dann bemerkte auch sie es. Ihre Kleider raschelten, als sie aufsprang und sich im Burggarten um die eigene Achse drehte.

»Nein, nein, das kann nicht sein!«, sagte sie ungläubig und lachte.

Tharek konnte seine Augen nicht von ihrer sich drehenden Gestalt abwenden, als auch er aufstand.

Zögerlich fiel Licht durch die Blätter der Bäume und schlich über den Boden, als ob es sich noch nicht so recht traute, sich zu zeigen. Als ob es aus dem Winterschlaf erwachte. Tharek blinzelte, um ganz sicher zu sein, dass er ihr keine falschen Hoffnungen machte. Doch auch als er seine Augen wieder öffnete, waren die sanften Strahlen noch da.

Während draußen die Burg langsam wieder von Leben erfüllt wurde, rannte Cally zu ihm und warf sich in seine Umarmung. Riss ihn beinahe mit, mit ihrem Schwung. Und gerade als er die Arme um sie legte und auch seiner Brust ein Lachen entwich, sah er es. Ein Glitzern. Ein Glitzern, das zu hell war, um allein von der schläfrigen Sonne zu stammen.

Er kniff die Augen zusammen und öffnete bereits den Mund, um Cally zu fragen, was das sein könnte, da erkannte er es. Ein Mann stand am Ausgang des Burggartens und hielt etwas in die Höhe. Cally konnte es nicht sehen. Der Mann ließ den Arm sinken und starrte Tharek direkt an. Dann legte er einen Finger an die Lippen, nickte und verschwand.

Thareks Herz pochte unkontrolliert in seiner Brust. Was hatte das zu bedeuten? War es eine Drohung, weil er sie zusammen gesehen hatte? Oder könnte der Ursprung dieser Botschaft der gleiche sein wie der des rätselhaften Briefes in seinem Zimmer?

Wenige Sekunden, um zu entscheiden, was er tun sollte.

Wenige Sekunden, bis sie wieder sein Gesicht sehen würde.

Wenige Sekunden, bis sie merken würde, dass etwas nicht stimmte.

Als Cally sich schließlich immer noch strahlend von ihm löste, erwiderte er ihr Lächeln und sagte nichts.

Kapitel 21

CALLY

Die Unruhe in Callys Kopf übertrug sich auf ihren Körper. Sie hatte bereits einige Runden unruhigen Hin- und Herlaufens in ihrem Zimmer hinter sich, als sie sich schließlich stöhnend aufs Bett fallen ließ und frustriert ihre Augen rieb. Warum konnte sie sich auf nichts konzentrieren, wo doch gerade alles von ihr abhing?

Sie wollte einfach nur zurück zu Tharek und zusammen mit ihm das Licht genießen, doch ihre gemeinsame Zeit war viel zu schnell vorüber gewesen und jetzt war schon der nächste Tag. Er saß alleine im Westturm fest und sie zermarterte sich den Kopf. Sie selbst hätte zwar hinausgehen können, um weiter die Sonne auf ihrer Haut zu spüren, doch auch wenn ihr Körper sich danach sehnte, hatte sie es sich verboten. Es fühlte sich falsch an, sich zu vergnügen, solange sie keine Lösung gefunden hatte.

Und wenn sie hier drinnen einging, ihr würde verdammt noch mal etwas einfallen! Am besten noch vor dem großen Fest heute Abend, das stattfand, weil ihr Vater seine Freude über das Ende der langen Nacht öffentlich zelebrieren wollte – vielleicht auch, um zu zeigen, wie gut der Hof sie überstanden hatte.

Seit Stunden versuchte Cally herauszufinden, mit welchen Lehnsmännern sie noch sprechen konnte, um sie auf ihre Seite zu ziehen. Es hatte keine Möglichkeit mehr gegeben, unauffällig mit Fürst Castell zu reden. Und die anderen Vasallen kannte sie einfach zu schlecht.

Anstatt darauf zu bestehen, dass sie lernte, mit einem Schwert zu kämpfen, hätte ihr Vater sie lieber mit auf seine Ausflüge nehmen sollen. Dann wäre sie jetzt wenigstens nicht von der Gunst gänzlich Fremder abhängig.

Cally vergrub die Hände in ihren ungekämmten Haaren und legte sie sich dann wie einen Vorhang übers Gesicht. Die bauschigen, braunen Strähnen kitzelten auf ihrer Haut, doch irgendwie genoss sie den kleinen Kokon, der sich so um sie bildete. Er roch vertraut und geborgen.

Ruckartig setzte sie sich auf. Tharek schmorte in seinem Zimmer und sie hatte nichts Besseres zu tun, als mit ihren Haaren herumzuspielen wie ein kleines Kind! Sie betrachtete die wunderschönen Lichtstrahlen, die durchs Fenster in ihr Zimmer fielen und versuchte, nicht immerzu daran zu denken, wie sehr sie ihn wiedersehen wollte. Noch nie in ihrem Leben hatte sie sich so zu einem Menschen hingezogen gefühlt wie zu ihm.

Cally stand so schnell von ihrem Bett auf, dass sie sich kurz an einem der mit Blumenschnitzereien verzierten Pfosten festhalten musste, weil ihr plötzlich schwindelig wurde. Wann hatte sie das letzte Mal etwas gegessen? Heute sicherlich noch nicht. Schnell band sie sich die Haare zu einem Zopf zusammen und zwängte sich in das Kleid, das sie schon gestern getragen hatte. Sie konnte nur hoffen, dass sie damit nicht ihrer Mutter begegnete, die mit Sicherheit schon wieder in stundenlanger Arbeit zurechtgemacht worden war. Cally hingegen spritzte sich nur etwas kaltes Wasser ins Gesicht und verließ dann ihr Zimmer.

Auf dem Weg in die Küche begegnete sie so vielen fremden Menschen, dass sie nach einer Weile aufhörte zu zählen, wie oft sie jemanden gegrüßt hatte. In den letzten Tagen hatte sich die Burg beinahe zu einer Gaststätte entwickelt – die meisten Vasallen reisten nicht allein an. Mindestens die Hälfte der Diener auf den Gängen gehörte nicht zu ihrem eigenen Haushalt, sondern war Gefolge ihrer Gäste.

Kurz vor ihrem Ziel stolperte Cally beinahe in einen dicklichen Mann hinein, der mit Schweißperlen auf der Stirn und einem Krug in der Hand aus der Küche hetzte.

Als sie selbst den wuseligen Ort betrat, konnte sie jedoch schnell verstehen, wie er in diese körperliche Verfassung geraten war. Die große Küche dampfte geradezu. Alle Öfen schienen in Betrieb zu sein und die Küchenfrauen huschten von einem riesigen Topf zum nächsten, um das Essen für die gesamte Hofgesellschaft nicht anbrennen zu lassen. Bei dem

Geruch nach frischem Brot und Suppe zog sich Callys Magen vor Aufregung und Hunger zusammen. Trotzdem trat sie einen Schritt aus dem Eingang zurück und war drauf und dran, wieder zu gehen. In dieser Hektik nach einer ungeplanten Mahlzeit zu fragen und somit alles durcheinanderzubringen, wollte sie nicht riskieren.

Sie hatte sich schon wieder herumgedreht, da packte sie eine Hand am Arm und hielt sie zurück.

»Halt, dageblieben!«

Cally drehte sich um und sah in das freundliche Gesicht der Küchenchefin. »Hallo, Irma! Hier ist ja was los«, begrüßte Cally sie.

»Das geht schon seit ’ner ganzen Weile so«, sagte die rundliche Frau und zog die Prinzessin zielstrebig mitten ins Getümmel hinein. »Aber du warst uns ja auch schon lange nicht mehr besuchen.«

Sofort bekam Cally ein schlechtes Gewissen. Es stimmte. Während sie früher beinahe jeden Tag in die Küche gekommen war, um sich ein Küchlein zu stibitzen und hier und da einen Plausch zu halten, konnte sie sich heute kaum daran erinnern, wann sie das letzte Mal persönlich hier gewesen war. »Tut mir leid, es ist so viel geschehen.«

»Ich weiß, ich weiß, mein Kind.« Irma tätschelte ihren Arm und schob sie resolut auf einen der wenigen Stühle, die in einer freien Ecke der Küche standen. »Aber jetzt hole ich dir erst einmal was zu essen. Oder bist du nicht dafür gekommen?«

»Doch.« Cally nickte mit einem schuldbewussten

Blick und die Küchenchefin lächelte ihr gutmütig zu. Während die dralle Gestalt der Frau auf der Suche nach einer Mahlzeit für Cally von den anderen Körpern in der Küche verschluckt wurde, saß sie auf dem Stuhl und sah den Bediensteten mit einem Lächeln auf den Lippen bei ihrer Arbeit zu. Manchmal wünschte sie sich nichts mehr, als morgens aufzustehen und den ganzen Tag lang etwas mit ihren Händen zu schaffen, das wirklich einen Nutzen für die Menschen hatte. Sie wollte den Leuten etwas Gutes tun und nicht unentwegt mit ihnen kämpfen und streiten.

Als einem Küchenmädchen ein leerer Topf aus der Hand glitt, zuckte Callys Hand nach vorne, als ob sie ihn aus mehreren Metern Entfernung auffangen könnte. Doch natürlich ging das Geschirr unbeirrt scheppernd zu Boden.

»Eva, du alter Tollpatsch!«, schallte Irmas Stimme aus irgendeiner Ecke der Küche, doch in ihren Worten schwang eine scherzhafte Wärme mit.

Die junge Frau lachte, raffte ihre Röcke und hob den schweren Topf vom Küchenboden auf. Cally war froh zu sehen, dass sich die Frauen hier unten trotz all der Arbeit ihre gute Laune bewahrten. Sie zweifelte nicht daran, dass Irma und ihr Regiment einen erheblichen Teil dazu beitrugen.

Plötzlich stand die dralle Frau wieder vor ihr und hielt Cally zwei Brote hin. Der erste Bissen der frischen Brotscheiben, dick bestrichen mit Butter und garniert mit in der Pfanne geschwenkten Zwiebeln, war himmlisch.

»Das ist heute unser eigenes Mittagessen gewesen. Ich hoffe, es reicht dir.«

Cally streckte kauend ihren Daumen in die Höhe und Irma zwinkerte ihr zu, bevor sie sich wieder an die Arbeit machte. Cally knabberte weiter an ihrer Stulle und genoss den fein-süßen Geschmack der Zwiebeln auf ihrer Zunge, da wurde sie schon wieder angesprochen.

»Was machst du denn hier unten?«

Sie blickte auf und sah Marilee vor sich stehen, in den Armen einen Schwung Tücher. Sie schluckte den Bissen, den sie gerade kaute, hinunter und gab zurück: »Das gleiche könnte ich dich fragen. Was macht meine Zofe in der Küche?«

Marilee ließ den Stoff auf eine der Arbeitsflächen fallen. »Deine Zofe bekommt dich kaum noch zu sehen, weil du ständig geheimnistuerisch unterwegs bist. Also hilft sie im Haus aus und bringt den Küchenmädchen frische Tücher zum Abtrocknen.« Von der schwülen Wärme in der Küche kräuselten sich ihre blonden Locken noch ein wenig mehr als sonst.

»Verstehe«, sagte Cally und stopfte sich das letzte Stück Brot in den Mund. Dabei verschätzte sie sich ein wenig und als ihr kleine Krümel aus den Mundwinkeln purzelten, mussten sie beide lachen.

Marilee schüttelte den Kopf und verdrehte ironisch die Augen. »So gerne ich dir auch beim Essen zusehen würde, ich muss weiter.«

»Was hast du noch zu tun?« Manchmal fühlte sich

Cally schlecht dabei, so wenig von dem zu wissen, was ihre Bediensteten für sie und die anderen Bewohner der Burg leisteten.

»Ich muss noch in die Stadt, Besorgungen für deine Mutter machen. Ihre eigene Magd liegt mit Fieber im Bett und bei den ganzen Gästen hier ist das beinahe eine kleine Katastrophe.« Sie stemmte die zarten Hände in die Hüften und schüttelte den Kopf.

Manchmal dachte Cally, dass ihre Freundin die Prinzessin sein sollte und nicht sie. Trotz ihrer schweren Arbeit war Marilee immer elegant und fraulich, während sie selbst sich manchmal unbeholfen und plump fühlte.

Ohne groß nachzudenken, schlüpfte aus ihrem Mund ein »Kann ich mitkommen?«.

Marilee sah sie verwundert an. »Hast du nichts anderes zu tun, mit all den Leuten hier?«

»Ich bin schwer damit beschäftigt, mir den Kopf zu zerbrechen. Aber darauf kann ich gerade gut verzichten.«

Ihre Zofe nickte wissend und zwischen ihren dünnen Brauen bildete sich eine kleine Falte. Doch dann sagte sie: »Wie du willst. Schließlich bist du die Prinzessin und kannst tun und lassen, was du möchtest.«

Schön wär's. Cally stand schwungvoll auf und ihre Röcke strichen ihr um die Knöchel. »Gut, dann gehen wir zusammen.«

Marilee besah sie von oben bis unten. »Ich befürchte aber, dass das weitaus länger dauern wird, wenn dich jeder erkennt und etwas von dir will.«

Auch Cally sah an sich herunter. Sie hatte recht.

»Warte.« Marilee schälte sich ihren dünnen Mantel von den Schultern und gab ihn Cally. Wenn sie ihn vor der Brust schloss, würde er den Großteil ihres Kleides verdecken. »Und jetzt mach noch deine Haare auf.«

»Denkst du wirklich?« Sie konnte sich nicht daran erinnern, wann sie das letzte Mal mit offenen Haaren nach draußen gegangen war.

»Klar, in unserer Freizeit laufen wir Zofen oft so herum. Nur hier bei der Arbeit geht das natürlich nicht.«

Sofort traten Cally Bilder von Marilee mit ihren wallenden, blonden Haaren vor Augen, wie sie mit den anderen Mädchen aus der Burg Ausflüge machte. Sie konnte nicht abstreiten, dass sie neidisch war. Als sie nun selbst den Knoten in ihrem Nacken löste, fielen ihre Haare jedoch nicht ganz so prächtig über ihre Schultern, wie in dieser Vorstellung. Sie fuhr sich mit den Fingern durch die bauschige Mähne und versuchte, sie wenigstens am Ansatz zu glätten. Ihre Mutter hatte immer gesagt, dass die wilden Haare nicht zu ihrem filigranen Gesicht passten. Cally hatte kein Problem damit gehabt, denn sie konnte auch das Letztere nicht bei sich erkennen.

»Gut, dann lass uns gehen.«

»Ja, wir haben nicht allzu viel Zeit. Die Herzogin braucht mich spätestens eine Stunde vor dem großen Fest.«

Die zwei Frauen schlängelten sich durch die Betriebsamkeit der Küche und Cally gab Irma im Vorbeigehen noch einen schnellen Kuss auf die Wange, bevor sie sich auf den Weg machten.

»Himmel, ich platze gleich! Wieso gehen wir nicht immer zusammen in die Stadt?« Marilee wischte sich den letzten Rest Sahne von der Oberlippe.

Cally lachte und biss ebenfalls in ihr Gebäck.

»Wartet, ich bringe Euch noch zwei!«, ertönte es in ihrem Rücken.

»Nein!«, riefen sie einstimmig und hielten sich scherzhaft die Bäuche. Der Bäckerlehrling zuckte nur breit grinsend mit den Schultern und widmete sich dann wieder den Broten im Ofen.

»Ich mein's ernst, Callora. Wenn ich gewusst hätte, dass du mir Süßes als Bestechung kaufst, hätte ich dich schon früher mal mitgenommen.«

»Vielleicht hatte ich ja einfach selbst Lust drauf und hab dich nur als Vorwand genommen«, sagte Cally und zwinkerte. Der Zucker wanderte durch ihren Körper und machte sie kribbelig und fröhlich.

Marilee wischte sich sehr untypisch für sie die Hände am Rock ihres Kleides ab. »Trotzdem müssen wir jetzt weiter. Deine Mutter bringt mich um, wenn sie heute Abend keine Handschuhe hat.«

»Ich wette, sie hat noch Tausende als Ersatz«, grummelte Cally, stand aber auch auf. Sie hätte schwören können, dass der Bäckersjunge ihnen schmachtende Blicke zuwarf, als sie eingehakt auf die Straße traten.

»Wo müssen wir hin?«

»Nur einen Block weiter«, antwortete ihre Zofe und es dauerte keine Minute, da hatten sie den hübschen kleinen Laden erreicht. Schon durch die Spitzenvorhänge konnte Cally die unzähligen Farben sehen, in denen die Stoffe im Innern schillerten. Marilee beobachtete ihre Herrin liebevoll, als diese mit großen Augen durch den Raum ging und mit der Hand über einen weichen grünen Stoff fuhr.

»Ich dachte immer, du magst solche Frauensachen nicht.«

Cally nahm ertappt die Hand zurück und strich sich das Haar aus dem Gesicht. Es außerhalb ihres Schlafzimmers offen zu tragen war immer noch ungewohnt.

»Vielleicht habe ich mich nie damenhaft genug gefühlt, um mich damit zu beschäftigen. Aber die Stoffe hier sind wunderschön.«

Eine zierliche Frau mit silbernem Haar kam auf sie zu. »Was kann ich für Euch beide tun?«

Marilee wandte sich ihr zu. »Guten Tag. Ich soll die Handschuhe für die Herzogin abholen.«

Cally wurde schon wieder von einem schwarzen Stoff abgelenkt, der beinahe wie ein glitzernder Sternenhimmel aussah, und bemerkte nicht, wie die Frau sie verstohlen musterte.

»Aber natürlich. Wartet eine Sekunde, ich hole sie.« Und schon war sie wieder verschwunden.

Kurz darauf kam die Frau mit glänzenden perlmuttfarbenen Handschuhen zurück, die ihrer Trägerin bis zu den Ellenbogen reichen mussten. Cally ging ebenfalls an die Theke. Marilee kramte in dem kleinen Beutel, den sie schon die ganze Zeit über der Schulter trug. Sie zog ein kleines Stück Stoff heraus und legte es neben den Handschuhen auf die Theke.

»Meine Mutter hat dir wirklich Stoff zum Vergleichen mitgegeben?«, platzte Cally heraus und sah ungläubig auf die Farbproben, ohne zu bemerken, dass sie sich verraten hatte.

Nun sah die Verkäuferin sie ganz unverhohlen an und fragte überrascht: »Ihr seid die Prinzessin?«

Mist. Cally nickte, weil sie nicht unhöflich sein wollte, doch sie ärgerte sich über ihre eigene Dummheit.

Marilee hingegen wirkte nicht besonders beeindruckt davon und fuhr mit dem Verkaufsgespräch fort: »Sie sehen gut aus. Ich werde sie mitnehmen.«

»Das freut mich.« Die Verkäuferin nahm die Handschuhe wieder vom Tisch und legte sie sorgsam zusammen. Dabei schielte sie immer wieder zu Cally hinüber. »Habt Ihr schon Eure Garderobe für den großen Tag beisammen? Ich würde mich geehrt fühlen, wenn Ihr einen meiner Stoffe als Geschenk annehmen würdet.«

Cally lief rot an. »Äh, vielen Dank, das ist wirklich sehr großzügig. Aber ich bin mir sicher, dass sich schon jemand etwas für mein Kleid überlegt hat.« Tatsächlich hatte sie noch keinen einzigen Gedanken daran verschwendet. Nur in ihren Albträumen sah sie sich tatsächlich das Bluterbe durchführen.

Die Frau nickte lächelnd und reichte Marilee ein kleines Täschchen. »Ihr dürft gerne noch einmal wiederkommen, um Euch etwas für einen schöneren Anlass auszusuchen.«

Cally wagte es nicht, den Blick zu heben, während sie über diese Worte nachdachte. Stattdessen starrte sie auf Marilee und beobachtete, wie sie die Tasche mit den Handschuhen entgegennahm. Das Bluterbe war also auch für die Ladenbesitzerin kein Tag zum Feiern – kein schöner Anlass.

»Das werde ich«, sagte sie schließlich und blickte der Frau dann fest in die Augen.

Gemeinsam verließen die beiden das Geschäft, nachdem sie sich von der netten Dame verabschiedet hatten. Cally schwor sich, dass sie ihre Aussage wahr machen und bei ihr einen Stoff für ein Kleid kaufen würde, das sie für einen wirklichen freudigen Anlass brauchte.

Durch ihre Bummelei mussten sie sich auf dem Rückweg etwas beeilen und wenn Cally nach vorne sah, konnte sie hinter der vertrauten Silhouette der Burg bereits die ersten Anzeichen der Dämmerung erkennen. Ihr Zuhause thronte über der Stadt wie eine Raubkatze über ihrer Beute. Von hier unten sahen die dicken Mauern zwar stabil und beständig, aber irgendwie auch bedrohlich aus.

Während sie sich bemühte, mit Marilee Schritt zu halten, kam sie nicht umhin, die Schönheit dieses Ortes zu bewundern. Kaum schien die Sonne wieder, war nichts mehr von der aufgestauten Wut und den Sorgen der Bürger zu spüren. Hier, im Herzen der Stadt, wuselten sie emsig wie Bienchen umher, lachten, scherzten und schlenderten durch die Gassen. Dieser Anblick war es, den sie sich bewahren wollte. Sie musste ihn in ihrem Herzen tragen für Zeiten, die dunkler waren.

Plötzlich blieb Callys Blick an einem jungen Mann hängen, der vor einem Wagen voller Holz stand. Sie konnte nicht verhindern, dass sie unvermittelt abbremste und sich ihr Körper versteifte. Er sah genauso aus wie …

Ihre Augen fuhren hektisch seinen blonden Hinterkopf ab und versuchten zu erkennen, ob es wirklich Rin sein konnte. Als sich der Mann unvermittelt umdrehte, sog Cally erschrocken die Luft ein und machte einen hektischen Schritt rückwärts. Nur weg von ihm!

»Vorsicht!«

Die Prinzessin spürte einen Körper in ihrem Rücken und hob entschuldigend die Hände. Ein letzter Blick in die Richtung des Mannes mit dem Holzwagen gab jedoch Entwarnung. Er war es nicht. Jetzt, wo sie ihn ganz sehen konnte, sah er anders aus.

Immer noch angespannt wie eine Bogensehne drehte sie sich um und wollte sich für ihre Unachtsamkeit entschuldigen. Ein schlaksiger Jugendlicher stand direkt hinter ihr – ihn musste sie in ihrer Hektik angerempelt haben.

»Entschuldi…«, der Rest des Wortes blieb ihr im

Hals stecken, als sie ihm ins Gesicht sah. Genauer gesagt in die Augen. Es war, als ob eine jüngere Version von Tharek vor ihr stehen würde. Ihr Mund stand immer noch offen, als der Junge ihr nur schnell zunickte und sie dann seinen dunklen Haarschopf in der Menge verschwinden sah.

Es gab nur eine Erklärung für so eine Ähnlichkeit.

Kapitel 22

Cally

Die Geräuschkulisse des Festes rumpelte durch den Raum. Cally sah von ihrem Platz auf der Empore auf die Gäste hinunter und atmete den Geruch von vielen Körpern, Honig-Met und dampfendem Essen ein. Sie kannte und liebte diesen Geruch. Er ließ sie ruhig und gelassen werden. So war sie es von früher gewohnt – ausgelassene Feiern, sie und ihre Eltern zusammen an einem großen Tisch, alle mit einem Lächeln im Gesicht. Auch wenn sie ihres hin und wieder geraderücken musste. Ganz gelang es Cally nicht, die Anspannung der letzten Wochen hinter sich zu lassen. In Anbetracht der Tatsache allerdings, dass nun fast alle Vasallen angereist waren, war sie tatsächlich verhältnismäßig entspannt.

Sie waren alle in guter Stimmung und schienen ihnen so wohlgesonnen wie schon lange nicht mehr. Oder sie genossen nur den Alkohol und das Ende der langen Nacht.

Cally nahm ihren eigenen Becher zur Hand und trank einen kräftigen Schluck. Im Endeffekt war es ihr egal, aus welchem Grund die Leute gute Laune hatten,

Hauptsache, es war so. Ihre Ankunft hier konnte sie sowieso nicht verhindern. Doch um sie zu überzeugen, dass sie auch ohne das Bluterbe eine gute Herrscherin sein konnte, mussten sie in der richtigen Stimmung sein. Ohne Angst. Mit positivem Blick in die Zukunft. Dass das Licht gerade rechtzeitig wiedergekommen war, war ein Segen.

Während Cally die Gäste beobachtete, flogen ihr, wie auch die letzten Tage schon, unzählige Möglichkeiten durch den Kopf, wie sie das Thema endlich aufbringen konnte. Keine war gut genug. Keine war gut genug, um sicher zu sein, dass sie Tharek damit nicht in noch größere Gefahr brachte. Es war ein Drahtseilakt.

Ihr Gespräch mit Fürst Castell war ein Anfang gewesen, doch leider kein sehr fruchtbarer. Und selbst wenn, wäre es nicht genug. Die Zeit wurde zu knapp, um sich nur mit einzelnen Vasallen zu beschäftigen. Sie musste sie alle auf einmal überzeugen. Ihr ganzes Land.

Das Lachen und die Musik rissen Cally aus ihren Gedanken und dieses Mal knüpfte ihr Vater, der zu ihrer Rechten saß, an diese Unterbrechung an.

»Ist es nicht wunderschön?« Er breitete die Arme aus und umschloss damit bildhaft den ganzen Raum. Ihre Mutter schmunzelte und Cally bemerkte, dass auch ihre Wangen wieder etwas Farbe bekommen hatten. Es schien, als ob der wechselnde Gesundheitszustand des Herzogs genauso an ihr zehrte wie an ihm. Aber heute war ein guter Tag. Als sie gemeinsam in die Festhalle gekommen waren, waren seine Schritte sicherer als sonst und seine Augen wach gewesen.

»Ja, ist es«, antwortete Cally und meinte es auch so.

»Ich habe heute einen Brief von dem Landesherrn bekommen, mit dem du vor Kurzem zu tun hattest.«

Cally hielt überrascht die Luft an und sah zu ihrem Vater.

»Er sagt, dass die Händler den Weg gut angenommen haben und dankt dir für dein Kommen.«

Erleichtert atmete sie aus. »Ich bin froh, dass er das so sieht«, sagte sie förmlich und versuchte, sich die Freude nicht allzu sehr anmerken zu lassen. Dass Vater ihr von dem Brief erzählte, kam einem Lob gleich.

Das Gespräch wurde unterbrochen, als hinter ihnen einige Diener mit Essen auftauchten. Ein würziger Geruch strömte Cally entgegen und ließ ihren Magen grummeln. Ihr Kleid war so eng, dass sie beinahe unfähig war, Hunger zu verspüren. Doch der Duft machte das Unmögliche möglich. Auch die Gäste ließen sich langsam an den Tischen nieder, um sich ja nichts entgehen zu lassen. Nach einer langen Nacht verspürten anscheinend sogar die Wohlhabendsten unter ihnen wieder echten Appetit.

Als Cally ein Tablett gereicht wurde, auf dem sich ein vor Fett triefender Braten befand, umringt von geschmorten Äpfeln, Zwiebeln und gerösteten Kartoffeln, nahm sie ihr Besteck und lud sich nur die Beilagen auf den Teller.

»Nimm Fleisch, Tochter, du brauchst Kraft«, nuschelte ihr Vater mit bereits vollem Mund.

Am liebsten hätte sie genervt geseufzt, aber heute Abend verkniff sie es sich. Um keinen Preis wollte sie die Stimmung verderben. »Nein, danke.«

»Ist das wieder eine neue Macke?«

Sie zerschnitt eine Kartoffel und zog sie durch die dunkle Soße. »Ich möchte einfach keine Tiere essen«, sagte sie. Tatsächlich hatte sie schon seit geraumer Zeit kein Fleisch mehr angerührt, doch ihrem Vater das zu erklären lohnte nicht.

Wie erwartet schnaubte er verächtlich, doch zum Glück blieb es dabei. Cally ignorierte den Vorfall und beschloss, lieber ihr Essen zu genießen.

Während alle anderen ebenfalls über das Festmahl herfielen, ließ sie ihren Blick über die U-förmige Tafel wandern, die neben dem Podest, auf dem sie saßen, beinahe den gesamten Saal einnahm. Schnell fanden ihre Augen Fürst Ganzog, der ganz in ihrer Nähe saß. Beim Anblick seines feisten Gesichtes, das ihr heute noch teigiger und blasser vorkam, wurde das Essen in ihrem Mund zu einem zähen Brei. Sie schluckte mühsam und versuchte, ihren Ekel vor diesem Mann nicht allzu deutlich zu zeigen. Sie konnte nicht versprechen, dass er viel von ihrer Gunst zu spüren bekommen würde, wenn sie erst einmal Herzogin war. Wahrscheinlich hoffte er immer noch, dass wie durch ein Wunder eines Tages ein männlicher Erbe aus ihrer Mutter herausgepurzelt kam.

Cally ließ die Schultern kreisen und fand so wieder

ein wenig in ihre Entspannung zurück. Doch erneut riss ihr Vater sie aus ihren Gedanken.

»Ich werde morgen jagen gehen und möchte, dass du mich begleitest.«

Ruckartig drehte sie ihren Kopf zu ihm. Er sah bereits wieder nach vorne und kaute weiter. »Ich soll dich zum Jagen begleiten?«

Dreimal bewegte sich sein Kiefer unter dem dünnen Stoppelbart, dann sagte er: »Das wird ihnen zeigen, dass du den nötigen Mumm hast.«

Callys Hände verkrampften sich. Das war so typisch ihr Vater. Hatte er ihr überhaupt zugehört? Warum sollte sie das Bedürfnis haben, ein Tier sterben zu sehen, wenn sie es nicht einmal essen wollte? Sie zwang sich, die Fäuste wieder zu öffnen und antwortete: »Ich werde es mir überlegen.«

»Da gibt es nichts zu …«

Der Herzog wurde unterbrochen, als eine kräftige Stimme unter den Gästen rief: »Eure Hoheit, wie geht es unserem wertvollen Gefangenen?«

Cally blieb das Herz stehen. Dieser Mistkerl. Sie würde ihm den Hals umdrehen!

Ihr Vater hob sofort sein Getränk und bleckte seine Zähne wie ein Raubtier, als sich sein Mund zu einem breiten Lächeln verzog. »Wunderbar, Fürst Ganzog, macht Euch keine Sorgen.«

Mittlerweile war die Halle beinahe gänzlich verstummt.

Bitte lasst das Thema ruhen. Bitte. Feiert und seid glücklich!

»Man hat beinahe das Gefühl, Ihr habt ihn schon heimlich beseitigt, so selten hat man ihn in letzter Zeit gesehen.«

Callys Hände klammerten sich um ihr Besteck. »Ihr könnt uns vertrauen, Fürst Ganzog«, presste sie zwischen zusammengebissenen Zähnen hervor und rang sich ein Lächeln ab. Ihr Gesicht verkrampfte bei diesem Balanceakt und bildete schließlich eine steife Maske.

Ihr Vater fügte hinzu: »Er wartet nur auf seinen großen Tag.«

Ganzog richtete sich ein wenig aus seiner respektlos lungernden Position auf. »Und wann wird dieser große Tag sein? Ich bin schon seit Wochen hier und würde gerne bald wieder in meinem eigenen Bett neben meiner Frau liegen.«

Wer auch immer dieses arme weibliche Wesen war, das mit ihm ein Bett teilte, sie tat Cally leid.

Ihr Vater stand auf und stützte sich mit den Händen auf der Tafel ab. Mittlerweile sprach er mehr zum ganzen Saal als nur zu Fürst Ganzog. Der schwarze Umhang, der zu ihm gehörte wie eine zweite Haut, schmiegte sich um seine schmalen Schultern. »Bald, sehr bald. Es fehlen nur noch zwei meiner Vasallen, dann sind wir komplett.«

Wir – als ob sie eine große Familie wären. Cally zweifelte nicht daran, dass ihr Vater das, trotz der angeblichen Aufruhre gegen ihn, so sah. Immer noch schmerzlich angespannt sah sie auf die Menschen hinunter und versuchte, dasselbe Gefühl in sich selbst wachzurufen. Den Dörflern und Stadtbewohnern fühlte sie sich tatsächlich verbunden, aber diesen Leuten hier? Sie konnte sich noch nicht dazu durchringen. Alle von ihnen waren anwesend, um zu sehen, wie sie ihr Bluterbe vollzog. Alle von ihnen waren der Meinung, dass sie nur durch diese grausame Tat ihren Herrschaftsanspruch legitimieren konnte. An vorderster Front ihr Vater.

Stille hüllte die Festgesellschaft ein. Die Vasallen und ihre Gefolgsleute saßen regungslos vor ihrem Essen und beobachteten das Gespräch zwischen dem Herzog und Fürst Ganzog wie ein Theaterspiel – als erwarteten sie einen Höhepunkt. Und sie sollten nicht enttäuscht werden.

»Ich weiß nicht, wie es Euch geht, aber ich würde besser schlafen, wenn ich ihn zu Gesicht bekäme.« Ein hinterhältiges Grinsen breitete sich auf Ganzogs feistem Gesicht aus, als er sich an die anderen Vasallen wandte. »Um zu wissen, dass er noch da ist.«

Die lächelnde Maske auf Callys Gesicht versteinerte endgültig. Nein, nicht hierher. Dieser Raum war wie ein Haifischbecken für ihn. Verzweifelt sah sie zu ihrem Vater. Da war wieder dieser gefährliche Glanz in seinen dunklen Augen.

»Vater, das muss nicht …!«

»Warum nicht, mein Freund! Auch wenn ich es nicht gutheiße, dass Ihr so wenig Vertrauen in uns habt« Er drehte sich um und gab einer der Wachen hinter sich ein Zeichen.

Garra, wo war Garra? Hektisch sah sich Cally um,

konnte ihn aber nirgends entdecken. Wenn sie jetzt selbst aufstand, würde sie sich verraten.

Die Wache verschwand und in der Halle wurden die ersten Gespräche wieder aufgenommen. Die nächsten Minuten waren eine Qual. Wie festgebunden saß Cally auf ihrem Stuhl, konnte das Essen nicht mehr anrühren und das Zittern ihrer Hände kaum kontrollieren. Es war nicht das erste Mal, dass er vorgeführt wurde. Er musste nur ruhig bleiben, dann würde nichts passieren.

Als die großen Flügeltüren sich öffneten, erwachte sie aus ihrer Schockstarre und schob mechanisch die Maske wieder auf ihr Gesicht. Sie konnte ihn durch ihr Verhalten genauso in Gefahr bringen wie er sich selbst. Einfach Ruhe bewahren.

Zwei Wachen schoben Tharek grob durch die Halle, bis er direkt vor der langen Tafel stand. Die Verwirrtheit in seinem Gesicht schmerzte Cally. Doch er war stark und sah nicht sie an, nur ihren Vater. Seine immer länger werdenden schwarzen Haare fielen ihm in die Stirn und das Eisblau seiner Augen bohrte sich geradezu durch den Herzog hindurch.

Cally fiel auf, dass er frische Klamotten trug. Garra musste sie ihm gegeben haben. Sie konnte den Blick kaum von ihm lösen. Sofort fiel ihr wieder ein, dass sie seinen Bruder in der Stadt gesehen hatte. Das durfte er auf keinen Fall erfahren! Wer wusste schon, zu welchen unüberlegten Handlungen ihn das Wissen, dass sein Bruder so nah war, verleiten würde.

Zusammen mit dem Herzog erhob Cally sich und

sah sich selbst plötzlich mit den Augen der Gäste. Eine junge Frau in einem schweren Kleid, die steif und unbewegt neben ihrem Vater stand. Wenn sie herrschen wollte, musste sie mehr sein. Lächeln, lächeln war ein Anfang.

»Seid Ihr zufrieden, Fürst Ganzog? Man hat ihm sogar ein hübsches Gewand gegeben, damit er nicht allzu schmutzig aussieht«, fuhr sie fort und überbot ihre eigene Darstellung.

Kurz zuckte Thareks Mundwinkel und sie sah einen Schatten über sein Gesicht huschen. Sie hasste sich selbst für ihre Worte. Aber wenn sie die anderen Vasallen davon überzeugen wollte, auf das Bluterbe zu verzichten, durfte sie nicht den Eindruck erwecken, dass es nur aus Sympathie für ihn geschah. Es würde sie schwach wirken lassen. Sie traute sich nicht, ihn länger anzusehen. Sonst könnte sie das Bedauern in ihrem Blick nicht verstecken.

»In der Tat, er sieht beinahe verhätschelt aus. Wie auch die letzten Male schon.«

Cally hätte Ganzog am liebsten angespuckt.

Eine der Wachen boxte Tharek unsanft in den Rücken, damit er aufrechter stand. Er grunzte verärgert, wehrte sich jedoch nicht.

Was hätte sie dafür gegeben, ihn aus dieser Situation befreien zu können.

Wie ein Raubtier lauerte ihr Vater neben ihr. Sobald Tharek den Raum betreten hatte, hatte sich seine Aura komplett gewandelt. Er lächelte immer noch, aber hinter dieser Fassade war die krankhafte Besessenheit wieder zu spüren, die er schon bei der Suche an den Tag gelegt hatte.

Cally nutzte seine Schweigsamkeit aus, ignorierte die Aussage Fürst Ganzogs und sagte bestimmt: »Ich möchte kein Risiko eingehen. Ihr alle habt ihn gesehen, also bringen wir ihn jetzt zurück.« Sie nickte und gab den Wachen ein Zeichen.

Aber sie hatte ihren Plan ohne Ganzog gemacht. Dieser stand nun ebenfalls auf und schloss den Raum mit einer großen Armbewegung theatralisch ins Gespräch ein. »Wollt Ihr, dass ein Mann, dessen Familie so viel Leid über unser Land gebracht hat, behandelt wird wie ein Gast?«

Unruhiges Gemurmel.

»Oder wollt Ihr, dass er für diese Sünden geradesteht.«

»Er wird dafür geradestehen, indem er stirbt.« Der Herzog erhob seine Stimme und sofort waren alle Augen auf ihn gerichtet. Das Essen auf den Tellern wurde langsam kalt.

»Ihr verhätschelt ihn und nennt es dann ›geradestehen‹, wenn er einen schnellen Tod durchs Schwert stirbt? Ich nenne das weich.«

Bei den Worten »sterben« und »Tod« wurde Cally furchtbar kalt. Sie wollte nicht hören, wie sie so scheinbar unaufhaltsam mit Thareks Schicksal verbunden wurden. Mit Schrecken beobachtete sie, wie das zunächst unentschlossene Gemurmel der anderen Vasallen teilweise in zustimmendes Nicken überging. Jemand musste handeln. Doch ihr Vater schien unfähig, angemessen zu reagieren.

Plötzlich erhob sich ein junger Mann von seinem Platz und sie erkannte die schlanke Statur von Fürst Castell.

»Lasst uns diesen schönen Tag nicht entwürdigen, indem wir uns in Ungehorsam proben und alte Traditionen infrage stellen.«

Cally seufzte innerlich vor Erleichterung. Er tat das einzig Richtige. Er führte den Leuten vor Augen, dass ihr Nicken bedeutete, dass sie ihrem Herrscher widersprachen. Und es funktionierte.

Sie sah ihn dankbar an. Nun wusste sie, was zu tun war. »Wachen, bitte begleitet Fürst Ganzog zu seinem Zimmer.«

Überraschtes Murmeln.

»Ich glaube, er ist heute nicht in der Stimmung, um mit uns zu feiern.«

Das Gesicht des unangenehmen Mannes lief dunkelrot an, als sich tatsächlich eine rot behandschuhte Hand auf seine Schulter legte. Wütend schüttelte er sie ab und stand von seinem Stuhl auf. Als er die großen Türen der Festhalle erreicht hatte, widmeten sich die Gäste bereits wieder ihrem Essen und schienen seinen Auftritt beinahe vergessen zu haben.

Cally konnte sich nicht mehr zurückhalten und suchte Thareks Blick. Seine blauen Augen fanden ihre und spiegelten ihre eigenen Gedanken wider. Sie hatten eine Katastrophe abwenden können. Aber es war verdammt knapp gewesen.

Kapitel 23

Tharek

»Dieser Ganzog ist ein verdammtes Schwein!« Tharek wusste selbst, dass er gerade klang wie ein Bauernjunge, aber es scherte ihn nicht. Es wurde eng für ihn, die Schlinge zog sich um seinen Hals zu und er spürte es mit jeder Faser seines Körpers. Mit jedem Atemzug, den er in diesem Zimmer tat.

Cally hielt einen weisen Abstand zu seinem unruhig herumtigernden Geist und sagte: »Ich weiß, Castell hat uns gerettet.« Sie atmete tief durch und strich sich wie so oft eine Haarsträhne aus dem Gesicht.

Tharek war sich nicht sicher, ob es nur an dem engen Kleid lag, oder ob Cally dünner aussah als bei ihrer ersten Begegnung.

»Ich verstehe nicht, wie Vater sich so etwas gefallen lassen kann.«

»Pff!« Tharek winkte herablassend ab. »Dein Vater ist eigentlich gar nicht mehr da. Wenn er nicht gerade einen seiner irren Momente hat, existiert in diesem Kopf nichts mehr.«

Eine Sekunde, nachdem die Worte seinen Mund verlassen hatten, sah er in Callys Augen, dass er sie damit verletzt hatte. Sie sagte nichts, aber ihr Gesicht verriet es. Er ging auf sie zu und schloss sie in die Arme. Hielt sie fest und spürte ihren Rücken unter seinen Händen. »Tut mir leid.«

»Dir muss nichts leidtun«, murmelte sie mit brüchiger Stimme in sein Hemd.

Unwillkürlich musste er daran denken, was sie auf dem Fest über ihn gesagt hatte. Aber es war nur eine Rolle gewesen, die sie gespielt hatte. Nur eine Rolle. Trotzdem wirkte sie gerade wieder so weit weg von ihm, dass er es kaum ertragen konnte.

»Du weißt, dass ich so schnell wie möglich hier raus muss, oder?«

Sie drückte sich ruppig von ihm weg und sah ihm in die Augen. »Ist das ein Witz? Natürlich weiß ich das.« Ihre Augen begannen zu glänzen. »Ich zerbreche mir jeden Tag den Kopf darüber, wie ich dich in Sicherheit bringen kann.«

Er trat einen Schritt zurück und sah aus dem Fenster.

»Nichts, was mir einfällt, ist sicher genug. Wenn sie herausfinden, dass es das hier zwischen uns gibt, werden sie denken, dass ich nur deinetwegen gegen das Bluterbe bin. Dann werden sie mich nie als Herzogin akzeptieren. Und du bist in größerer Gefahr denn je.«

Tharek sah, wie ihr zarter Körper zitterte. In diesem Kleid sah sie wirklich unwahrscheinlich zerbrechlich aus. Ein Teil von ihm wollte sie einfach wieder in den Arm nehmen. Doch eigentlich war das nicht das, was sie jetzt brauchte. Sie brauchte jemanden, der an sie glaubte. Der an sie beide glaubte, sonst würde das alles böse enden.

Bitte, Fynn, verzeih mir das hier! Sie mussten alles auf eine Karte setzen. »Du wirst es einfach tun.«

»Was?«

»Du hast gesagt, du hast versucht, sie einzeln auf deine Seite zu ziehen. Das können wir langsam vergessen.«

»Ich weiß, es geht jetzt um alle. Aber ihre Ansichten liegen irgendwo zwischen einem Ganzog und einem Castell. Wie soll ich sie alle überzeugen?« Verzweiflung spiegelte sich in Callys Augen.

Tharek sah erneut aus seinem kleinen Fenster. Obwohl das Fest schon lange offiziell vorbei war und die Herzogenfamilie sich zurückgezogen hatte, tröpfelten immer noch hin und wieder Gäste aus dem Saal wie Wassertropfen aus einem undichten Hahn. Er dachte darüber nach, was sie wohl von alledem hielten. Wollten sie ihn sterben sehen? Wollte diese Frau im grünen Mantel dort sein Blut als Bestätigung für Callys Erbe? Oder dieser Mann? Er würde es nicht herausfinden.

»Du musst sie nicht überzeugen. Du wirst es einfach befehlen.« Er konnte die unsichere Stille zwischen ihnen beinahe mit den Händen greifen.

»Ich bin noch keine Herzogin.«

Er drehte sich ruckartig um und fasste sie an den Armen, sodass sie erschrocken keuchte.

»Aber du wirst es sein. Und außer dir gibt es keinen Erben. Was ist ihre Alternative?«

Sie sah ihn stumm an. »Wenn ich sie alle zu einer Versammlung rufe, ohne Vater etwas davon zu sagen, wird er merken, dass etwas nicht stimmt.«

Das spielte doch absolut keine Rolle mehr! Tharek ließ sich aufs Bett fallen und fuhr sich mit den Händen durch die dunklen Haare. »Wir haben keine Wahl, wir müssen …«

»Warte!«, unterbrach sie ihn.

Plötzlich schien sie wieder da, wieder präsent zu sein.

»Vater hat mich vorhin dazu aufgefordert, morgen mit ihm jagen zu gehen.« Sie kam zu ihm herüber und kniete sich vor ihm auf den Boden. Ihr Kleid breitete sich wie eine Pfütze um sie herum aus. Die Hände auf seinen Knien liegend sagte sie: »So, wie er den Rest des Abends darüber gesprochen hat, will er eine Veranstaltung daraus machen. Ich wette, dass er alle Vasallen mitnimmt.«

Tharek fuhr mit einer Hand an der glatten Haut ihrer Wange entlang und sie schmiegte ihr Gesicht hinein. Mehr denn je spürte er, was es bedeuten würde, wenn er wieder frei wäre. Er würde zu Fynn zurückkehren und sie musste hierbleiben. Aber es gab keine Alternative.

»Dann tu es dort.«

Sie nickte und eine lose Haarsträhne kitzelte an seinem Handrücken.

»Das werde ich. Ich werde es einfach verkünden.«

Cally sah ihn so eindringlich an, dass er dachte, sie wollte noch etwas anderes sagen. Sie schien einen Moment mit sich zu hadern, doch dann schwieg sie. Tharek zog sie an sich und schob sie auf seinen Schoß. Er wollte ihre Nähe so sehr, dass es beinahe schmerzte. Wollte mehr als das, was sie haben konnten. Wer wusste, wann sie sich das nächste Mal sehen würden, wenn ihr Plan aufging. Ob sie sich jemals wiedersehen würden.

»Und wenn sie sich weigern, mich ohne das Bluterbe als Herrscherin zu akzeptieren …«

Sie sprach weiter, doch er war zu beschäftigt damit, kleine Küsse auf ihrem Nacken zu platzieren. Ihren Duft einzuatmen und sich einzubilden, dass sie auch dann noch zu ihm gehören würde, wenn das alles hier vorbei war.

»… werde ich ihnen vorschlagen, mich umgehend verheiraten zu lassen.«

Seine gedankliche Traumwelt zerplatzte.

Kapitel 24

Cally

Es war noch sehr früh am Morgen und Callys Atem hinterließ kleine Wölkchen in der Luft. Von ihrer Position aus hatte sie den perfekten Blick auf die Jagdgesellschaft, die sich wie ein Ameisenhaufen im Innenhof tummelte. Sie hatte vor Aufregung keinen Bissen heruntergebracht, doch die Hälfte der Männer saß schon auf ihren Pferden und sie hatte keine Zeit, noch länger mit sich zu hadern. Einfach runtergehen.

Cally straffte die Schultern und versuchte, sich ihr eigenes Spiegelbild wieder vor Augen zu rufen. Heute hatte sie alle Dienerinnen weggeschickt und sich selbst angekleidet. Sie wusste also sehr gut, wie sie in ihrem Reitdress aussah. Ihr Auftreten musste zu ihrer Aufgabe passen. Als sie die Treppe hinunterstieg, fixierte Cally jede Stufe einzeln, bevor sie ihren Fuß daraufsetzte. Dann navigierte sie geschickt um ihren Vater und die Männer neben ihm herum und mischte sich in der Nähe der Stallungen unter die Vasallen und ihre Wachen.

»Guten Morgen, Eure Hoheit.«

Cally nickte dem Mann, der sie angesprochen hatte,

freundlich zu und lockerte ihre verkrampften Hände. Wenn sie erst einmal auf ihrem Pferd saß, würde es besser werden. Sie hielt Ausschau nach dem Stalljungen, der ihre Stute gesattelt haben sollte, doch es standen noch zu viele andere Pferde im Weg, die geduldig darauf warteten, dass sich ein Reiter auf ihren Rücken schwang. Die Luft dampfte von ihrem Atem und hin und wieder hörte man ein Wiehern.

»Prinzessin!«

Cally sah sich nach der Stimme um und erkannte, dass es Castell war, der sie gerufen hatte. Erleichtert über ein bekanntes Gesicht, das ihr wohlgesonnen war, ging sie zu ihm und strich im Gehen unauffällig ihre Haare hinters Ohr.

»Ihr seht fabelhaft aus.« Er stand in einem Kreis aus drei Männern, alle etwas jünger als der Durchschnitt der Vasallen. Sie grinsten breit und schienen die Jagd kaum erwarten zu können.

Bei seinem Kommentar wurde Cally etwas rot. »Ich danke Euch, auch wenn es nur zu kleinen Teilen mein Verdienst ist.« Sie sah an ihrem moosgrünen Zweiteiler, bestehend aus einer enganliegenden Hose und einer weiten Tunika mit Weste, herunter.

Einer der anderen beiden Männer musterte sie anerkennend. »Eine Frau in Hosen zu sehen ist immer etwas Besonderes.«

Cally zuckte mit den Schultern. »Ich habe nicht vor, den Ritt auf dem Boden zu beenden, nur weil ich sehr damenhaft beim Galopp aus dem Sattel gerutscht bin.«

Die drei lachten und sie entspannte sich ein wenig. Es waren nicht alle wie ihr Vater. Es konnte klappen.

Ihr Pferd war nach wie vor nirgends zu sehen und sie wollte dem Herzog noch nicht gegenübertreten, also entschied Cally sich dazu, das Gespräch weiter in Gang zu halten. Jede noch so kleine geknüpfte Bande konnte später wichtig für sie sein.

»Ihr müsst froh sein, die Burg auch mal verlassen zu können.«

Castell schwieg und lächelte nur sein sanftes, freundliches Lächeln. Sie fand ihn immer noch sehr schwer durchschaubar. Stattdessen antwortete der junge Mann zu seiner Linken, dessen Wangen von einem hellblonden Flaum bedeckt waren. »Ich wäre froh, endlich nach Hause zu dürfen, aber etwas Auslauf tut es fürs Erste auch.«

Cally zwang sich dazu, nicht jetzt schon die Themen ernst und ihren Tonfall überzeugend werden zu lassen. Jetzt war noch nicht der richtige Zeitpunkt. »Sicherlich habt Ihr eine Familie, die zu Hause auf Euch wartet.«

»Zwei Töchter und einen Sohn, erst vor einem halben Jahr geboren.«

»Glückwunsch. Ihr werdet bald wieder mit ihnen vereint sein.« Das hoffte sie wirklich.

»Ich nehme Euch beim Wort, Prinzessin.«

Der andere der beiden Männer klopfte Castell spielerisch auf die Schulter. »Bei ihm wartet niemand zu Hause. Vielleicht bleibt er Euch ja noch etwas erhalten.«

Plötzlich spürte Cally drei Augenpaare auf sich ruhen

und jetzt wurde sie wirklich rot. Was meinten sie damit? Etwa …? »Sicherlich freuen sich seine Leute dennoch, je schneller er wieder da ist«, stammelte sie etwas überfordert.

Wie durch ein Wunder rief genau in diesem Moment eine vertraute Stimme ihren Namen und sie konnte sich mit einem Lächeln und einem Nicken von den Männern verabschieden, um ihr Pferd entgegenzunehmen. Als sie sich schließlich auf ihrer Stute einen Weg durch die wartende Gesellschaft bahnte, um an die Spitze der Gruppe zu ihrem Vater zu gelangen, kreisten ihre Gedanken noch immer um diesen einen Kommentar. Normalerweise hätte sie über Aussagen wie diese gelacht oder sich vielleicht sogar ein wenig geschmeichelt gefühlt. Doch nach ihrem Gespräch gestern mit Tharek bohrte sich der Gedanke, wie es wäre, mit jemandem wie Fürst Castell verheiratet zu sein, hartnäckig in ihren Kopf. Und er schmerzte. Sie konnte ihn zu diesem Zeitpunkt noch nicht ertragen. Nicht, wenn der Gedanke an Tharek das Einzige war, was sie weitermachen ließ. Aber sie beide würden nie zusammen sein. Nicht so.

Cally schüttelte den Kopf, drängte ihre Gedanken zurück und konzentrierte sich nur auf ihre Stute unter sich und die kühle Morgenluft. Hinter ihr blies jemand in ein Horn und die Jagdgesellschaft setzte sich in Bewegung. Innerhalb weniger Minuten verließen sie die noch verschlafene Stadt und hatten freie Felder vor sich. Cally legte den Kopf in den Nacken und genoss das sanfte Schaukeln des Pferdekörpers unter sich. Es war schon viel zu lange her, dass sie wirklich ausgeritten war.

Als hinter ihr Stimmen laut wurden, drehte sie sich um und sah, wie mehrere Pferde aus der Gruppe ausbrachen und von ihren Reitern in den Wald rechts von ihnen gelenkt wurden.

»Sie sehnen sich nach Abwechslung. Heute haben sich sehr viele darum gerissen, die Treiber zu sein.«

Cally sah zu ihrem Vater hinüber und nickte als Antwort. Ihr Eindruck von gestern Abend hatte sich bestätigt, er schien wirklich eine bessere Phase zu haben. Zwar waren seine Wangen immer noch eingefallen und seine Hautfarbe viel zu grau, doch in voller Montur auf seinem Pferd wirkte er beinahe wie der Alte. Sie presste ihre Waden kurz enger an ihre Stute, um sie leicht anzutreiben, denn sie konnten kaum mit ihm Schritt halten.

»Ein neues Pferd?«

»Ein Geschenk von Fürst Bronar aus Wildberg. Wunderschönes Tier«, sagte ihr Vater und klopfte dem breiten Schwarzen auf den Hintern. Sogleich machte dieser einen kleinen Satz nach vorne und warf unruhig den Kopf hin und her.

Zwar lobten alle Männer die wilden Schlachtrösser in den Himmel, doch Cally hatte noch nie verstehen können, weshalb man sich freiwillig auf solch ein temperamentvolles Tier setzte. Sie streichelte ihrer Stute liebevoll den Hals. Da lobte sie sich doch ihr braves Mädchen.

Langsam ging die Sonne vor ihnen auf und tauchte

alles in orange schimmerndes Licht. Cally beobachtete das wunderschöne Naturschauspiel, während beinahe eine Stunde verging, ohne dass etwas geschah. Sie hatte sich eine Jagd weitaus spannender vorgestellt.

»Dauert es so lange, bis die Treiber etwas finden?«

Ihr Vater bremste sein Pferd und musste dabei fest in die Zügel greifen. »Sie werden schon ein Dutzend Hasen und Füchse gefunden haben.«

Ohne sich von ihr abzuwenden, hob er die Hand und bedeutete den Männern hinter ihm, zu halten. Dann winkte er einen seiner Diener herbei, der ihm einen Weinschlauch brachte.

»Aber ich will etwas Größeres.«

Cally musste sich zusammenreißen, um nicht zu schaudern. Wenn es nach ihr ging, müssten sie gar nichts finden. Während ihr Vater mit großen Schlucken trank, sah sie sich nach hinten um und erkannte, dass viele seiner Vasallen es ihm gleichtaten und die kurze Pause nutzten, um sich etwas zu Trinken oder sogar zu Essen reichen zu lassen. Castell und seine Freunde konnte sie von hier aus jedoch nicht sehen.

Ihre Hände, die um die Zügel gelegt waren, wurden feucht. War das gerade der richtige Moment? Cally hatte keine Ahnung, wie eine Jagd ablief, aber sie konnte sich vorstellen, dass sie keine großen Pausen mehr machten, wenn sie erst einmal erfolgreich gewesen waren, und dann so schnell wie möglich zurückritten. Plötzlich wurde ihr unter dem Gewand zu warm und ihre Haut fühlte sich klamm an. Wenn sie jetzt in einem kleinen Halbkreis um die Menge herumritt, würden sie alle sehen können.

Tharek würde ihr nicht verzeihen, wenn sie zurückkäme und nichts unternommen hätte. Sie selbst würde es sich nicht verzeihen. Sie musste es jetzt tun.

Cally fuhr sich mit der Zunge über ihre trockenen Lippen. Vorsichtig signalisierte sie ihrem Pferd, dass sie die Pause beenden wollte. Doch gerade als es aufmerksam die Ohren spitzte und den ersten Schritt machen wollte, erklangen aus dem Wald die Hörner. Die Männer pfiffen und jubelten.

Chance vertan.

Als ihr Vater kehlig lachte und seinem Hengst die Hacken in den Bauch presste, stoben die ersten Männer mit ihm davon. Cally blieb nicht viel Zeit, um sich zu ärgern, wenn sie nicht abgehängt werden wollte. Trotzdem war ihr Kopf von der Aufregung des Moments noch wie leergefegt, als sie sich in die Bügel stellte und den Männern hinterhergaloppierte.

Später, es würde später noch eine Gelegenheit geben.

Als sie die Felder verließen und in den Wald vordrangen, schoss Cally das Adrenalin durch die Adern. Zwar mussten sie das Tempo der Pferde zu einem schnellen Trab verlangsamen, damit diese sich im dichten Unterholz nicht die Beine brachen, doch um sie herum war die Stimmung aufgeheizt und alle folgten dem wiederholten Klang des Horns. Hoffentlich war alles schon vorbei, bevor sie ankam. Zwischen all den Männern konnte sie ihren Vater nicht mehr sehen.

Lose Haare wehten um ihren Kopf herum und sie ritt blindlings mit der Jagdgesellschaft, als der Tross vor ihr unerwartet zum Stehen kam. Die Vasallen ließen Cally passieren, als sie wieder nach vorne zum Herzog ritt.

»Wieso halten wir?«

»Wir lassen die Treiber ihren Job machen.« Sein Pferd trat unruhig auf der Stelle und blähte die Nüstern. Sogar Callys Stute war von der Aufregung mitgenommen und sie strich ihr beruhigend über den Mähnenkamm.

»Ich dachte, sie sollen die Tiere nur finden.«

Er sah sie nur kurz an und in seinen Augen lag wieder dieser Glanz. Wie konnte man nur so viel Gefallen am Töten finden?

»Kind, du bist doch nicht dumm. Sie suchen die Tiere und treiben sie zu uns, wie der Name schon sagt.«

Cally antwortete nicht und sah stur nach vorne in den bisher noch unbewegten Wald. Die Ruhe vor dem Sturm. Vielleicht brauchte er das Gefühl, über etwas oder jemanden bestimmen zu können, um sich wieder lebendig zu fühlen.

»Hier, nimm.«

Sie sah den Herzog an und stellte erschrocken fest, dass er ihr seine Armbrust entgegenstreckte. »Nein.«

Das Ding berührte schon fast ihren Arm.

»Ich möchte, dass du das Tier erlegst, wenn es hier ist.«

Cally schüttelte fassungslos den Kopf und vor

Schreck traten ihr beinahe die Tränen in die Augen. »Nein, bitte nicht.« Wie konnte er ihr das antun?

»Du wirst ihnen zeigen, dass du das Zeug dazu hast. Du kannst mit Waffen umgehen.«

Sie sollte ein Exempel statuieren. Sollte zeigen, dass sie in der Lage war, zu töten. Er wusste, dass sie zweifelte. Natürlich wusste er es. Cally drehte sich nicht um, doch sie spürte die Blicke der Männer hinter ihr wie Nadeln in ihrem Rücken. Das war der Moment! Das war der Moment, um zu sagen, dass sie es nicht tun würde. Nicht hier und nicht bei einem Bluterbe. Dann hörte sie Rufe und Pferde im Galopp. Sie kamen.

Verzweifelt sah sie zu ihrem Vater, der ihr ohne ein weiteres Wort die Waffe in die Hand drückte. Er hielt sie ihr einfach hin und ließ los, sodass sie gefallen wäre, hätte sie nicht zugepackt. Ohne es zu wollen, griffen Callys Hände nach dem glatten Holz. Erst jetzt bemerkte sie, dass sich alle in einem Halbkreis formiert hatten und sie beide ganz vorne standen.

Nur wenige Sekunden, nachdem sie die Armbrust in der Hand hatte, sah sie den Eber. Mit gesenktem Kopf preschte er durch den Wald und wurde von mehreren Männern auf dampfenden Pferden immer weitergetrieben. Aus Reflex hob sie die Armbrust und presste sie an ihren zitternden Körper. Das hier war nicht der richtige Moment, keiner würde ihr zuhören. Sie musste nur eine Sekunde sich selbst vergessen und abdrücken, dann hatte sie es geschafft.

Das Tier kam immer näher und an seinen Bewegungen konnte sie erkennen, dass es die wartende Menge gesehen hatte. Doch anstatt langsamer zu werden, nahm es in seiner Todesangst nur noch mehr Fahrt auf.

Gleich, gleich musste sie es tun.

Ihr Herz pochte, als ob es zerspringen würde, und auf ihrer Oberlippe spürte sie kalten Schweiß. Jetzt. Jetzt war er nah genug.

»Schieß!« Die Stimme ihres Vaters schnitt durch ihre Panik wie ein Messer.

Ihr Finger zuckte, doch etwas hielt ihn zurück. Sie selbst hielt ihn zurück. Und als der Eber so nah war, dass sie schon seine Hauer sehen konnte, wusste sie, dass sie es nicht tun konnte. Sie würde sich nicht selbst verraten.

Das Tier raste auf sie zu und bog erst im letzten Moment haarscharf vor ihnen ab, weil es erkannte, dass auf der anderen Seite der Weg frei war. Doch es war schon zu spät. Der Eber schoss so nah am Hengst ihres Vaters vorbei, dass dieser schrill wieherte und sich auf die Hinterbeine stellte. Ihr Vater flog mit rauschendem Mantel mit ihm in die Höhe, doch sein ausgezehrter Körper konnte der Schwerkraft kaum trotzen. Als das panische Pferd beinahe senkrecht in der Luft stand, rutschte er von dessen Rücken und schlug mit dem Kopf heftig auf dem Boden auf.

Cally stieß einen Schrei aus und schlug die Hand vor den Mund, während der Hengst davondonnerte.

Um Gottes Willen!

Sie sprang von ihrem eigenen Pferd und rannte zu ihrem Vater hinüber. Er regte sich nicht.

Nein, das konnte nicht sein! Nicht ihretwegen!

Handlungsunfähig blieb sie einen Schritt vor ihm stehen und beobachtete, wie einer seiner Diener sich an den Kopf des Herzogs kniete und ihn vorsichtig zu sich heranzog. Er riss sich einen Handschuh von den Fingern und fühlte nach seinem Puls. Dann sah er Cally direkt an.

»Es sieht nicht gut aus.«

Kapitel 25

Tharek

Tharek fuhr sich mit den Händen durch die Haare und strich sich die noch feuchten Strähnen aus dem Gesicht. Heute hatte man ihm endlich mal wieder einen Kübel Wasser gebracht, mit dem er sich provisorisch hatte waschen können. Doch das war noch nicht einmal das Beste gewesen. An diesem Morgen hatte sich seine Tür geöffnet und die alte Wache von Cally stand davor. Wie war sein Name noch? Garra? Tharek fand es fast amüsant, wie er ihn gemustert hatte – irgendeine Mischung aus Misstrauen und Sorge. Er würde zu gerne wissen, was Cally ihm erzählt hatte.

Nach einer Runde gegenseitigen Anstarrens hatte er ihm jedoch das schönste Geschenk seit Langem gemacht. Weil alle wichtigen Schnösel mit Cally und der Krähe auf der Jagd waren, durfte er raus. An die frische Luft. In die Sonne.

Tharek konnte nicht mehr sagen, wie lange er schon hier saß, weil er sich nur auf die goldenen Strahlen auf seinem Gesicht konzentrierte. In seinem Rücken spürte er die Steine der Außenwand und über seine

Füße krochen die Schatten der Zinnen. Der Turm, in dem er gefangen gehalten wurde, besaß noch weitere Etagen und der alte Mann hatte ihn bis nach ganz oben geführt. Wenn er sich hinstellen würde, könnte er die ganze Burg und die Stadt zu ihren Füßen sehen, doch die Wache hatte ihm gesagt, er solle sich besser nicht erwischen lassen. Heute war Tharek in der Stimmung, auf ihn zu hören.

Hier in der Sonne war die Gefahr groß, an früher zu denken. An die Zeit auf ihrem Hof, mit seinem Vater und Fynn. Doch jedes Mal, wenn ihn die Erinnerungen zu übermannen drohten, schob er sie energisch beiseite. Das fühlte sich zu sehr an wie Abschied nehmen. Und das würde er verflucht noch mal nicht tun!

Tharek öffnete die Augen und musste sich schon wieder eine Strähne aus dem Gesicht schieben. Das wurde langsam wirklich anstrengend. Wenn auch nur etwas annähernd Scharfes in seine Nähe gekommen wäre, hätte er sich die langen Haare kurzerhand abgesäbelt. Stattdessen streckte er die Beine aus und schob mit ihnen kleine Klümpchen Dreck hin und her. Wie gerne wäre er aufgestanden und hätte sich mal wieder richtig bewegt. Er hatte das Gefühl, seine Muskeln verkümmerten langsam.

Obwohl er krampfhaft versuchte es zu verhindern, klopfte die Sorge immer wieder penetrant an die Tür zu seinem Gehirn. Heute könnte ein sehr gefährlicher Tag für ihn sein, wenn Cally es nicht schaffte, die Fürsten zu überzeugen. An die andere Option, die sie angesprochen hatte, wollte er gar nicht denken.

Seine Hand fuhr über den Boden und er riss ein Büschel Unkraut aus den Zwischenräumen der Steine. Frustriert warf er es von sich, sodass es über die kreisrunde Fläche oben auf dem Turm verteilt wurde. Wie konnte er ertragen, dass sie einen von diesen mordlustigen Idioten heiratete, der sie dann genauso knechten würde, wie ihr Vater es jetzt tat? Oder, beinahe schlimmer noch, diesen selbsterkorenen Retter in der Not mit seinem Dauerlächeln, der auf dem Fest für sie eingesprungen war. Den schien sie ja sowieso zu mögen.

Wenn Tharek genauer darüber nachdachte, sehnte er sich beinahe danach, wieder in eine ähnliche Situation wie damals mit diesem Dreckskerl in der Bucht gebracht zu werden. Da war er für eine Sekunde frei gewesen und hatte seine Fäuste sprechen lassen können. Es war unerträglich für ihn, so machtlos zu sein.

Erst als ihn auf einmal Stimmen und wiehernde Pferde aus seinem Kopf herausholten, merkte er, wie fest er seine Kiefermuskeln zusammengepresst hatte. Tharek wusste, dass man ihn auf keinen Fall entdecken durfte, doch er konnte nicht widerstehen, stand auf und hockte sich so hinter die Zinnen, dass er zwischen ihnen hindurchsehen konnte. Zuerst flog sein Blick über den noch etwas verschlafenen Burghof, doch dann sah er, dass einige berittene Männer gerade durch das große Tor im Außenring kamen. Die Jagdgesellschaft war wieder da. Sofort suchte sein

Blick nach Cally. Sie hatte ihm erzählt, dass sie einen Schimmel ritt, doch in dem Gewusel aus Pferden konnte er nicht erkennen, wo sie war.

Waren sie nicht viel zu früh zurück?

Er richtete sich noch ein wenig weiter auf und seine Beine zitterten bereits von der ungünstigen Position. Er war wirklich der Letzte, der sich mit der Anordnung auskannte, in der Reiter in einer Jagdgesellschaft ausritten, doch wie sie da unten in die Burg hineinströmten, sah irgendwie falsch aus. Chaotisch. Ungeordnet.

Er stöhnte und schüttelte sein Bein aus.

Irgendwas stimmte da nicht. Tharek spürte, wie Nervosität von seinem Körper Besitz ergriff. Jetzt kamen die ersten Leute aus der Burg hinausgelaufen. Sie trafen auf die Gruppe Reiter und es bildete sich eine Traube aus Menschen, die Tharek aus der Entfernung nicht genauer erkennen konnte. Hatte Cally es geschafft? Oder waren sie so aufgebracht, weil sie ihren Plan nicht unterstützen wollten?

Die Härchen auf seinen Unterarmen kribbelten.

Sicherlich würde man ihn gleich holen kommen. Wenn alle wieder da waren, war die Gefahr viel zu groß, dass ihn jemand hier oben entdeckte. Hoffentlich sah er Cally bald. Er musste wissen, wie es ausgegangen war. Er würde verrückt werden, wenn er noch Stunden auf sie warten müsste.

Langsam zerstreuten sich einige der Reiter und die ersten stiegen von ihren Pferden. Doch die Traube stand immer noch an einem Fleck.

Als die Holztür in seinem Rücken aufflog, zuckte er zusammen und wirbelte herum. Doch anstatt der Wache stand Cally in der Tür. Tharek setzte zum Sprechen an und wollte fragen, wie sie so schnell hierherkommen konnte, doch der Blick in ihren Augen ließ ihn verstummen und auf ihre Worte warten. Er hatte gar nicht bemerkt, dass er mittlerweile ganz aufgestanden war.

»Es ist etwas passiert.«

So viel hatte er tatsächlich auch schon geahnt.

»Was?«

Sie schüttelte nur verzweifelt den Kopf und er konnte Tränen in ihren Augenwinkeln glitzern sehen.

»Haben sie sich gegen dich aufgelehnt?« Er kam ein paar Schritte auf sie zu, nahm sie aber nicht in den Arm. Er musste ihr Gesicht sehen. Musste wissen, was los war.

»Nein, das ist es nicht.« Plötzlich wurde sie hektisch. »Wir haben keine Zeit!« Sie wandte sich von ihm ab und lief zum Rand des Turmes, um nach unten in den Burghof zu sehen. »Wir müssen dich sofort hier rausbringen. Ich habe mir auf dem Ritt zurück Gedanken gemacht. Garra muss uns helfen, einen Ausbruch zu inszenieren. Dann wird hoffentlich niemand auf die Idee kommen, dass ich etwas damit zu tun habe.«

Sie war aufgebracht und Tharek spürte, dass er kurz davor war, sich davon anstecken zu lassen. Er stellte sich neben sie an die Zinnen. Bei dem Tumult da unten würde sowieso niemand noch oben schauen.

»Kannst du mir bitte erst mal sagen, was los ist?« Er

fasste ihren Arm, um sie zu sich herumzudrehen, doch da schluchzte sie bereits und hielt sich schnell eine Hand vor den Mund.

»Es ist meine Schuld, ich konnte nicht schießen.«

Wovon zur Hölle redete sie? »Wieso und auf wen hättest du schießen sollen?«

»Auf den dummen Eber.« Sie schüttelte den Kopf und drehte sich weg. Wahrscheinlich dachte sie, dass er so die Träne nicht sehen könnte, die ihr nun über die Wange kullerte.

»Deswegen ist Vaters Pferd gestiegen und er ist gestürzt.«

Oh, damit hatte er nicht gerechnet! Tharek beugte sich noch etwas weiter nach vorne. Die Traube an Menschen vorhin hatte sich also um den Herzog gescharrt. »Ist er …?«

Wieder schüttelte Cally den Kopf. »Nein, aber sie wissen nicht, ob er es schafft.«

Er wollte sich selbst dazu zwingen, mit ihr zu fühlen, doch er konnte es nicht. Er hasste diesen Mann mit jeder Faser seines Körpers. Nur dass sie sich schuldig fühlte, schmerzte ihn. Also zwang er sich zu sagen: »Er wird es schon schaffen. Lass uns keine vorschnellen Entscheidungen treffen.«

Sie wirbelte zu ihm herum. »Wieso verstehst du denn nicht? Ich hatte keine Gelegenheit, sie zu überzeugen.« Ihre Hände zitterten. »Ohne die Zeremonie gibt es kein Erbe für mich und bald vielleicht keine Führung mehr für sie. Jetzt wartet niemand mehr auf die Vasallen, sie werden es so schnell wie möglich durchziehen wollen. Bis zum Abend könntest du tot sein!«

Er wollte sagen, dass er nicht sterben würde, wenn sie nicht das Schwert führte. Doch das war nicht die Wahrheit. Die Fürsten würden Wege finden, um sie zu zwingen. Das Blut in Thareks Adern wurde kälter. All ihre Anstrengungen waren plötzlich hinfällig geworden. Er bezwang das Bedürfnis, sich hinzuknien, um den aufkommenden Schwindel zu bekämpfen. Stattdessen ging er von Cally weg in die Mitte des Turmes, legte den Kopf in den Nacken und sah in den Himmel. Er hatte es Fynn versprochen, er würde heimkommen.

Sie wartete auf eine Antwort, doch er konnte noch nichts sagen. Sah nur nach oben.

»Ich muss Garra suchen, sofort.«

»Hol ihn in mein Zimmer. Ich will dabei sein, wenn ihr besprecht, was zu tun ist.«

Sie knurrte, genervt von seiner zusätzlichen Forderung. »Ich muss ihn erst mal finden!«.

Dann brüllten unten im Hof Menschen. Callys Kopf schoss herum, sie sah nach unten und dann sackten ihre schmalen Schultern in sich zusammen. »Nein, das kann jetzt nicht sein!« Ihre Stimme war pure Verzweiflung.

Tharek wollte zur ihr laufen und selbst sehen, was geschehen war, doch noch bevor er die Brüstung erreichte, hörte er ein einziges Wort aus den Rufen heraus und wusste, was es war.

Feuer. Sie riefen »Feuer!«.

Als er bei ihr ankam und nach unten schaute, konnte er die rot züngelnden Flammen bereits sehen. Sie fraßen sich ihren Weg durch die kleinen Häuser und Stände im Burgaußenring und die Pferde der Jagdgesellschaft wieherten aufgeregt, als sie den Rauch rochen.

Sekunden später war Cally durch die offene Tür gerannt. Kurz stand Tharek wie versteinert da und sah ihr nur nach. Doch dann packte auch ihn die Panik, die vom Burghof her wie eine riesige Welle hinaufschwappte. Er blickte wieder nach unten und erkannte Cally, wie sie in ihren wunderschönen grünen Jagdklamotten aus dem Turm gerannt kam und ihr geflochtener Zopf hinter ihr herflog. Und wieder spürte er überdeutlich, wie die Schlinge um seinen Hals sich fester zu zog.

Am liebsten hätte er sich die Haare vom Kopf gerissen. Stattdessen wurde sein Blick von dem Feuer angezogen, das sich immer weiter im äußeren Burgring ausbreitete.

Plötzlich nahm er aus dem Augenwinkel eine kleine Bewegung ganz am Rande seines Blickfelds wahr. Zuerst dachte er, es wäre ein von den Flammen aufgeschreckter Vogel, der neben ihm durch die Luft flatterte. Doch dann drehte er seinen Kopf ein klein wenig nach links. Auf einem der kleinen Balkone am Hauptgebäude stand ein Mann. Und er winkte ihm zu.

Thareks erster Impuls war es, sich zu ducken und so schnell wie möglich wieder zurück in sein Zimmer zu rennen. Doch er blieb stehen und starrte weiter in

Richtung des Mannes. Da draußen ging die Burg in Flammen auf und dieser Kerl sah ihn direkt an. Er musste gewusst haben, dass er hier oben war. Das konnte kein Zufall sein. Thareks Herz begann zu rasen und er griff automatisch in seine Hosentasche, in der sich wie immer der Zettel befand.

Du bist nicht allein.

War das der Moment?

Ihm wurde klar, dass der Mann nun nicht mehr winkte, sondern auf etwas unter ihm zeigte – auf den Turm, um genau zu sein. Hektisch versuchte Tharek herauszufinden, ob ihm irgendetwas an dem Kerl bekannt vorkam. Doch sein Gehirn war aufgewühlt wie die Flammen im Wind und er konnte kaum einen klaren Gedanken fassen. Der Mann zeigte auf sein Zimmer. Doch, ganz sicher zeigte er auf sein Zimmer.

Er musste sich jetzt entscheiden, ob er dem Fremden vertraute oder nicht. Tharek warf einen letzten Blick in den Hof, um zu sehen, ob Cally in Sicherheit war, doch er konnte sie nicht entdecken. Dann drehte er sich um und hastete die Treppenstufen hinunter.

Kapitel 26

Cally

Callys Hände waren mit Ruß bedeckt und sie vermutete, dass auch der Rest von ihr nicht wesentlich besser aussah. Als sie sich endlich traute, die aufgebrachten Menschen alleinzulassen, waren mehrere Stunden vergangen. Sie hatten das Feuer aufhalten können, doch es hatte seine Opfer gefordert. Mehrere Marktstände waren komplett abgebrannt und auch zwei Häuser waren in Mitleidenschaft gezogen worden.

Die Prinzessin wischte sich die Finger an ihrer dunkelgrünen Hose ab, die sie heute Morgen noch so geliebt hatte. Jetzt war sie nur eine Erinnerung an einen furchtbaren Tag. Sie warf einen letzten Blick auf die immer noch vor sich hin qualmenden Holzreste. Die Wachen würden aufpassen müssen, dass sich niemand in die einsturzgefährdeten Räume der Häuser begab, um noch irgendetwas daraus zu retten oder gar zu stehlen. Mehr als diese Anweisung zu geben, konnte sie gerade nicht tun. Wieso musste solch ein Unglück auch gerade heute geschehen?

Sie zwang sich, den Schauplatz des Brandes zu verlassen und wieder zurück in den Innenhof zu gehen. Sie musste nach ihrem Vater sehen, doch zuerst ging sie zum Turm und kämpfte sich die Stufen hinauf. Auch Tharek musste wissen, dass das Feuer gelöscht war, und sie wollte ihm versichern, dass sie heute noch nach Garra suchen würde. Egal, wie erschöpft sie war.

Als Cally im Flur ankam, stand keine Wache vor seiner Tür und sie runzelte verwundert die Stirn. Selbst wenn Garra ihn woanders hingebracht hatte, sollte wenigstens zum Schein hier einer seiner Männer stehen. Sie griff gedankenverloren mit einer Hand nach dem Türknauf, während sie noch einen weiteren Blick in den tatsächlich verlassenen Gang warf –, und spürte keinen Widerstand. Überrascht schaute sie nach vorne und sah, dass die Tür bereits einen Spaltbreit nach innen aufgeschwungen war.

Cally betrat das verlassene Zimmer. Ihr erschöpfter Blick wanderte durch den Raum, bis er an Thareks Bett hängen blieb, auf dem nichts mehr lag. Auch die wenigen Klamotten, die sie ihm gegeben hatten, waren verschwunden. Auf einmal fühlte Cally sich unglaublich schwach.

Als sie in ihren Körper zurückkehrte, kniete sie auf dem Boden. Tränen flossen ihr über die Wangen. Sie wusste, dass ihr Vater ihn nicht geholt hatte, Garra hätte sie gewarnt.

Tharek hatte das einzig Richtige getan. Er war geflohen und hatte sein Schicksal von dem ihren getrennt.

Kapitel 27

Tharek

Als Tharek die letzten Stufen hinter sich gebracht hatte, stand ihm der Schweiß auf der Stirn. Er könnte gerade einen fatalen Fehler machen. Mit feuchter Hand öffnete er die Tür zu seinem Zimmer – es war leer. Ihm entfuhr ein nervöses Schnauben. Was hatte er auch anderes erwartet? Nie und nimmer konnte der Mann schneller hier sein als er. Oder hatte er ihn falsch verstanden?

Er setzte sich auf das harte Bett und seine Füße trommelten auf den Boden, während er ungeduldig den Kopf in den Nacken legte. Wie lange sollte er warten? Ab wann konnte er sicher wissen, dass er sich das hier eingebildet hatte?

Gerade als er wieder nervös aufspringen wollte, öffnete sich die Tür und er hielt den Atem an. Herein kam tatsächlich der Mann, der ihm gerade zugewunken hatte. Er trug einen grauen Mantel und unwillkürlich erinnerte sich Tharek an den Fremden auf dem Weg zu ihrem Hof, von dem er vor einiger Zeit geträumt hatte.

Verdammt, er durfte in seiner Nervosität jetzt nicht

paranoid werden! Das hatte hiermit rein gar nichts zu tun.

Doch wie sollte er herausfinden, was er von ihm wollte? War er auch derjenige gewesen, der ihm im Burggarten das Zeichen gegeben hatte? Tharek erhob sich und ging vorsichtig auf den fremden Mann zu.

Doch noch bevor er etwas fragen konnte, sagte dieser: »Wir sollten uns beeilen. Musst du etwas mitnehmen?«

Konnte das wirklich sein? War er hier, um ihn zu befreien? Tharek klemmte sich das eine Hemd, das er zusätzlich von Garra bekommen hatte, in den Hosenbund, um die Hände frei zu behalten.

»Mehr habe ich hier nicht.«

Wenn es so war, dann musste er gehen, für Fynn. Er würde es sich nicht verzeihen, noch eine Chance verstreichen zu lassen, vor allem, da er und Cally gerade immer wieder nur knapp an einer Katastrophe vorbeischrammten. Cally …

»Gut, dann zieh das schnell über.« Er warf Tharek einen dünnen Mantel mit einer Kapuze zu und wandte sich bereits zum Gehen.

»Warte!« Tharek griff nach dem Kleidungsstück und hielt mit der anderen Hand den Mann am Ellenbogen fest. »Wer seid Ihr?«

Der Fremde hielt inne und drehte sich zu ihm um. Als seine graubraunen Augen ihn durchdringend ansahen, hatte Tharek das Gefühl, dass er irgendwie vertraut aussah. Gleichzeitig glaubte er, ihn noch nie gesehen zu haben.

»Die wichtigere Frage wäre gewesen, wieso ich das hier tue.« Er zeigte auf den Mantel. »Zieh den jetzt an. Beide Antworten gebe ich dir später.«

Tharek zerrte sich eilig den dunklen Stoff über die Schultern und setzte schließlich auch die Kapuze auf. Er sollte sich so unsichtbar wie möglich machen. Dann traten sie zusammen aus der Tür und er sah sich sofort hektisch um, ob noch jemand auf dem Gang war.

»Sie sind alle mit dem Feuer beschäftigt, dafür habe ich gesorgt.«

Bevor Tharek etwas erwidern konnte, lief der Fremde los. Er ging zügig, aber er rannte nicht. Tharek tat es ihm gleich und passte sich seinem Schritt an. Sie waren nur zwei Männer, die durch die Gänge der Burg liefen. Kein Grund, Aufmerksamkeit auf sich zu ziehen. Wenn er es sich lange genug einredete, traf es vielleicht zu. »Ihr bringt mich wirklich hier raus, ja?« Er traute sich kaum, das Wort Flucht auszusprechen.

»Ich plane es zumindest.«

Statt ihm Erklärungen zu liefern, öffnete der Mann ganz selbstverständlich die Tür am Fuß des Turms und sie traten ins Freie. Sofort brannte Tharek der Geruch von Rauch in der Nase. Hatte er wirklich gerade gesagt, dass das Feuer zur Ablenkung gelegt worden war? War das sein Ernst gewesen?

Doch die unterschwellige Panik, die unter seiner Haut lauerte, drängte diesen Gedanken vehement zur Seite. Er könnte jeden Moment entdeckt werden und was dann? Doch keiner beachtete die beiden Männer.

Es war wirklich alles in hellem Aufruhr.

Cally, wo war Cally? Würde er sie sehen? Sicherlich half sie den Menschen. Tharek war sich nicht sicher, ob er weitergehen könnte, wenn er sie entdeckte, oder ob er sie einfach packen und mitnehmen würde. Kopflos folgte er dem Mann durch den Innenhof und starrte dabei in Richtung der Flammen, die über den Mauern nach oben züngelten. Der kurze Blick durch das Tor zeigte herumrennende Menschen in einer dunklen Rauchwolke. Weil Tharek nicht nach vorne geschaut hatte, rempelte er eine Frau mit zwei gefüllten Wassereimern an, die ebenfalls nur Augen für das Geschehen vor den Mauern hatte. Sie warf ihm einen wütenden Blick zu, rannte dann jedoch einfach weiter.

»Junge, konzentrier dich!«

Tharek wurde aus seiner Ablenkung gerissen und sah, wie der Fremde sich ungeduldig zu ihm umdrehte.

»Was wird aus der Prinzessin?«, platzte er heraus.

Die Brauen des Mannes zogen sich kurz zusammen, doch dann antwortete er: »Wir haben einen Plan für sie, aber das ist gerade nicht deine Sorge.« Er machte eine auffordernde Handbewegung. »Und jetzt komm.«

Tharek sah noch ein letztes Mal zurück zum Hof und zu dem Turm, in dem er eingesperrt gewesen war. Er musste jetzt gehen, er hatte keine Wahl.

Dann eilte er dem Fremden hinterher und bemerkte, dass dieser zielstrebig die kurze Treppe zu einem Keller hinunterlief.

»Wir gehen wieder in die Burg?«, fragte er nervös. Hatte er sich doch geirrt und der Mann wollte ihn nur in die Irre führen? Jetzt konnte er noch rennen, doch wenn sich erst einmal diese Tür hinter ihm geschlossen hätte, säße er in der Falle.

»Nur kurz.«

Tharek atmete tief durch. Was hatte er schon für eine Wahl?

Der Fremde trat an eine Holztür in der Burgmauer heran, drückte den Griff herunter und zog, doch es geschah nichts. Sie ließ sich nicht öffnen. Mit einem ungläubigen Gesichtsausdruck trat er einen Schritt zurück, um es noch einmal zu versuchen. Er rüttelte so fest am Türknauf, wie es eben möglich war, ohne Aufsehen zu erregen. »Verdammte …!«, fluchte er und blickte sich hektisch um.

Scheiterte seine Flucht gerade wirklich an einer verschlossenen Tür?

Tharek wollte sich gerade an ihm vorbeischieben und es selbst versuchen, da rief eine weibliche Stimme nicht weit von ihnen entfernt: »Was macht Ihr da?«

Hektisch drehte sich Tharek von der Person weg, um sein Gesicht unter der Kapuze zu verbergen. Wenn sie Teil der Hofgesellschaft war, durfte sie ihn auf keinen Fall erkennen! Sein Begleiter schwieg kurz und antwortete dann: »Wir wollen mehr Wasser holen. Der Brand breitet sich zu schnell aus.«

Tharek kam nicht umhin, ihn für seine Ruhe zu bewundern. Ihm selbst schlug das Herz bis zum Hals. Er wagte es nur ganz kurz, unter der Kapuze hervor zu schielen, ohne sich der Person wirklich zuzuwenden, und sah einen Frauenkörper mit vor der

Brust verschränkten Armen. Sein Glück weiter herauszufordern, um ihr Gesicht zu sehen, traute er sich nicht. Doch wieso überlegte sie so lange? Falls sie ihn wirklich erkannt hatte, müsste sie eigentlich sofort Alarm schlagen. Und falls dem nicht so war, sollte sie sie doch verdammt noch mal in Ruhe lassen und Leine ziehen!

Doch die Frau haderte noch eine ganze Weile mit sich und keiner sagte ein Wort, bis sie schließlich noch einen Schritt näherkam. Tharek sah seine Felle davonschwimmen und atmete tief durch. Was sollte er tun, wenn sie anfing zu schreien? Könnte er sie zum Schweigen bringen? Was, wenn Cally sie kannte?

Dann sagte sie: »Folgt mir.«

Perplex sahen ihr die beiden Männer hinterher, als sie einfach davonlief. Was hatte das jetzt zu bedeuten? Wenige Meter weiter hielt sie an und zog einen Schlüssel aus ihrer Rocktasche, mit dem sie die Tür zu einem größeren Gebäude öffnete, in dem wahrscheinlich Nahrungsmittel gelagert wurden. Tharek hielt weiterhin den Kopf gesenkt.

»Einen Raum weiter und dann nach links, dann seid Ihr da, wo Ihr hinwolltet.«

Sein Begleiter bewegte sich neben ihm und er ging davon aus, dass er nickte.

Wie konnte sie wissen, wo sie hinwollten? Offensichtlich war sie kein Teil des Fluchtplans, dafür war der Kerl viel zu überrumpelt von ihr gewesen.

Als sie sich in Bewegung setzten und geräuschlos über die Schwelle schlüpften, konnte Tharek nicht anders, als sich noch einmal nach ihr umzusehen. Kurz bevor sich die Tür zwischen ihm und der unverhofften Helferin schloss, erhaschte er einen Blick auf lange, blonde Haare, die ein weiches Gesicht umschlossen.

Kannte er sie? Konnte das die Frau sein, mit der er Cally manchmal über den Hof hatte laufen sehen?

Doch es blieb nicht viel Zeit zum Nachdenken, denn der Fremde wartete nicht auf ihn. Tharek folgte dem Mann in den Keller und wurde sofort von Dunkelheit empfangen. Während er sich auf die Lippe biss, um nicht noch weitere Fragen zu stellen, wurde er durch einen angrenzenden Raum gelotst und der Fremde öffnete die nächste Tür.

Wo zur Hölle brachte er ihn hin? Die Frau hatte es anscheinend gewusst.

Als sie auch diese Tür passiert hatten, kamen sie in einen engen Gang und wieder lief der Mann weiter, ohne sich nach Tharek umzusehen.

Nach wenigen Schritten spürte er, wie die Luft um ihn herum kühler und feuchter wurde. Er erinnerte sich, dass er hier schon einmal gewesen war, doch es dauerte trotzdem ein paar Sekunden, bis er den Weg erkannte. Es war tatsächlich der Tunnel zur Bucht, den er damals zunächst gefesselt und geknebelt und dann mit Cally an seiner Seite durchquert hatte. Aber er war sich sicher, dass sie damals einen anderen Ein- und Ausgang genommen hatten, sonst hätte er bereits den Keller erkannt.

»Woher wisst Ihr von dem Weg zur Bucht?«

Bis sich seine Augen an das fehlende Licht gewöhnt hatten, stolperte Tharek unbeholfen durchs Dunkel.

»Lebt Ihr in der Burg?«

Er konnte hören, wie die Schuhe des Mannes vor ihm über den feuchten Boden schlurften. »Ganz bestimmt nicht. Aber ich habe meine Quellen.«

»Ihr habt mir den Zettel geschrieben.«

»Ja.«

Es lag Tharek auf der Zunge, zu fragen, wie das alles hier sein konnte und wie der Mann von ihm erfahren hatte. Doch er riss sich zusammen, weil er spürte, dass gerade nicht der richtige Zeitpunkt war. Der Tunnel und die Bergmassen um ihn herum schienen sein ohnehin schon flatterndes Herz zu zerdrücken und der Fremde wollte eindeutig nicht reden. Er würde schon noch früh genug Antworten bekommen.

So liefen sie einige Minuten in Stille weiter, bevor Tharek den ersten Luftzug spürte. Am liebsten hätte er vor Erleichterung geseufzt. Er würde es schaffen. Er war wieder frei. Sofort spielte er in seinem Kopf die Möglichkeiten durch, wie er so schnell wie möglich zu Fynn kommen konnte. Vielleicht hatte er Glück und fand jemanden, der ihn mitnehmen konnte. Bei dem Gedanken daran, dass er kein bisschen Geld mehr bei sich hatte, knirschte Tharek mit den Zähnen. Würde Rollo ihn überhaupt als Lehrling zurücknehmen, nach all der Zeit? Sicherlich dachte er, er wäre mit seinen Münzen durchgebrannt.

»Gleich sind wir da.« Der Mann murmelte es mehr vor sich hin, als dass er mit Tharek sprach.

Und dann fiel das erste Tageslicht in den Tunnel und streckte seine Fühler nach den sich bewegenden Füßen der beiden aus. Zehn Schritte mehr und Tharek stand im Freien. Draußen. Der Wind ließ die langen Haare in seiner Stirn zittern und er nahm einen tiefen Atemzug. Das Wasser roch genauso wie beim letzten Mal, als er hier gewesen war, doch im Licht sah alles anders aus. Es fühlte sich an wie ein ganz anderer Ort. Dieses Mal bedeutete er Freiheit.

Tharek ignorierte seinen Begleiter, ging in die Hocke und vergrub seine Hände in den kleinen Kieseln neben dem Flussbett.

Er war draußen.

Jeder Mensch auf der Straße fühlte sich an wie eine potenzielle Gefahr, doch niemand beachtete Tharek. Seine Augen waren im Schatten der Kapuze beinahe unsichtbar und er war einfach nur jemand, der mit einem Mann, der sein Vater sein könnte, durch die Stadt lief. Tatsächlich war der Fremde ungefähr so alt, wie sein Vater es gewesen war. Doch er fühlte sich nicht annähernd so an wie eine Vaterfigur. Wenn er Tharek keine Anweisungen geben musste, beachtete er ihn kaum, und doch lag eine Spannung zwischen ihnen in der Luft, die Thareks Unruhe nicht gerade minderte.

»Wann sind wir da?« Er versuchte schon gar nicht, herauszubekommen, wo sie hingingen, weil er sowieso keine Antwort erhalten würde. Schon diese Frage brannte ihm wie Galle im Hals, weil es sich anfühlte, als ob er nicht berechtigt wäre, sie zu stellen.

Das Verhalten des Fremden ließ beinahe darauf schließen, dass er fürchtete, Tharek könnte sie beide durch eine dumme Handlung auffliegen lassen. Als ob er selbst nicht alles dafür tun würde, nicht wieder gefasst zu werden.

»Tatsächlich«, der Mann drehte sich für eine Millisekunde zu ihm um und zeigte auf ein kleines Haus in einer langen Reihe von Wohnhäusern nur wenige Meter entfernt, »müssen wir da vorne hin. Bleib einfach hinter mir und sei ganz normal, bis wir drin sind.«

Also alles unverändert.

Zwar wollte Tharek nichts mehr, als die Stadt zu verlassen, die ihn schon bei seinem letzten Aufenthalt in die Scheiße geritten hatte, doch der Mann schien wirklich ein Ziel zu haben. Tharek hatte auf dem Weg hierher entschieden, bei ihm zu bleiben, bis er mehr erfahren hatte.

Sein Begleiter griff nach dem Türknauf und drehte gemächlich daran, während Tharek versuchte, sich hinter ihm nicht allzu auffällig in alle Richtungen umzusehen. Dann war die Tür offen und sie betraten gemeinsam einen engen Flur. Abgestandene Luft schlich sich unter den Stoff des Mantels und an den Wänden um sie herum hingen mit Staub bepuderte Bilder. Es schien, als ob hier niemand wohnte. Ein Versteck für ihn? Tharek riss sich die Kapuze vom Kopf und schüttelte, im Glauben allein zu sein, seine angespannten Schultern aus.

Plötzlich polterten Schritte durch einen der angrenzenden Räume und er sah seinen Begleiter misstrauisch an. Doch dieser musterte ihn nur genau, als ob er irgendetwas von ihm zu erwarten schien. Sollte er etwa in Panik geraten? War es das? Eine Falle?

»Ist da noch jema…?«

Dann sah Tharek die Spitze eines Schattens um die Ecke lugen und wenige Millisekunden später folgte der Körper, der zu den Schritten gehörte. Und auf einmal wusste er, wieso der Fremde auf eine Reaktion von ihm wartete. Nichtsdestotrotz musste Tharek ihn enttäuschen, denn er bewegte sich kein Stück. Er stand nur sprachlos und mit weit aufgerissenen Augen in dem engen Flur, bis der Körper seines kleinen Bruders mit Wucht gegen seinen prallte und er ihn fest in die Arme schloss.

Fynn. Fynn war hier.

Wertvolle Sekunden, in denen es sich anfühlte, als wären sie allein, hielt er ihn in den Armen. Thareks Kopf wollte das Bild seines Bruders nicht mit dieser Stadt hier in Verbindung bringen und gleichzeitig war er so erleichtert wie noch nie in seinem Leben, ihn zu sehen. Irgendwann schob er ihn ein Stück von sich weg, um ihm in die Augen schauen.

»Was zur Hölle machst du hier?« Seine Stimme zitterte beinahe und er musste sich bemühen, gefasst zu wirken.

Es war wirklich Fynn.

»Deinetwegen natürlich. Wir planen schon die ganze Zeit, dich rauszuholen«, sagte er.

Der Blick seines Bruders spiegelte in diesem Moment nichts als die Freude über ihr Wiedersehen und doch sah Fynn anders aus, als Tharek ihn in Erinnerung hatte.

»Geht es dir gut?« Tharek musterte ihn von oben bis unten. Fynns Haar war kurz und strubbelig, als ob er es sich selbst abgeschnitten hätte, aber sonst sah er in Ordnung aus. Nicht dünn, nicht krank. Vielleicht sogar ein wenig kräftiger als der schlaksige Junge, den er zurückgelassen hatte.

»Das fragst gerade du?« Ein schiefes Lächeln schlich sich auf Fynns Gesicht und in diesem Moment wusste Tharek, was sich verändert hatte. Sein Bruder war viel erwachsener als vorher. Fast mehr ein junger Mann als ein Kind. Mit einem Schlag kam er ihm vor wie ein Fremder. Wie hatte er so schnell altern können? Er war keinen Monat weg gewesen.

»Lasst uns in die Küche gehen.«

Tharek hätte den Fremden am liebsten angeblafft, dass er für den einen Moment des Wiedersehens ruhig sein sollte, wenn er das doch vorher so gut gekonnt hatte. Er brauchte noch eine Weile, um das alles hier zu verstehen. Doch Fynn nickte widerstandslos und ging voran.

In Thareks Kopf ratterte es so laut, dass er sich kaum konzentrieren konnte. Woher kannte sein Bruder diesen Mann, der ihn so scheinbar mühelos aus der Burg hatte holen können? Er hatte gesagt, dass sie zusammen den Plan geschmiedet hatten, ihn zu befreien. Er und sein Bruder, der eigentlich zu Hause auf ihrem Hof sein sollte.

Als Tharek hinter Fynn die Küche betrat, wehte ihm der Duft von frischem Brot in die Nase. Auf dem Tisch lagen grob heruntergeschnittene Scheiben und daneben ein Ring dunkler Wurst. Der Rest des Zimmers sah eher kahl und unbenutzt aus. Tharek setzte sich hin und während er immer noch versuchte, sich zu orientieren, wurde ihm ein belegtes Brot vor die Nase gehalten. Fynn sah ihn erwartungsvoll an, doch er schüttelte den Kopf. Dafür war jetzt wirklich nicht die Zeit.

Der fremde Mann ließ sich plump gegenüber von ihm auf einen Holzstuhl fallen und verzog dabei das Gesicht. »So, Junge, jetzt kannst du mich mit deinen Fragen löchern.«

Fynn gab nicht auf und hielt Tharek das Essen so lange hin, bis er es tatsächlich nahm und kräftig in die Brotscheibe biss. Unvermittelt fragte er sich, wie er wohl aussehen musste, dass sein kleiner Bruder ihn so vehement füttern wollte. Unbewusst strich Tharek sich die ungekämmten Haare aus dem Gesicht. Er schluckte den Bissen langsam hinunter und sah den Fremden dann intensiv an.

»Vielleicht macht es mehr Sinn, wenn Ihr einfach erzählt. Ihr könnt davon ausgehen, dass ich gerade nichts von alledem hier verstehe.«

Fynn schien der angespannte Ton hinter seinen Worten nicht entgangen zu sein und er rutschte unruhig auf seinem Stuhl herum.

Der Mann zuckte nur mit den Schultern und setzte tatsächlich zu einer Antwort an, da unterbrach ihn Fynn: »Lass mich den Anfang erzählen, Onkel. Bitte!«

Onkel?!

Tharek stand der Mund offen. Hatte Fynn wirklich »Onkel« gesagt? Er fixierte seinen Bruder mit hochgezogener Augenbraue. »Wie hast du ihn gerade genannt?«

»Du brauchst gar nicht so schauen, ich wollte es erst auch nicht glauben, aber es stimmt. Er ist unser Onkel.«

Tharek pfefferte das Brot auf die Tischplatte und wandte sich an den Fremden. »Wieso erzählt Ihr ihm so einen Mist, he? Unsere Eltern hatten keine lebenden Geschwister mehr.« Er spürte, wie die Wut seine Hand zittern ließ. Was hatte sich Fynn da einreden lassen? »Außerdem habt Ihr uns schon mal in die Augen geschaut?« Er deutete übertrieben auf sein eigenes Gesicht. »Blau. Alle in unserer Familie haben blaue Augen.«

Sein Gegenüber lehnte sich so betont locker nach hinten, dass Tharek hätte kotzen können.

»Ich bin der Bruder deiner Mutter, Junge, ob du es glauben willst oder nicht. Und meine braunen Augen haben mir wahrscheinlich das Leben gerettet.« Er griff über den Tisch hinweg und nahm sich in aller Seelenruhe auch etwas zu essen. »Nicht, dass sie mich nur deswegen verschonen würden, aber das macht es doch deutlich schwieriger, mich aufzuspüren.«

Tharek musste sich zusammenreißen und sich daran erinnern, dass dieser Mann ihn gerade aus der Burg geholt und so vielleicht vor einem schlimmen Schicksal bewahrt hatte. Doch es fiel ihm schwer, bei diesen Worten nicht aus der Haut zu fahren. Jahrelang hatte es nur sie drei gegeben und verdammt noch mal, sie hätten öfter als einmal Hilfe gebrauchen können. Und jetzt wollte ihm ein Wildfremder erzählen, dass er Teil ihrer Familie war? Tharek selbst hatte nur die vage Erinnerung eines Kleinkindes an seine Mutter und konnte deshalb auch keine eventuelle Ähnlichkeit ausmachen.

Dann spürte er Fynns Hand auf seinem Unterarm. »Es ist wahr. Ohne Onkel Devon hätte ich dich nie gefunden.«

Tharek blies hörbar Luft durch die Nase und schloss für eine Sekunde die Augen. »In Ordnung, ich höre zu. Erzählt bitte, wie ihr mich befreien konntet.« Danach konnte er immer noch entscheiden, was er glauben wollte und was nicht. »Aber ich will, dass Ihr es tut und nicht Fynn.« Er sah seinem vermeintlichen Onkel unverwandt in die Augen.

Dieser kaute unbeeindruckt weiter und strich sich mit der freien Hand über seinen stoppeligen Bartansatz. »Wie du meinst.« Dann lehnte er sich doch etwas nach vorne und sah die beiden Brüder über den Tisch hinweg an.

»Die Nachricht, dass der Herzog ein Opfer für sein Bluterbe gefunden hat, verbreitete sich vor ein paar Wochen wie ein Lauffeuer. Und mir war sofort klar, dass es einer von euch sein musste. Sind ja nicht mehr so viele übrig.«

Tharek biss sich auf die Lippe und hinderte sich so daran, ihm ins Wort zu fallen.

»Also machte ich mich auf den Weg. Eigentlich wollte ich direkt in die Stadt kommen, doch dann entschied ich mich, doch noch einmal bei eurem Hof vorbeizuschauen, und fand deinen Bruder allein vor.«

»Ihr wusstet, wo wir wohnen?«

Er legte das Brot beiseite. »Natürlich.«

»Und trotzdem habe ich Euch noch nie in meinem Leben gesehen?«

Ein Glitzern trat in die Augen des Mannes und trotz der gelassenen Maske, die er trug, ahnte Tharek, dass er ihn nicht zu sehr provozieren durfte. Am liebsten hätte er Fynn aus dem Raum geschickt.

»Euer Vater wollte nicht, dass ich euch besuchen komme. Mit dem Leben in dieser Einöde sollten alle Verbindungen gekappt werden, um euch zu schützen. Ich habe ihm schon immer gesagt, dass er euch dafür ans Ende der Welt bringen müsste, aber er hat es nicht über sich gebracht, zu weit von hier wegzugehen – wahrscheinlich wegen meiner Schwester.« Er atmete tief ein. »Ich war nur ein einziges Mal da, als ihr noch Kinder wart und er hat mich gleich wieder fortgeschickt.«

Und plötzlich wurde in Thareks Kopf der Schalter umgelegt. Das Bild in seinem Traum, der Mann auf dem Weg zu ihrem Hof, fügte sich mit dem seines Onkels zusammen. Es war wirklich eine reale Erinnerung gewesen, er musste ihn damals beobachtet haben. Sein Unterbewusstsein hatte ihm die Lösung bereits präsentiert.

Tharek schluckte schwer und sah kurz zu Fynn, doch der starrte nur stumm die Tischplatte an. Er sagte, es war ihm verboten worden, sie zu sehen. Das hieß, ihr Vater hatte von alledem hier gewusst? Von dem Bluterbe und dem wahren Grund für den Tod ihrer Mutter? Und hatte ihnen nie etwas davon gesagt? Immer mehr Puzzleteile fügten sich zusammen und er verstand, wieso ihr Vater immer so unnachgiebig darauf bestanden hatte, mehrere Stunden Fußweg zwischen seiner Familie und der Hauptstadt zu wissen. Hätte er nur auf ihn gehört …

»Wie auch immer«, fuhr Onkel Devon fort. »Ich fand also deinen Bruder und erklärte ihm, wo du bist und dass ich vielleicht einen Weg kenne, um dich dort wieder herauszuholen. Dafür mussten wir aber hier vor Ort sein.«

»Du hast gesagt, du hättest Beziehungen zu jemandem in der Burg. Zu wem?«

»Zu einigen. Mehrere der Vasallen unterstützen unsere Sache und auch eine Wache hat für uns gespitzelt.«

Tharek schwieg zunächst als Antwort, weil sein erschöpfter Kopf kaum dazu in der Lage war, diese Aussage zu verarbeiten. »Die Vasallen haben dir dabei geholfen, mich aus der Burg zu holen?«

»Nicht alle, aber ein paar waren genug, um an die Infos zu kommen, die ich brauchte.«

Sie hatten tatsächlich mehrere Unterstützer gehabt? Cally war sich so sicher gewesen, sie alle gegen sich zu wissen.

»Warum würden die Vasallen einen Betrug an ihrem Herzog riskieren, nur um mein Leben zu retten?«

Tharek spürte zwei Augenpaare, die auf ihn gerichtet waren, und es schien, als ob er der Einzige im Raum war, der das alles hier nicht verstand.

»Auch wenn du es vielleicht nicht glauben kannst, Junge, aber du bist nicht das Epizentrum der Welt. Ich habe dich zu meiner Bedingung gemacht und sie haben zugestimmt, weil sie mich brauchen. Aber der Plan dreht sich nicht nur um dich.«

Thareks Haut kribbelte vor Wut, da fasste Fynn seinen Arm. »Stell dir vor, Onkel arbeitete schon seit Ewigkeiten darauf hin und erst vor Kurzem hat es geklappt. Du weißt gar nicht, wie viel Glück du hattest.« Wahrscheinlich merkte er in seinem jugendlichen Eifer nicht, dass er Tharek damit nur noch mehr verwirrte.

Trotzdem baute sich in Thareks Brust langsam ein ungutes Gefühl auf. »Für was brauchen sie dich?« Er sah seinen Onkel an, der mit seinen nächsten Worten endlich die gleichgültige Maske fallen ließ.

»Fast mein ganzes Leben lang habe ich versucht, diesem Irrsinn ein Ende zu bereiten. Jetzt, wo der Herzog endlich Schwäche zeigt, konnte ich den König davon überzeugen, dass er nicht länger würdig ist, zu herrschen.« Seine Augen funkelten verdächtig und er klopfte auf die Tasche seines Mantels, den er immer noch trug. »Sie brauchen nicht mich, sondern das Schreiben hier drin, das den irren Herrscher dieser Ländereien endgültig vom Thron stößt. Ich habe es gestern erst von einem Boten entgegengenommen. Es ist vom König höchstpersönlich unterzeichnet.«

Thareks Mund wurde trocken. Er hasste den Herzog. Von ihm aus könnte die Krähe an ihrer Verletzung sterben, doch was sein Onkel da sagte, bedeutete mehr.

»Du wirst den Herzog stürzen?«, krächzte er und konnte dabei beinahe Fynns verwirrten Blick auf sich spüren.

Sein Onkel hingegen sah nicht im Mindesten überrascht aus und nickte feierlich. »Nach all den Jahren werden wir den Wahnsinn beenden. Wenn er nicht sowieso schon von selbst krepiert.«

Thareks Stimme wurde zu einem Flüstern und war am Ende beinahe nicht mehr verständlich. »Du hast vorhin gesagt, ihr hättet einen Plan für die Prinzessin.«

»Den haben wir, auch wenn er dir nicht gefallen wird.«

Ihm wurde von einer Sekunde auf die anderen glühend heiß und er musste von seinem Stuhl aufspringen, um nicht zu explodieren. Natürlich wusste sein Onkel von ihm und Cally. Selbst wenn es ihm seine Spitzel nicht erzählt hatten, hatte er sie schon damals im Garten zusammen gesehen. Deshalb war er ja davon ausgegangen, dass der Dreckskerl ihr auch helfen wollte!

»Tharek!« Fynn wollte ihn festhalten, doch er schlug seine Hand weg und ging auf seinen Onkel zu.

»Lass mich, Fynn. Verstehst du nicht, was er da gerade sagt? Er will sie alle umbringen lassen.«

Er baute sich vor dem eigentlich größeren Mann auf und brachte sein Gesicht gefährlich nahe an das seines Onkels heran, während seine Hände vor Wut zitterten. Wer wusste, was gerade schon in der Burg passierte.

»Ist es nicht so?«

Devon sah ihn unberührt an. »Das sind alles Fanatiker und das weißt du auch. Wenn wir ihre ganze Sippe nicht endgültig vernichten, fängt alles wieder von vorne an.« Er bewegte sich keinen Zentimeter, weder auf Tharek zu noch wich er vor ihm zurück. »Und nur, weil du dich in das Mädchen verschossen hast, das dich umbringen wollte, werde ich das nicht riskieren.«

Tharek spürte, wie eine Ader auf seiner Stirn pulsierte und unwillkürlich trat ein Bild von Cally vor sein inneres Auge. Von einer Sekunde auf die andere befand sie sich in größerer Gefahr, als er sich jemals vorgestellte hatte. Und das nicht wegen ihrer, sondern wegen seiner eigenen Familie.

»Das wirst du nicht tun«, knurrte er zwischen zusammengebissenen Zähnen.

»Wir werden es gemeinsam tun, wir alle zusammen«, hauchte sein Onkel ihm entgegen und Tharek spürte seinen warmen Atem im Gesicht.

Ruhig. Ruhig. Auf ihn loszugehen würde nichts bringen. Das hämmerte Tharek sich in seinen Kopf.

Er würde nur wieder aufstehen und trotzdem seinen Plan in die Tat umsetzen. Er würde wieder aufstehen. Es würde nichts bringen. Mit all seiner Willenskraft wandte er sich von seinem Onkel ab und sah stattdessen seinen Bruder an. »Komm mit, Fynn. Du kannst doch nicht wirklich glauben, dass das richtig ist.«

Zuerst sah Fynn vollkommen überrumpelt aus und Tharek realisierte, dass er nicht gewusst hatte, dass Cally und er eigentlich Verbündete waren. Doch dann schlich sich ein trotziger Zug in seine Augen. »Wieso nicht? Sie sind daran schuld, dass ich dachte, du wärst tot.« Mittlerweile stand auch er und verschränkte die schmalen Arme vor der Brust. »Sie sind daran schuld, dass Mutter nicht mehr lebt.«

Thareks Mund verzog sich, als ob er Schmerzen hätte. Wie konnte das hier passieren? Wie konnte seine Familie genauso furchtbar sein wie die ihre? Und dann auch noch Fynn. Was, wenn ihm bei diesem Vorhaben etwas passierte?

»Fynn, ich bitte dich.«

Keine Reaktion.

Tharek hob eine zitternde Hand und zeigte mit seinem Finger abwechselnd auf die beiden. »Ihr wisst, was ihr da tut, ja? Ihr wiederholt die Geschichte. Und damit seid ihr keinen Deut besser als sie!« Die letzten Worte schrie er fast.

Sein Onkel antwortete: »Wir wiederholen sie nicht, wir brechen den Fluch und du wirst es mir noch danken.«

»Nein!« Nun zitterte Thareks ganzer Körper. Er würde es nicht ertragen, wenn Cally durch die Hand seiner eigenen Familie ums Leben kam. Er würde es verhindern. »Nein, das werdet ihr nicht!«

Er traute sich nicht, Fynn noch einmal anzusehen, um seinen Willen nicht zu schwächen, bevor er sich auf der Stelle umdrehte und aus dem Haus stürmte. Hinter sich hörte er seinen Bruder nach ihm rufen, doch seine Stimme verblasste, als er erst einmal aus der Tür war. Trotzdem fürchtete er noch mehrere Straßen weiter, dass sein Onkel versuchen würde, ihn aufzuhalten.

Niemand folgte ihm oder wenn es so war, dann bemerkte Tharek es nicht. Stattdessen fixierten ihn die Blicke der Menschen, an denen er vorbeikam, bissen sich an seinem Gesicht fest und ließen nicht los, bis er an ihnen vorbeigelaufen war. In ihren Mienen spiegelte sich Verwunderung und Erkennen und in seiner Aufgewühltheit merkte er erst nach einigen Minuten, dass er vergessen hatte, seine Kapuze überzustreifen. Eilig zerrte er den Stoff wieder über sein Gesicht und bemühte sich, seinen Blick gesenkt zu halten.

Wie waren sie vorhin noch mal hierhergelaufen? Er war seinem Onkel blindlings gefolgt und jetzt rächte sich seine Unaufmerksamkeit.

Die Stadt sah überall gleich aus und nur die wie ein lauerndes Tier darüber schwebende Burg zeigte ihm den Weg. Verfehlen konnte er sie nicht, aber er musste an der richtigen Stelle von der Hauptstraße abbiegen, um den Tunneleingang in der Bucht zu finden und seinen Plan in die Tat umsetzen zu können.

Er eilte weiter, während er mit den Augen hektisch die umliegenden Straßen absuchte und hoffte, dass er eine von ihnen wiedererkannte. Vielleicht war diese kleine Gasse dort drüben schon die richtige. Vielleicht aber auch nicht und dann würde er wertvolle Minuten verlieren. Und auf diese Minuten könnte es ankommen. Unter dem Mantel legte sich ein dünner Schweißfilm auf Thareks Haut. Er wagte es nicht, das Risiko einzugehen, und lief weiter geradeaus.

Callys Leben hing von ihm ab. Erneut richtete er seinen Blick nach oben auf die Burg. Sie konnte nicht ahnen, dass ihr Gefahr aus dieser Richtung drohte. Das Blatt hatte sich gewendet. Ihr Schicksal lag nun in seinen Händen und nicht mehr andersherum.

Er wurde von einer Gruppe junger Männer angerempelt und kurz aus seinen Gedanken gerissen.

»Vorsicht!«, rief einer von ihnen und warf dann lachend seinem Kumpel den Arm über die Schulter.

Wahrscheinlich hatten sie schon etwas getrunken und waren auf dem Weg in eine Kneipe. Es dämmerte schließlich schon. Tharek stellte fest, dass er noch nicht einmal wusste, welcher Wochentag war, und das schon seit geraumer Zeit nicht mehr. Er war komplett entwurzelt worden. Und dabei wünschte er sich nichts mehr, als wieder in sein altes, bodenständiges Leben zurückzukehren.

Kurz kam ihm der Gedanke, sich einfach Fynn zu schnappen und den ganzen Dingen hier ihren Lauf zu lassen. Irgendwie würde er ihn dazu bringen, mit ihm abzuhauen und so weit wie möglich von hier wegzugehen, vielleicht zurück zu ihrem Hof.

Aber er konnte nicht davonlaufen. Er würde sein Leben lang nicht vergessen, was er hier zurückgelassen hatte. Wen er hier zurückgelassen hatte. Er allein wäre schuld an ihrem Tod. Thareks Fingernägel krallten sich in seine Handflächen und seine mahlenden Kiefer verursachten ein Knacken in seinen Ohren, während er noch einen Zahn zulegte.

Als er um die nächste Ecke bog, traf ihn die Erkenntnis wie ein Schlag, dass hier in der Stadt das Leben einfach weiterging, auch wenn seines gerade erneut aus den Angeln gehoben worden war. Vor ihm tat sich eine Straße voller Energie auf, in der die Menschen wie Ameisen wuselten. Er musste unweigerlich unter seiner Kapuze hervorspähen, um in dem Gedränge nicht mit jemandem zusammenzustoßen. Die Leute wussten es nicht, doch falls er heute scheiterte, würde das auch für sie Konsequenzen haben. Wenn sein Onkel es schaffte, den Herzog zu stürzen, würde er dann selbst herrschen wollen?

Tharek zwang sich, noch schneller zu gehen, doch zum Glück würde er gleich den Kern der Stadt hinter sich lassen. Die drohende Gestalt der Burg über ihm wurde immer größer. Mittlerweile musste Cally längst bemerkt haben, dass er verschwunden war. Was sie wohl von ihm dachte? Nicht auszudenken, was passieren würde, wenn Tharek zu spät käme und Cally auch noch glaubte, dass er sie an seine eigene Familie verraten hätte. Diese Vorstellung verursachte ein unangenehmes Ziehen in seiner Brust. Aber er würde zuerst da sein. Er musste.

Die Uhr tickte und verlangte schnelles Handeln. Tharek wagte es, von der direkten Straße zur Burg abzuweichen und hoffte, dass der Weg, den er einschlug, ihn tatsächlich zur Bucht bringen würde. Sein mit Adrenalin vollgepumptes Herz wollte kurz darauf schon jubeln, als er nach ein paar Minuten Fußweg Wasser rauschen hörte, doch kaum war er um die nächste Ecke gebogen, wurde er dazu gezwungen, scharf abzubremsen.

Verdammter Mist!

Auf dem letzten Teil des Weges, kurz bevor die Straße endete und in Kies überging, stand eine ganze Traube von Wachen in der auffälligen roten Kleidung der Garde des Herzogs. Thareks Herz hämmerte und in seinem Kopf kreisten die Gedanken. So unauffällig wie möglich zog er sich wieder zurück und stieß einen Fluch aus. Das war nicht gut! Das war gar nicht gut! Sie suchten nach ihm. Zwar wollte er zurück in die Burg, aber nach Möglichkeit nicht wieder in der Rolle eines Gefangenen.

Sein Plan scheiterte gerade unumgänglich und er hatte keine Zeit, zu warten, bis die Wachen sich irgendwann vielleicht von dieser ungünstigen Stelle wegbewegten. Cally hatte diese Zeit nicht.

Tharek ließ frustriert die Luft aus seiner Lunge entweichen und traf dann eine Entscheidung. Sie war alles andere als optimal, doch er hatte keine Wahl. Eilig lief er die Straße wieder zurück.

Wenige Minuten später konnte er das äußere Burgtor sehen, vor dem zwei Wachen standen. Ihre Körperhaltung zeugte von Erschöpfung, ansonsten schienen sie aber vollkommen unaufgeregt und nicht annähernd so alarmiert wie der Suchtrupp. Er verzog den Mund zu einem ironischen Lächeln. Warum sollte auch jemand damit rechnen, dass er so dumm war, sich am Haupteingang blicken zu lassen?

Seit er den Plan, ungesehen durch den Weg in der Bucht wieder in die Burg zu gelangen, hatte aufgeben müssen, war er am überlegen, wie er Cally jetzt noch warnen könnte, ohne sich selbst in Gefahr zu bringen. Doch es gab keine Möglichkeit. Zumindest keine, die in so kurzer Zeit umzusetzen war. Er musste mit den Wachen am Tor sprechen. Sein einziger Versuch würde sein, ihnen die Nachricht zu übermitteln und dann wieder zu verschwinden. Wie groß waren die Chancen, dass das klappte?

Tharek ließ seine Schritte nicht langsamer werden, als er sich den beiden Männern näherte, und verfiel sogar in einen leichten Trab. Das Adrenalin in seinem Körper setzte ungeahnte Energiereserven in ihm frei.

»Es wird einen Angriff geben! Ihr müsste die Prinzessin warnen.« Er gab seiner Stimme einen gehetzten

Ton, was ihm nicht besonders schwerfiel – er hatte sich wirklich beeilt und die Zeit im Turmzimmer hatte seine Kondition nicht gerade verbessert.

Gute zwei Meter vor den Wachen bremste Tharek ab, damit sie nicht unter seine Kapuze schauen konnten. Hinter ihnen stiegen noch immer dünne Rauchschwaden in die Luft auf.

Einer der beiden Wachposten stützte die Hände in die Hüften und kniff die Augen zusammen, um ihren Besuch gegen das Licht der untergehenden Sonne besser sehen zu können. »Was redest du da, Fremder?«

Tharek schluckte theatralisch und zeigte mit dem Finger zurück auf die Stadt hinter sich. »Es ist wahr, ich habe es gerade erfahren!«

Er konnte nur hoffen, dass keiner der beiden während seiner Zeit in der Burg in Kontakt mit ihm gekommen war und seine Stimme erkannte. Der zweite Mann sah jedoch schon beunruhigend alarmiert aus. Und das nicht wegen seiner Botschaft. Schweiß lief Tharek die Schläfe hinunter.

»Wir hatten heute schon genug Stress, du kannst dir den Mist hier sparen.« In der Stimme der Wache schwang Aggression mit. »Und jetzt mach dich vom Acker!«

»Aber …«

»Hast du ihn nicht gehört, verpiss dich!« Der andere Mann kam einen Schritt auf ihn zu.

Sie meinten es ernst. Verdammte Scheiße! Tharek seufzte innerlich und verabschiedete sich schmerzlich von seiner kurzen Freiheit.

»Lasst mich mit der Prinzessin sprechen. Glaubt mir, es ist zu ihrem Besten.«

Als der Gröbere der beiden ihn nun endgültig verjagen wollte, hob Tharek abwehrend eine Hand und zog sich dann langsam die Kapuze vom Kopf. Wenn die Situation nicht so unglaublich makaber gewesen wäre, hätte er lachen können, als er sah, wie ihre Kinnladen nach unten fielen.

»Lasst mich mit der Prinzessin reden«, sagte er noch einmal mit Nachdruck und hoffte nur, dass sie ihn nicht windelweich prügeln würden, bevor sie ihn wieder in die Burg brachten.

»Wieso sollte ich lügen, he? Ich könnte schon über alle Berge sein und trotzdem hocke ich wieder hier bei euch.« Tharek hatte sich bereits den Mund fusselig geredet und das hörte man auch deutlich an seiner Stimmlage.

Die Zelle hatte ihn mit schummrigem Licht und kältekriechender Feuchte begrüßt wie einen alten Freund und wieder hockte er auf dem Boden, den Rücken an der harten Steinwand.

»Wenn du nicht gleich Ruhe gibst, dann …« Die Wache vor seiner Zelle war genauso mürbe wie er, doch er würde nicht aufgeben. Aus unerfindlichen Gründen wollten sie Cally nicht holen, fassten ihn aber auch nicht an. Jemand musste die Order gegeben haben, ihm nicht zu schaden. Aber wenn sie wüsste, dass er da war, würde sie doch kommen, oder nicht? Hatte er sie so enttäuscht?

»Wenn du mich nicht gleich mit der Prinzessin sprechen lässt, passieren hier noch viel schlimmere Dinge, als dass du ausrastest.« Tharek streckte sein taub werdendes Bein durch. »Auf die Gefahr hin, mich zu wiederholen: Ihr werdet angegriffen!«

Ein verächtliches Schnauben, für das er der Wache am liebsten den wenig nützlichen Kopf gegen die Wand gehauen hätte, folgte. Es musste einfach jemand wissen, dass er da war. Tharek lehnte den Kopf nach hinten und blies entnervt die Luft aus seinen Backen. Das hier waren wichtige Minuten. Zeit, die Cally fehlen könnte. Er wollte gar nicht darüber nachdenken, was das bedeuten könnte.

»Sie werden zahlreich sein und sie werden euch überrennen, weil ihr mir nicht zuhört.«

Wenn er gewusst hätte, dass sie Cally nicht holen würden, hätte er sich nie und nimmer ohne Widerstand herbringen lassen. Er hätte getobt wie ein Tier.

»Euch Wachen in meiner Nähe werden sie zuerst kalt machen. Hier unten können sie sich sicherlich gut austoben.«

Er hielt kurz inne, um sich weitere Grausamkeiten auszudenken, die den Mann zu erschrecken und endlich dazu zu bringen würden, etwas zu tun, da hörte er Schritte auf der Treppe und sprang erleichtert auf. Endlich. Jetzt durften sie keine Zeit verlieren.

Die Tür zu dem Gebäude, in dem die Zellen lagen, war offengelassen worden und das Licht der Abendsonne schien bis zu ihm hinunter. Ungeduldig wartete Tharek darauf, dass der unbekannte Gast unten ankam, damit er erkennen konnte, mit wem er es zu tun hatte. Nun stand auch die Wache vor seiner Zelle auf und ging wenige Schritte auf den nahenden Besucher zu. Tharek hörte die Worte »Eure Hoheit« und ihm fiel ein Stein vom Herzen.

Als er den von einer Fackel erhellten Saum eines Kleides um die Ecke biegen sah, legte er sich bereits die Worte in den Mund, über die er die ganze Zeit nachgedacht hatte. Als allererstes würde er sich dafür entschuldigen, sie hier einfach alleingelassen zu haben. Und dafür, dass seine Familie nach ihrem Blut trachtete. Doch als die Frau ganz um die Ecke bog, legte sich der Schleier der Enttäuschung über ihn und machte seinen Plan zunichte. Es war nicht Cally, sondern ihre Mutter.

»Du bist es tatsächlich.« Ihre Stimme war ruhig, doch sie hatte einen kalten, etwas zu gefassten Unterton.

Tharek schüttelte seine Verwirrtheit ab. Es war besser als nichts. Schließlich konnte er auch ihr davon erzählen, dass ihr Hof angegriffen werden würde.

»Ja, ich bin es. Und glaubt mir, ich kann mir auch Schöneres vorstellen, als wieder in Eurem Kerker zu sitzen.« Er hatte keine Zeit, um groß um den heißen Brei herumzureden. »Aber ich bin gekommen, um Euch zu warnen.«

Sie trat so nah an seine Zelle heran, dass er die feinen Fältchen um ihre Augen herum sehen konnte, und bedeutete den Wachen mit einer ausgestreckten Hand, zurückzubleiben.

»Vor was?«

Er musste zugeben, dass sie trotz ihres fortgeschrittenen Alters noch eine außergewöhnliche Eleganz besaß. Sie war poliert und geschliffen bis in die letzte gewollt drapierte Falte ihres Kleides. Aber sie war leblos. Wie konnte ihre Tochter so anders sein?

»Es wird einen Angriff geben. Ich weiß nicht genau, wann, aber es ist schon alles geplant.« Er atmete hörbar aus. »Sie wollen den Herzog stürzen und Eure Familie töten.«

Für einige Sekunden füllte Stille den düsteren Raum und es schien, als ob nicht einmal die Wachen atmeten. Er hatte die Herzogin bei seinen Worten genau beobachtet, doch ihr Gesichtsausdruck im Schein der Fackel hatte wenig preisgegeben. Sie hatte nur ihr Kinn etwas näher zu ihrer Schulter bewegt und starrte nun bewegungslos in eine der dunklen Ecken der Zelle.

»Woher weißt du das? Und wer plant den Angriff?«

Die nächsten Worte rollten wie Steine von seinen Lippen und schmerzten, als sie seinen Mund verließen. »Ich weiß es, weil es meine Familie ist, die Euch angreift. Mein Onkel.«

Noch immer hörte er keine Angst in ihrer Stimme, als sie antwortete: »Ich schätze, es war auch dein Onkel, der dich befreit hat.«

Tharek sagte nichts, doch sein Schweigen war Antwort genug. »Ihr solltet wirklich Vorkehrungen treffen, um sie von der Burg fernzuhalten. Es könnte jeden Augenblick zu spät sein.«

Zu seinem Schreck lachte sie kurz auf, als sie seine Worte hörte. »Fernhalten? Wir werden sie nicht fernhalten.« Sie bewegte sich und ihr Kleid schleifte raschelnd über den Boden. »Sollen sie doch kommen.«

Das hier nahm eine ungute Wendung. Wo war Cally?

»Ihr versteht nicht. Wenn ich sage, sie trachten Euch nach dem Leben, dann meine ich das auch so. Sie wollen auch Eure Tochter töten.« Er musste aufpassen, dass seine Stimme nicht allzu verzweifelt klang.

»Ich verstehe dich sogar sehr gut, mein Junge. Ich bin mir auch sicher, dass ich noch um einiges mehr von den Dingen weiß, die hier vorgehen, als du.« Sie brachte ihr Gesicht ganz nah an die Stäbe heran und ignorierte das nervöse Räuspern der Wache in ihrem Rücken. Ihre Stimme wurde zu einem Flüstern. »Was nützt es uns, wenn wir den Anschlag heute oder morgen vereiteln? Sie werden wiederkommen.« Sie schloss ganz kurz die Augen, doch kurz darauf wurde Tharek wieder von ihrem viel zu unbewegten Blick festgehalten. »Sie werden niemals aufhören.« Wieder dieses leicht verbitterte Lachen. »Mein Mann wird niemals vergessen, solange er lebt, und dein Onkel auch nicht. Schreib dir das hinter die Ohren.«

Bei ihren Worten lief Tharek ein kalter Schauer über den Rücken, denn sie trafen ihn direkt ins Herz. Eine nie endende Fehde, bei der Cally und er auf verschiedenen Seiten standen. Mit trockenem Mund sagte er: »Ihr müsst Eure Tochter schützen.«

Ihr Blick verriet, dass sie deutlich mehr über sie beide wusste, als er gedacht hätte.

»Ich verspreche dir, das werde ich.«

Er musste nicht einmal fragen, ob sie ihn zu ihr lassen würde, als sie sich mit wehenden Röcken umdrehte und mit ihren Wachen im Schlepptau hinaus rauschte. Er kannte die Antwort. Vielleicht hatte er gerade einen fatalen Fehler gemacht. Durch sein Zutun wurde aus einem einseitigen Angriff aus dem Hinterhalt ein ausgewachsener Kampf. Und der forderte bekanntlich Opfer auf beiden Seiten.

Kapitel 28

Cally

Callys Augen fühlten sich an, als ob sie in ihrem Kopf einbetoniert wären. Schon die kleinste Bewegung war mühsam und bereitete ihr Kopfschmerzen. Sie konnte sich nicht daran erinnern, wann sie das letzte Mal so müde gewesen war. In der Nacht vor dem Jagdausflug hatte sie vor Aufregung kaum geschlafen und heute Morgen musste sie sich vor den Vasallen ihres Vaters präsentieren, ohne ein Auge zugetan zu haben. Die Szenerie vor ihr wurde von ihrem übermüdeten Kopf wahrgenommen, als ob sie in Watte gehüllt wäre.

»Also sagt Ihr, dass er es schaffen wird?«

Gefühlt hatte sie diese Frage schon zehn Mal beantwortet. Sie strich mit ihrer Hand über das glatte Holz des Throns, auf dem sie heute das erste Mal saß.

»Ich habe gesagt, dass der Heiler sein Bestes tut. Das kann man nicht ganz als das Gleiche bezeichnen.«

Die Männer vor ihr dürsteten nach Antworten, die sie ihnen nicht geben konnte.

»Aber er sagt, Vater sei zäh.«

Und das konnte sie nur bestätigen. Der Herzog würde die Geschichte seines Lebens nicht wegen ihrer

Dummheit enden lassen. Das spürte sie.

Der Saal summte vor Anspannung und sie war die einzige Frau im Raum. Gleichzeitig war sie aber auch die Einzige, die auf dem Thron saß. Garra stand direkt neben ihr und ließ sie nicht aus den Augen.

Jetzt, wo er nicht mehr hier war – sie wollte und konnte seinen Namen noch nicht allzu oft denken –, war sie von einer Ruhe erfüllt, die sie lange nicht mehr gespürt hatte. Es war eine betäubende Ruhe, aber sie gab ihr gerade die Sicherheit, die sie brauchte, um sich vor diese Männer zu stellen.

»Wie soll es jetzt weitergehen? Wir können nicht ewig hierbleiben und darauf warten, dass Euer Vater aufwacht oder Euer Kaninchen freiwillig in die Falle zurück hüpft«, rief es von unten.

Innerlich seufzte Cally. Für manche von ihnen, vielleicht sogar für die meisten, war das Bluterbe ein Witz. Wieso hatte sie das nicht bloß früher erkannt? Wieso hatte sie alles aufs Spiel gesetzt?

Natürlich wussten die Vasallen, dass Tharek verschwunden war. Offiziell hatte es niemand verkündet, doch solche Nachrichten verbreiteten sich wie ein Lauffeuer. Als sie ihren Blick über den gesamten Raum schweifen ließ, verschmierten ihre müden Augen die Farben und Formen der Menge wie ein Künstler Öl auf einem Gemälde. Doch für ihre nächste Antwort brauchte Cally nicht viel Konzentration.

Dieses Mal hatte sie nicht auf den Rat von anderen vertraut, sondern die schlaflose Nacht genutzt, um sich selbst zu überlegen, was zu tun war. Sie war nicht länger für Thareks Leben verantwortlich. Ihn verloren zu haben ließ zu, dass sie die Verantwortung für ihr Land viel klarer sehen konnte als zuvor. Es hatte nur den besten Herrscher verdient.

Cally hob ihre Stimme und verkündete: »Wenn mein Vater in drei Tagen nicht erwacht ist, werde ich eine Abstimmung einberufen.«

Der Saal war mucksmäuschenstill; alle lauschten ihren Worten.

»Jeder von Euch wird eine Stimme haben und kann entscheiden«, Cally schluckte, hatte sich aber schnell wieder gefasst, »ob ich Eure Herzogin sein soll oder nicht.«

Unruhe brach im Saal aus, doch Cally hatte damit gerechnet. Bevor sie endgültig die Aufmerksamkeit verlor, sprach sie weiter: »Falls Ihr mich nicht wollt, wird ein Schreiben an den König aufgesetzt, der dann einen neuen Herzog ernennt.«

Nachdem der Satz heraus war, fiel die letzte Anspannung von ihr ab und die Watte-Müdigkeit kehrte wieder zurück. Wie erwartet entwickelte sich eine rege Diskussion unter den Vasallen. Argumente wurden hin- und hergeworfen und alle taten so, als ob die Entscheidung hier und jetzt getroffen werden müsste.

»Woher sollen wir wissen, ob Ihr des Titels einer Herzogin würdig seid?«

Cally konnte beim besten Willen nicht sagen, wer von ihnen gesprochen hatte. Reflexartig huschte ihr

Blick zu Fürst Castell, der wie immer nicht allzu weit von ihr entfernt stand, doch natürlich hatte er nichts gesagt. Wäre es so schlimm, ihn zu heiraten? Wahrscheinlich nicht. Doch jetzt, in dieser Situation, brachte sie es nicht über sich, quasi um seinen Antrag zu betteln, nur damit der Titel in ihrer Familie blieb. So tief würde sie nicht sinken.

Der unentdeckte Sprecher aus dem Haufen der redenden Schlieren fuhr fort: »Das Einzige, was wir von Euch gesehen haben, ist, dass ihr nicht in der Lage seid, ein Wildschwein zu töten.«

Ein Lachen durchschnitt den Raum und Cally hätte schwören können, dass es dieser Mistkerl Ganzog gewesen war.

»Wenn Ihr den Wert Eurer Herzogin daran bemesst, ob sie Tiere töten kann, kann ich Euch die Entscheidung leicht machen. Dann wäre ich keine gute Herrscherin.«

Der Saal wurde wieder still und sie fühlte die Blicke aller Anwesenden auf sich. Ihre Haare waren so streng nach hinten frisiert, dass es schien, als ob ihr ganzer Körper wie von einer unsichtbaren Hand am Scheitel nach oben gezogen würde. Vielleicht wirkte ihre Mutter deshalb immer so elegant. Endlich hatte sie den Trick herausgefunden.

»Wenn ich kurz einwerfen dürfte …« Die Stimme rief eine zunächst noch undefinierbare Erinnerung in Cally wach, weshalb sie sich die Mühe machte, nach ihrem Ursprung zu suchen. Es war tatsächlich der Landesherr des kleinen Dorfes, der sprach. Anscheinend war auch er nach dem Unfall ihres Vaters angereist, um sich keine Neuigkeiten entgehen zu lassen. Ein winziger Funken Interesse an dem, was er zu sagen hatte, keimte in ihr auf.

»Ihre Hoheit hat erst vor Kurzem einen Streit in meiner Ortschaft beilegen können und die vorgeschlagene Lösung funktioniert noch immer sehr gut.«

Wie schlau er außen vor ließ, dass er selbst eine dieser beiden Parteien war, brachte Cally beinahe zum Lächeln. Trotzdem war sie ihm dankbar für seine Unterstützung.

»Da hört Ihr es, das hättet ihr zu erwarten. Worte statt Gewalt. Wem das nicht recht ist, der darf gerne gegen mich stimmen.« Es mochte vielleicht harsch klingen, doch sie meinte es genau, wie sie es sagte. Und sie hatte das Gefühl, dass auch einige im Raum das verstanden.

Und dann trat, wie sollte es auch anders sein, Ganzog vor. »Was den Gefangenen angeht, hattet Ihr aber immer recht wenige Worte für uns. Habt Ihr uns vielleicht jetzt etwas zu ihm zu sagen?«

Er konnte nichts von ihnen beiden wissen. Und trotzdem drängte sich ein Funken Angst durch die Wand ihrer Erschöpfung. Er klang so selbstsicher. Cally straffte die Schultern und blickte mit ernster Miene zu den Vasallen ihres Vaters hinunter.

»Das habe ich und es sollen ehrliche Worte sein.« Sie hielt kurz inne. »Ich hatte nicht vor, das Bluterbe durchzuführen. Gestern, auf der Jagd, hatte ich Euch darum bitten wollen, mich auch so den Titel der

Herzogin annehmen zu lassen.«

Ihr Gesicht blieb frei von Emotionen, während sie sprach. Nur ihre zittrigen Finger verrieten ihre Anspannung. Cally widerstand dem Drang, zu Garra hinüberzusehen, der natürlich noch viel mehr wusste als das, was sie gerade gesagt hatte.

»Trotzdem versichere ich Euch, dass ich mit seiner Flucht nichts zu tun habe. Eine solche Entscheidung wäre nicht ohne Euer Einverständnis und das«, sie stolperte über die nächsten Worte, »meines Vaters gefallen.«

Ganzogs Antwort kam Sekunden später und zeigte, dass es eigentlich egal war, was sie sagte. Er hatte sich seine kleine Rede bereits zurechtgelegt. Sie war seiner Worte müde, bevor er überhaupt richtig angefangen hatte.

»Dann wart Ihr bestimmt nicht allzu traurig über seine Flucht. Oder vielleicht doch, denn jetzt habt Ihr schließlich niemanden mehr, den Ihr des Nachts in der Bucht küssen könnt.«

Die Worte platzten wie eine Bombe und fegten niederträchtig über Cally hinweg. Ihre Müdigkeit war mit einem Schlag vergessen. Doch sie verpasste es, die gefährlichen Worte schnellstmöglich mit einer Antwort zu entschärfen, der Schock saß zu tief. Irgendwo tief drinnen hatte sie gespürt, dass vielleicht jemand geahnt haben könnte, dass sie Tharek mehr Zuneigung entgegenbrachte, als sie sollte. Aber wie konnte Ganzog von der Bucht wissen? Wie Wellen rollte der Schreck immer wieder durch Callys Körper und ließ ihr nur in den kurzen Spannen dazwischen Zeit, klar zu denken. Doch das reichte. Es gab nur eine Möglichkeit: Rin. Schon bei dem Gedanken an seinen Namen wurde ihr schlecht.

Cally schluckte schwer und versuchte, aus den unzähligen Leugnungsmethoden in ihrem Kopf die beste auszuwählen. Doch sie alle wollten nicht recht passen, waren scheinheilig und nicht fair den Vasallen gegenüber.

Es war Castell, der sprach, und in seiner Stimme klang zaghafte Ungläubigkeit mit. »Sicherlich habt Ihr diesen wüsten Anschuldigungen etwas entgegenzusetzen, Eure Hoheit?«

Also zog auch er in Betracht, dass es stimmte.

Sie konnte nicht lügen. Nicht, wenn sie es eigentlich schon wussten.

»Ich …« Sie zwang sich, aus ihrer Schockstarre zu erwachen und sorgte dafür, dass ihre Stimme nur minimal zitterte. »Ich glaube, hier muss etwas richtiggestellt werden.«

Sie richtete ihren ernsten Blick auf Ganzog und jagte ihm mit den Augen einen Pfeil durch die Brust. Er war hier das Monster, das einen wunderbaren Menschen hatte sterben sehen wollen. Sie musste sich nicht für ihre Taten schämen. Sie hatte nichts Falsches getan.

»Ich werde nicht leugnen, dass ich Gefühle für den Gefangenen hatte.«

In dem Schweigen, das ihr entgegenschlug, lagen Ungläubigkeit, Entrüstung und Abscheu, doch Cally sprach unbeirrt weiter.

»Aber es waren nicht solche, wie Ihr es darzustellen versucht. Wir sind nicht lachend über die Wiesen gelaufen und haben in der Bucht heimlich Küsse ausgetauscht. Ich konnte es einfach nicht ertragen, dass dieser Mensch für mich sterben sollte. Für mich, für Euch, für das Bluterbe.« Cally schluckte und ignorierte das schmerzhafte Pochen ihres Herzens. »Doch das ist er nicht und wird er nicht. Und nun schaffe ich das Bluterbe ab und er wird nie wieder hier auftauchen, deshalb ist das Thema nicht mehr von Relevanz.«

Ohne die Reaktionen der Vasallen abzuwarten, erhob sie sich vom Thron.

»Falls mein Vater nicht aufwacht, findet die Wahl in drei Tagen statt.«

Cally verließ den Raum, ohne sich noch einmal umzusehen. Es schien, als ob alle zu perplex wären, um auch nur auszuatmen. Als Garra die schwere Tür hinter ihr schloss, hörte sie dann doch, wie lautstark die Wortgefechte begannen.

In den letzten zwei Tagen hatte Cally außer ihren Dienerinnen, die hin und wieder für Ordnung in ihrem Zimmer sorgten, kaum einen Menschen gesehen. In dieser Zeit war sie mit sich ins Reine gekommen und hatte verstanden, dass der Unfall ihres Vaters nicht ihre Schuld gewesen war. Sie hatte mehr als deutlich gesagt, dass sie nicht schießen wollte. Er hatte sie dazu zwingen wollen und wurde vom Schicksal dafür bestraft. Trotzdem schreckte sie nachts hin und wieder aus Träumen hoch, in denen Blut ihre Hände bedeckte und sie sich nicht sicher war, ob es von einem Menschen oder einem Tier stammte.

»Du weißt auch nicht wirklich, wie es um ihn steht, oder?«, fragte Marilee.

Da Cally sich nicht von ihrem Honigküchlein loseisen konnte, das sie gerade aß, antwortete Garra für sie.

»Nein, die Herzogin lässt niemanden außer dem Heiler mehr ins Zimmer.«

Die Prinzessin nahm einen weiteren Bissen und schluckte geräuschvoll. Als die beiden vor wenigen Minuten zu ihr gekommen waren, hatte sie behauptet, keinen Hunger zu haben. Das lag nicht daran, dass es ihr schlecht ging, sie fühlte sich beinahe so frei wie schon lange nicht mehr – oder zumindest redete sie sich das ein. Doch als sie auf das Drängen ihrer Zofe doch ihre Zähne in dem weichen Teig vergraben hatte, war ihr Magen wieder zum Leben erwacht und jetzt hatte sie zwischen den eiligen Bissen kaum Zeit zum Atmen.

Eine Sache lag Cally jedoch noch auf dem Herzen und die drängte sich sogar vor das Bedürfnis, zu essen.

»Marilee, es tut mir leid, dass ich dich enttäuscht habe. Ich weiß, wie viel dir das Bluterbe bedeutet hat.«

Ihre Freundin sah sie mit einem ruhigen Gesichtsausdruck an und schien zu überlegen, wie sie antworten sollte.

»Du hast mich nicht enttäuscht. Ich habe deine Gefühle wahrscheinlich schon viel früher erahnt, als du es dir vorstellen kannst.« Sie lächelte sanft und kleine Grübchen bildeten sich um ihren Mund herum. Zuerst schien sie es dabei belassen zu wollen, doch dann schob sie noch etwas leiser hinterher: »Außerdem bist du genau genommen nicht die Einzige, die eine Entscheidung getroffen hat.«

Cally hielt beim Essen inne und sah verwundert auf. »Wie meinst du das?«

Marilee ging zum Fenster und sah hinaus. »Ich wusste nicht, ob ich es dir sagen sollte, aber an dem Tag mit dem Brand, da habe ich ihn gesehen.«

Cally stand der Mund offen und ihr Herz meldete sich mit einem gefährlichen Ziehen zurück, das sie vorher erfolgreich ausgeschaltet hatte. »Du hast gesehen, wie Tharek geflohen ist?«

»Ich habe sie nicht nur gesehen, Callora, ich habe ihnen geholfen.«

Jetzt stand auch Garra der Mund offen und Cally vergaß spontan, wie Atmen funktionierte. Marilee schien sich nicht zu trauen, sie anzusehen, also sprach sie weiter nach draußen. »Ich dachte, du würdest dir wünschen, dass er sicher ist. Er ist mit einem Mann, den ich nicht kannte, über den Hof gelaufen und ich habe ihnen die Tür zum Tunnel geöffnet.«

Cally presste ihre zitternden Hände in ihrem Schoß zusammen. Vergessen waren die Honigkuchen. Die Worte ihrer Zofe machten alles wieder so real, was Cally mühsam verdrängt hatte. Erinnerten sie daran, wie sehr sie ihn vermisste. Doch es änderte nichts.

»Du hast recht. Ich wollte und will nichts mehr, als ihn in Sicherheit zu wissen.« Sie atmete tief durch und sagte dann mit fester Stimme: »Ich danke dir.«

Marilee blickte lächelnd zu ihr hinüber und dann schnell wieder nach vorne, doch ihre Augen sagten deutlich, dass sie Callys Schmerz sehr wohl wahrnahm.

Um sich abzulenken und nicht weiter darüber nachzudenken, wer der andere Mann gewesen sein könnte – sie würde es sowieso nie herausfinden –, fragte Cally: »Wen wird der König als neuen Herzog auswählen, was denkt ihr?«

Marilee wandte sich nicht vom Fenster ab, doch Garra sah aus, als ob ihn diese so pessimistisch gestellte Frage quälte. »Ihr geht also nicht davon aus, dass Ihr morgen gewählt werdet?«

»Nach der Enthüllung vor zwei Tagen?« Cally schüttelte den Kopf. »Es wäre Selbstbetrug, das zu glauben.« Ihre Stimme klang nicht traurig und sie fühlte sich auch nicht so. Es lag nun nicht mehr alles in ihrer Hand und dieser Gedanke hatte auch etwas Tröstliches.

Sie stand vom Bett auf und stellte den leeren Teller auf ihre Kommode.

»Danke, dass ihr gekommen seid«, sagte sie zu Garra und Marilee und meinte es von ganzem Herzen.

Ihre Zofe wandte sich vom Fenster ab und das Sonnenlicht schien von hinten gegen ihren Kopf. »Die Burg steht still, Callora – zumindest für die Bediensteten deiner Familie. Es gibt beinahe nichts zu tun für uns.« Sie grinste. »Da bist sogar du eine willkommene Abwechslung.«

Zuerst war Cally so erstaunt über diese ironischen Worte aus dem Mund ihrer Freundin, dass sie nicht wusste, was sie darauf sagen sollte. Doch dann lachte sie und genoss das Gefühl in ihrem Bauch. Sogar Garra musste lächeln.

Sie hoffte, dass die beiden in der Burg bleiben durften, auch wenn ihre Familie nicht mehr herrschen würde. Sie unterdrückte das Bedürfnis, die beiden in die Arme zu schließen, weil Garra das höchstwahrscheinlich äußerst unangenehm finden würde. Stattdessen begnügte sie sich damit, die kleine Freude des Moments nicht zu schnell verblassen zu lassen. Wer wusste schon, was die Zukunft bringen würde.

Dann klopfte es. Cally rief: »Herein«, und ein Diener streckte seinen Kopf durch den kleinen Türspalt.

»Eure Hoheit, die Herzogin bittet Euch in den Thronsaal.« Dann verschwand er eilig wieder.

In den Thronsaal? Was hatte das zu bedeuten?

Als Cally bemerkte, dass Garra etwas blasser wurde, regte sich auch in ihr die Angst. Hieß das, dass ihr Vater …? Aber wieso sollte sie dann nicht in sein Schlafgemach kommen, wo er gepflegt wurde? Sie schüttelte kurz den Kopf, um ihr Gedankenkarussell zum Schweigen zu bringen und sah dann an sich herunter. In den letzten Tagen hatte sie beschlossen, sich nicht wieder in die engen Kleider schnüren zu lassen. Ihre Mutter würde wohl oder übel mit Hosen und einer Bluse leben müssen.

»Ich werde euch später suchen«, sagte sie, hob kurz die Hand zur Verabschiedung und schlüpfte dann ebenfalls durch die Tür.

Sie hatte sich die ganzen letzten Tage auf diesen Moment vorbereitet. Sich mental gestählt. Sie war bereit dafür. Sie musste es sich nur selbst einreden.

Auf dem Weg in den Thronsaal achtete Cally nur auf das klappernde Geräusch ihrer Schuhsohlen auf dem Boden, um sich vom Nachdenken abzuhalten, doch es gelang ihr nur bedingt. Wie würde ihre Mutter aussehen? Würde sie mit dem Verlust klarkommen? Irgendwie konnte sie sich nicht vorstellen, wie ihre Mutter trauerte, denn dazu müsste sie ihre seidene Hülle durchbrechen.

Bevor Cally den großen Saal betrat, hielt sie kurz inne und atmete tief durch.

Sie konnte das. Sie konnte das.

Dann öffnete sie die Tür, schaffte aber keinen einzigen Schritt in den Raum, bevor der Anblick, der sich ihr bot, ihre Beine an Ort und Stelle festfrieren ließ.

Was zum Teufel?

Ihre Mutter stand neben dem Thron und eine ihrer Hände ruhte auf dessen Lehne, sodass ihre Fingerspitzen die Hand ihres Vaters berührten. Denn der Herzog selbst saß dort. Von einer Sekunde auf die andere lösten sich Callys Beine aus ihrer Starre und trugen sie beinahe von allein nach vorne. Erst auf dem Weg bemerkte sie, dass ungewöhnlich viele Wachen im Raum waren. Sie zierten die Wände hinter ihren Eltern wie eine rote Bemalung. Kurz kam ihr der Gedanke, dass sie Cally bestrafen wollten. Ihr Vater hatte herausgefunden, was sie den Vasallen erzählt hatte und deshalb war sie hierherbeordert worden. Doch ihre Beine ignorierten ihren Kopf und trugen sie energisch bis vor die kleine Erhöhung, auf dem der Thron stand.

»Wieso habt ihr nicht Bescheid gegeben, dass du wach bist?« Sie versuchte gar nicht, den anklagenden Ton aus ihrer Stimme zu verbannen.

Während ihre Mutter antwortete, sah sie ihren Vater genau an. Seine Haut hatte wieder diesen grauen, fahlen Ton angenommen, aber er saß aufrecht und ohne Hilfe auf dem Thron.

»Wir wollten deinem Vater Zeit geben, um wieder auf die Beine zu kommen, bevor wir jemandem darüber informieren.«

»Ich bin eure Tochter, nicht irgendjemand. Ihr hättet es wenigstens mir sagen müssen.«

Die Präsenz der vielen Wachen als stille Beobachter der Szene war unangenehm und Cally wünschte sich, dass sie sie hinausschicken könnte. Doch ihr Vater war wach und das drehte alles wieder zurück, sie hatte keine Macht mehr. Es würde keine Abstimmung geben und das Bluterbe stand wieder im Raum.

Sie war noch nie glücklicher darüber gewesen, dass der Mann, den sie liebte, aus ihrem Leben verschwunden war. Mittlerweile war er ganz bestimmt über alle Berge und sie konnten ihm nichts mehr anhaben.

Bei den nächsten Worten ihrer Mutter befürchtete Cally jedoch kurz, das alles laut ausgesprochen zu haben.

»Wir hielten es aufgrund deiner Beziehung zu unserem Gefangenen nicht für angebracht, dich über die Entwicklungen zu informieren.«

War das ihr Ernst?

Also wussten sie wirklich darüber Bescheid. Na und? Sie würde dem eiskalten Tonfall ihrer Mutter nicht nachgeben und sich schuldig fühlen. Dennoch hatte das Ende des Satzes sie aufhorchen lassen.

»Welche Entwicklungen?«

Und da war wieder dieses Blitzen in den Augen ihres Vaters. Cally wurde ein wenig übel und sie hatte das Gefühl, sich hinsetzen zu müssen. Diesen Gesichtsausdruck kannte sie nur zu gut. Er bedeutete, dass der Herzog wieder gefangen war in seinen Hirngespinsten. Er bedeutete, dass der Kampf nicht zu Ende war.

»Der Hase rennt todesmutig in den Fuchsbau. Sie kommen hierher und wir werden sie alle auf einen Schlag vernichten.«

Callys Gedanken drehten sich so schnell, dass ihr nun wirklich schwindelig wurde. Wer kam? Hatten die Vasallen sich doch noch gegen sie aufgelehnt? Aber dem kalten Grinsen des Herzogs nach zu urteilen, spielte er nicht auf sie an.

»Wen meinst du? Es kann niemand von ihnen kommen, Vater, es gibt niemandem sonst.« Tharek selbst hatte ihr erzählt, dass neben ihm und seinem Bruder kein Familienmitglied mehr am Leben war. Wegen ihrer eigenen Familie.

»Ich glaube, da irrst du dich, meine Tochter. Es gab schon die ganzen Jahre lang einen Bruder, den wir nie finden konnten. Damals war er nur ein Junge, doch heute ist er ein Mann. Ein Mann, der jetzt entschieden hat, dass er heute den Herzog stürzen möchte. Meine Leute haben mir gerade berichtet, dass er auf dem Weg ist.«

Deshalb standen die ganzen Wachen hier. Und sie hatten es nicht einmal Garra gesagt.

Die Erkenntnis, dass wirklich ein Kampf bevorstand, floss zäh durch Callys Adern und ließ sie schaudern. »Woher weißt du das mit solch einer Sicherheit?«, flüsterte sie.

»Gute Frage, gute Frage.« Ihr Vater nickte zufrieden. »Während ich geschlafen habe, hat deine Mutter einen erstklassigen Fang gemacht, der uns einige Informationen über den Hinterhalt liefern konnte.«

Er gab zwei der Wachen, die am nächsten zu ihm standen, ein Zeichen und sie verließen den Raum.

Wen konnten sie gefangen genommen haben? Irgendwo tief in ihrem Herzen hoffte Cally, dass es Rin war, der sie auch noch in dieser Hinsicht verraten hatte. Ihn würde sie liebend gerne leiden sehen. Doch als das Déjà-vu seinen Lauf nahm und sie den einen Menschen in den Thronsaal führten, der nicht hier sein konnte, nicht hier sein durfte, konnte sie nichts anderes tun, als wie versteinert dazustehen und erschrocken die Luft einzuziehen.

Nein.

Das war unmöglich. Das konnte nicht sein!

Tharek, ihr Tharek, wehrte sich nicht, als sie ihn in die Nähe ihres Vaters schleiften, sondern warf ihren Eltern nur einen müden Blick zu. Dann erst sah er Cally und seine Augen weiteten sich. Doch bevor er etwas sagen konnte, sprach ihr Vater den Gedanken aus, dem Cally sich mühsam verweigerte, und brach damit endgültig ihr Herz.

»Wenn wir ihn nicht wieder gefangen hätten, wäre er heute mit ihnen hier einmarschiert und hätte dich getötet. Du hast die ganze Zeit einen Parasiten genährt, meine Tochter.«

»Cally!«

Es tat weh. So unglaublich weh, dass sie sich die Arme um den Bauch schlingen musste, um nicht zu zerbrechen. Er war geflohen und hatte sie dann verraten. Wie konnte er ihr das antun? Nach alledem?

Etwas in ihr sträubte sich dagegen, den Worten ihres Vaters so leicht zu glauben, doch es ergab einfach alles zu viel Sinn. Seine überstürzte Flucht, obwohl er ihr das Gefühl vermittelt hatte, es gäbe niemanden, der ihm helfen würde. Die Tatsache, dass gerade jetzt – nach so vielen Jahren – seine Familie einen Angriff plante …

Tharek versuchte aufzustehen, doch auf den Knien kam er gegen den Griff der beiden Wachen nicht an.

»Glaub ihm nicht, Cally! Er lügt!«

Sie konnte ihn immer noch nicht ansehen und klammerte sich stattdessen mit ihrem Blick an einem Stück der verzierten Tapete fest. Seine nächsten Worte gingen in Callys versteinerten Gedanken unter. Tonlos fragte sie: »Stimmt es, dass deine Familie uns angreifen wird?«

Bitte, sag nein. Streite es ab!

»Ja, das wird sie. Aber …!«

Der Schmerz bohrte sich tiefer in ihre Brust. Cally richtete ihren Körper auf, der nichts anderes tun wollte, als sich in einer dunklen Ecke einzurollen, und sah ihren Vater an.

»Bringt mir ein Schwert.«

Sie hatte genug gehört. Wie sollte Tharek von den Plänen seiner Familie wissen, wenn er nicht Teil von ihnen war? Wenn all das gestimmt hätte, was er ihr erzählt hatte, dann wäre er jetzt schon wieder bei seinem Bruder auf dem Hof und hätte mit alldem hier nichts mehr zu tun.

»Cally, bitte!«

Sie ignorierte ihn und nahm die Waffe entgegen, während die Flügeltüren des Saals mit einem Ruck aufgeworfen wurden und eine Wache hereingestürmt kam, die so heftig atmete, dass sie die folgenden Worte kaum herausbekam: »Sie sind hier. Sie sind durch den Weg zur Bucht gekommen! Ich bin ihnen nur wenige Schritte voraus!«

»Was?«, donnerte der Herzog und auch Callys Mutter sah erschrocken aus.

Ohne nachzudenken, stellte Cally sich zu ihren Eltern und behielt die Tür im Auge. Das geschah alles viel zu schnell – und der Reaktion ihres Vaters nach zu urteilen, war es auch so nicht geplant gewesen. Adrenalin raste durch Callys Körper, um ihn auf die kommenden Minuten vorzubereiten. Es formte den brennenden Schmerz in ihrem Inneren zu einer kleinen Kugel, die sie für den Moment wegschloss.

Draußen ertönten vereinzelte Schreie und Cally betete, dass Marilee in Sicherheit war und Garra bemerkte, was hier vor sich ging. Neben ihr erhob sich der Herzog von seinem Thron und nahm ebenfalls ein Schwert entgegen, das für seine körperliche Verfassung wahrscheinlich viel zu schwer war. Dann ging er langsam zu Tharek hinüber, was Cally kurz dazu zwang, ihn anzusehen.

Wie konnte er nur?

Kurz hatte sie Angst, ihr Vater würde sein Schwert heben und ihre Hand zuckte erschrocken, doch dann stellte er sich nur neben ihn und sagte: »Na, dann wollen wir doch mal sehen, wie sie auf diese Überraschung reagieren.«

Was meinte er damit? Wusste Thareks Familie nicht, dass er ihnen wieder in die Hände gefallen war?

Cally riss ihren Blick von Thareks blauen Augen los, die sich weiterhin in ihre bohrten und versuchten, seine Taten zu leugnen. Sie durfte sich jetzt nicht weiter damit beschäftigen. Sich ablenken zu lassen, könnte in so einer Situation tödlich sein. Es spielte sowieso keine Rolle mehr.

Just in diesem Moment schwollen die Geräusche vor der geöffneten Tür an und es ließen sich einzelne Rufe heraushören. Männerstimmen. Viele Männerstimmen. Sie strömten als triumphierend grölende Masse in den Raum und Callys Herz pochte wie wild, während sie versuchte, einzelne Gesichter auszumachen. Den da kannte sie. Es war der Junge aus der Stadt. Thareks Bruder.

Der Schmerz in ihrer Brust stach noch einmal kräftiger zu. Es war tatsächlich alles geplant gewesen. Sie hatte ihn schließlich schon vor Tagen in der Stadt gesehen. Und dann sah sie Rin und in ihrem Kopf brannte eine Sicherung durch. Wie er da bei ihnen stand, mit einem selbstsicheren Lächeln auf den Lippen. Also war er doch Teil des Komplotts, wie sollte es auch anders sein? Doch sie würde dafür sorgen, dass ihm sein Lächeln schneller verging, als ihm lieb war. Wenn sie schon bei allem anderen versagt hatte – er würde heute nicht davonkommen!

»Cally, du musst mir zuhören!«

Dieses Mal wurde Tharek von seiner eigenen Seite unterbrochen, als der zuvorderst stehende Mann der Eindringlinge lauthals rief: »Na sieh mal einer an, alle schön versammelt.«

Cally sah zu ihrem Vater, dessen Grinsen etwas Gezwungenes und Gruseliges bekam. »Devon, schön, dich mal wiederzusehen.«

Was hatte er vorhin gesagt über den einen Bruder, der verschollen war? Das da vorne musste er sein – Thareks Onkel. Cally schloss ihre Hände fester um den kühlen Griff des Schwertes. So viel zu wir sind nur noch zu zweit. Und sie hatte ihm alles blauäugig geglaubt.

Die beiden Männer tanzten noch mit Worten umeinander herum, doch Cally spürte, dass die Stimmung zu aufgeladen war, um das lange auszuhalten. Schnell überflog sie die Größe der Angreifertruppe – es waren ungefähr zehn Männer. Ihre Familie war mit den Wachen in ihrem Rücken weit in der Überzahl; die anderen sollten keine Chance haben. Und doch trat ihr der Schweiß auf die Stirn. Wieso sah Thareks Onkel so selbstsicher aus?

Ihr Vater jedoch schien davon unbeeindruckt.

»An dem hier scheint dir ja nicht so viel zu liegen, he?«, wandte er sich direkt an Devon und stupste Tharek erniedrigend mit seiner Stiefelspitze an. Cally sah, wie Thareks Kiefer mahlte. Auch seinen Bruder ließen diese Worte nicht kalt. Er grollte angriffslustig und wirkte mit dem Schwert in der Hand weitaus älter, als er sein konnte.

Thareks Onkel gab zurück: »Es war seine Entscheidung, aber ich denke, der heutige Tag wird ihn noch etwas Vernunft lehren.« Er ließ das Schwert provokant in seiner Hand kreisen.

Was meinte er damit? Seine Entscheidung, sich gefangen nehmen zu lassen?

»Ich bezweifle, dass er dazu die Gelegenheit bekommen wird. Oder sind deine Augen etwa schwach geworden, mein Freund? Damals konntest du Situationen noch besser einschätzen und warst so klug, zu fliehen.«

Cally konnte sehen, wie sich die Haltung des Mannes bei den letzten Worten ihres Vaters verkrampfte, aber seine Stimme veränderte sich kein bisschen. Er war selbstsicher. Zu selbstsicher, um sich nur etwas vorzumachen. Callys ungutes Gefühl verstärkte sich. Hier ging etwas vor, das sie noch nicht begriff. Wo waren die ganzen Wachen, die eigentlich draußen in der Burg patrouillieren müssten?

Dann zog Thareks Onkel unerwartet eine Papierrolle aus seiner Tasche.

»Heute spare ich mir die körperliche Anstrengung und setze stattdessen auf Worte. Hast du dich nicht gefragt, wie wir hier so einfach hereinspazieren konnten?«

Cally spürte, wie ihr Vater zögerte.

Devon hielt das Papier in die Höhe und verkündete mit dröhnender Stimme: »Das hier ist ein Schreiben von unserem König höchstpersönlich. Darin steht, mit Unterschrift und Siegel, dass du als Herzog abgesetzt wirst. Aus diesem Grund verteidigen dich deine Wachen auch nicht mehr.«

Callys Atem ging flacher und sie hörte, wie die Männer hinter ihr unsicher zu murmeln begannen. Schließlich fasste sich einer von ihnen ein Herz, löste sich aus ihren Reihen und ging vorsichtig zu den Eindringlingen nach vorne, um sich das Schreiben anzusehen. Der ganze Saal hielt die Luft an, während seine Augen über das Papier huschten. Schließlich blickte er zu seinen Kameraden zurück und nickte.

Callys Knie wurden weich. Wie konnte das sein? Ihr Vater hatte aufsässige Vasallen erwähnt, aber die Missgunst des Königs? Wie viel hatte er vor ihr verschwiegen?

Thareks Onkel rollte das Papier in aller Seelenruhe

wieder zusammen und übergab es einem der Männer, die hinter ihm standen.

»Niemals werde ich für einen von euch den Thron räumen«, zischte ihr Vater.

»Das ist mir bewusst und sogar mehr als recht, denn so kann ich die Vorgabe des Königs, niemanden zu Schaden kommen zu lassen, umgehen. Du würdest schließlich niemals ohne Kampf den Thron aufgeben.«

Bei den letzten Worten hatte er bereits die Hand an seinem Schwert und gleich darauf stieß er ein animalisches Brüllen aus, während er so schnell nach vorne stürmte, dass Cally ein erschrockener Schrei entfuhr. Doch ihr Vater war vorbereitet. Kraftvoller, als sie es ihm noch zugetraut hätte, parierte er den Angriff und Stahl traf klirrend auf Stahl. Aber der Herzog würde nicht lange standhalten. Nicht in seinem Zustand.

Nun überfluteten die zehn Männer alle auf einmal den Raum und die einzige Rettung der Herzogsfamilie war es, dass trotzdem noch einige ihrer Wachen das Schwert für sie erhoben, ob aus Ehrgefühl oder Todesangst sei dahingestellt.

Aus dem Augenwinkel sah Cally, wie Thareks Bruder direkt zu ihm eilte und begann, seine Fesseln zu lösen. Ihre Mutter stand reglos neben dem Thron. Die schnelle Eskalation hatte die kühle Selbstsicherheit aus ihrem Blick verscheucht und nun beobachtete sie sichtlich nervös die Kämpfe.

Und dann war Rin vor ihr und Cally riss in letzter Sekunde ihr Schwert nach oben. »Sie haben mir versprochen, dass ich dich bekomme«, rief er böse lachend, während seine Waffe an der ihren abprallte und ihren ganzen Arm erschütterte.

Die Welt um sie herum zersplitterte in tausend Teile, doch Cally erkannte plötzlich, was los war. Das hier musste passieren, damit sie endlich abschließen konnte! Mit einem Aufschrei warf sie sich nach vorne und ein Hieb nach dem anderen prasselte auf Rin ein. Aber er parierte sie alle. Sein Lachen ging ihr durch Mark und Bein, doch sie ließ sich davon nicht aus der Ruhe bringen. Trotzdem hatte er noch den Atem und auch die nötige Unverschämtheit, mit ihr zu sprechen, als ob sie kein wirkliches Hindernis für ihn wäre.

»Jetzt, wo alle es wissen, hast du ihnen da auch von uns erzählt?« Mit einer weit ausholenden Bewegung schlug er Callys Schwert zur Seite und es flog ihr beinahe aus der Hand. »Oder ist es dir zu peinlich zu erzählen, dass du nachts zu fremden Männern in die Bucht schleichst.«

Cally trat der Schweiß auf die Stirn und sie musste sich zusammenreißen, um sich nicht nach ihrem Vater umzudrehen. Das hier musste bald enden, wenn sie ihm noch helfen wollte. Rins Lächeln wurde immer breiter und sie konnte in seinem Gesicht sehen, dass er sich bereits in Sicherheit wiegte und nur mit ihr spielen wollte. Ihr Hass war kaum in Worte zu fassen. Sie bewegte sich weiter zur Seite und wieder lachte Rin und folgte ihr, weil es ihm gefiel, wie sie vor ihm floh.

Als sie dann auf einmal selbst lächelte, war seine Verwirrung die pure Genugtuung. Durch ihr Zurückweichen hatte sie Rin so positioniert, dass er Garra nicht kommen sah. Ohne zu zögern, stieß dieser sein Schwert zwischen die Platten der Rüstung seines Gegners. Rin stand der Mund offen, dann hustete er Blut und kurz darauf lag er zuckend und mit weit aufgerissenen Augen auf dem Boden. Es war das einzig richtige Schicksal für ihn.

Der Hauptmann hatte vor wenigen Sekunden den Raum betreten und war sofort zu Cally geeilt. Und auch wenn sie den Moment genießen wollte, in dem Rin verstand, dass nicht sie, sondern er sterben würde, gönnte sie sich keine Pause. Ihr Blick hastete weiter, versuchte, den Herzog zu finden. Obwohl der Moment dieser Suche sich wie in Zeitlupe hinzog und ihr klopfendes Herz alle Geräusche ausblendete, konnte sie ihn in dem Gewusel aus Körpern zuerst nicht entdecken. Doch dann sah sie ihn endlich, gerade als Thareks Onkel ihn zu Boden warf.

Nein!

Immer noch in ihrer eigenen Zeitlupe gefangen sah Cally die Spitze des Schwertes vor seiner Kehle baumeln und hörte ihre Mutter schreien.

Auch wenn sie jetzt sofort loslief, würde sie nicht rechtzeitig da sein, und Garras Schwert steckte noch in Rins Körper. Auch er konnte ihn nicht erreichen. Es war zu spät …

Dennoch war sie nah genug an den beiden dran, um über den Lärm der kämpfenden Männer hinweg zu hören, wie Thareks Onkel ihrem Vater drohte.

»Es wäre viel zu gnädig, dir diesen Tod zu gönnen. Du sollst spüren, wie es sich anfühlt, jemanden zu verlieren!« Dann spuckte er neben dem Herzog, um dessen dünnen Körper sich der schwarze Mantel wie eine Blutlache ausbreitete, auf den Boden und zog sein Schwert zurück.

»Für meine Schwester.«

Cally hielt verwirrt inne und verstand zu spät, was er tat. Mit wenigen Schritten hatte er ihre Mutter erreicht.

»Nein!« Callys Stimme vermischte sich mit den Kampfgeräuschen um sie herum.

Da rammte Devon der Herzogin voller Genugtuung das Schwert in die Brust.

Cally wusste nicht, wie ihr geschah. Schmerz durchflutete ihren zitternden Körper und beinahe wäre sie an Ort und Stelle zusammengebrochen. Doch dann riss sie sich zusammen, richtete sich wieder auf und löste ihren Blick von dem schlaffen Körper ihrer Mutter. Im gleichen Moment bemerkte sie, dass ihr Vater sich ebenfalls aufgerappelt hatte. Auch er sah seine Frau an und sein Brustkorb hob und senkte sich so schwer, dass Cally es aus einigen Schritten Entfernung sehen konnte. Er stand wie ein Racheengel mitten im Raum. Dann löste er den Blick von seiner Frau und ging los. Ganz ruhig. Auf Tharek zu.

Cally wurde eiskalt. Sie wusste sofort, was er vorhatte. Tharek und sein Bruder waren so sehr mit seinen Fesseln beschäftigt, dass sie ihn nicht kommen sahen. In ihrem Kopf blitzten Bilder seines Gesichts, seiner Augen, seines Körpers auf wie kleine Explosionen, die ihr Denken aussetzen ließen. Sein Onkel war zu weit entfernt, er würde sie nicht rechtzeitig erreichen. Aber sie schon.

Ohne nachzudenken, begann sie zu laufen. Während ihr Vater direkt auf die beiden jungen Männer zukam, würde sie sie von schräg links erreichen.

Es blieb nicht einmal mehr Zeit, um etwas zu rufen. In vollem Lauf schlitterte sie vor Tharek, dessen Blick sich sofort hob, wodurch er auch den Herzog wahrnahm.

Ihr Vater war nicht mehr er selbst, er war nur eine wandelnde Hülle. Sein Gesicht war in der Trauer um seine Frau verzerrt und seine Augen leer. So leer, dass er Cally nicht zu erkennen schien. Er sah nicht, dass sie vor Tharek stand. Er hob mit zittrigen Armen sein Schwert und machte einen schnellen Satz nach vorne.

Er erkannte sie wirklich nicht!

»Vater, nein!«

Doch er hielt nicht inne.

Mit einem Schluchzen, das so tief aus ihrer Kehle kam, dass es ihr den Atem nahm, riss sie in letzter Sekunde ihr eigenes Schwert nach vorne und der Widerstand erschütterte ihren Arm, als es auf Fleisch traf. Als das Beben in ihrer Schulter ankam, gaben ihre Beine nach und sie fiel auf die Knie. Tränen schossen ihr aus den Augen und vermischten sich mit dem Blut auf dem Boden.

Er hatte sie nicht erkannt! Sie hatte einen Schatten seiner selbst getötet, aber sie hatte ihn getötet! Ihren eigenen Vater.

Hände zerrten sie von seinem Körper weg und es war ihr egal, ob es der Onkel war, der sein Werk nun endgültig beenden würde. Doch dann schlangen sich Thareks Arme um sie und hielten sie zusammen, während ein Schluchzer nach dem anderen sie erbeben ließ. Was hatte sie getan?

»Hört auf!« Thareks Stimme brach durch den Lärm der einzelnen Kämpfe und sie spürte seine Brust an ihrem Rücken. »Onkel, stopp diesen Irrsinn!«

Er rief noch weitere Dinge, die sie in ihrer eigenen Blase nicht verstehen konnte. Doch irgendwann wurde es um sie herum so leise, dass sie es nicht mehr ignorieren konnte. Mühsam blinzelte sie zwischen tränennassen Wimpern hindurch.

»Siehst du nicht, was du hier anrichtest?«

Sie konzentrierte sich nur auf seine Stimme, um nicht gänzlich auseinanderzufallen. Die Worte und ihre Bedeutung konnte sie nicht greifen. Sie hatte es getan, damit er auf dieser Welt bleiben konnte. Damit er weiterleben konnte. Tharek. Langsam wurde ihr Blick etwas klarer und sie konnte sehen, wie es um sie herum aussah. Als ihr Blick auf der Suche nach Thareks Onkel erneut den leblosen Körper ihrer Mutter streifte, hätte sie sich beinahe übergeben.

In diesem Moment dachte sie nicht mehr daran, was Tharek vielleicht getan hatte, und klammerte sich an dem Arm um ihre Brust fest wie an einem Anker. Obwohl ihr Körper kaum in der Lage war, Angst um ihr eigenes Leben zu verspüren, begann sie automatisch zu zittern, als sein Onkel auf sie beide zukam. Tharek zog sie auf die Beine und schob sich schützend vor sie.

Plötzlich war sie sich sicher, dass er sie nicht verraten hatte. Die Gewissheit war einfach da. Sie hatten sich niemals wehtun wollen, nicht jetzt und auch nicht zu Beginn ihrer gemeinsamen Zeit. Und trotzdem brachten ihre Familien sie in diese Situation. Der Hass, den sie auf Thareks Onkel verspürte, war in diesem Moment kaum in Worte zu fassen. Cally machte sich hinter Thareks Rücken bereit, um ihm zur Not mit den blanken Fingernägeln das Gesicht zu zerkratzen.

»Bitte, lass das enden«, sagte Tharek erneut, dieses Mal leiser.

Die verhasste Stimme antwortete: »Sie hat ihren eigenen Vater getötet.« Es klang ungläubig, fast ein bisschen amüsiert. Cally musste an sich halten, um nicht hinter Tharek hervorzuspringen und ihre Gedanken Wirklichkeit werden zu lassen.

Ihre Mutter und ihr Vater … beide fort. Callys Kopf hatte noch lange nicht verstanden, was ihr Herz ihr schmerzhaft einhämmerte.

»Für mich.« Thareks Stimme war kaum mehr als ein Flüstern. Natürlich wusste er, wieso sie es getan hatte.

»Ich werde nicht zulassen, dass jemals wieder einer von ihnen herrscht.«

»Dann setz dich selbst auf den Thron, es ist mir egal. Lass mich nur mit ihr verschwinden und du wirst uns nie wiedersehen.«

»Nein.« Das Wort klang in der stillen Halle viel zu laut und besiegelte ihr Schicksal.

Cally machte sich bereit, bei der kleinsten Bewegung von Devon nach vorne zu springen. Auf keinen Fall durfte Tharek sich für sie in Gefahr bringen. Doch das schien er anders zu sehen. Sie spürte, wie sich sein Körper vor ihr anspannte.

Devon fuhr fort: »Ich werde euch nicht gehen lassen und ich werde nicht selbst herrschen.« Er warf einen kurzen Blick auf Cally, die ihn todesmutig anfunkelte, und fixierte dann seinen Neffen, der genau wie sie kampfbereit war. Doch die nächsten Worte würde Cally niemals in ihrem Leben vergessen.

»Ich möchte, dass du regierst, Tharek.«

EPILOG

Cally strich mit ihren Fingerspitzen durch feines, schwarzes Haar und genoss das warme Gefühl, das sich in ihrer Brust ausbreitete. Die Berührung gefiel dem Kleinen und er gurrte zufrieden, während er ihr sein Köpfchen entgegenstreckte.

Auch nach mehreren Monaten konnte sie sich kaum von seinen strahlend blauen Augen losreißen, wenn er sie so direkt ansah. In Gedanken versunken, vernachlässigte sie das sanfte Streicheln ihrer Finger und ihr Sohn protestierte mit einem unzufriedenen Strampeln in ihren Armen.

»Ist ja gut«, sagte sie und lachte. »Diese Ungeduld hast du von deinem Vater.«

Unberührt von dieser Anschuldigung genoss der Kleine weiter ihre Fürsorge und nickte irgendwann in ihrer Armbeuge ein.

Sie konnte nicht sagen, womit sie dieses Glück verdient hatte und das sorgte dafür, dass sie jeden Tag aufs Neue fürchtete, es könnte ihr genommen werden. Sie hatte in ihrem Leben viele Fehler gemacht, darunter auch durchaus folgenschwere, doch den größten, den schlimmsten Fehler von allen, hatte sie verhindern können. Der für sie wichtigste Mensch auf der Welt lebte. Und er hatte ihr dieses Kind geschenkt.

»Eure Hoheit?«

Cally drehte sich vorsichtig um, um ihren Sohn ja nicht zu wecken. Aus dem Schlaf gerissen konnte seine Stimme die ganze Burg erzittern lassen. »Ja?«

»Es wäre dann wieder so weit. Der Herzog wartet im Thronsaal auf Euch.«

Sie sah ihren Sohn noch einmal liebevoll an und gab ihn dann behutsam in die Arme von Marilee, die insgeheim nur darauf gewartet hatte, dass sie ihn endlich halten durfte.

»Ich bin schon auf dem Weg. Danke, dass Ihr mich gerufen habt.«

Die Herzogin strich sich in dem Versuch, ihre Haare zu bändigen, durch die langen, braunen Locken und lief dann durch die hellen Flure ihres Zuhauses. Wenn sie sich schon weigerte, ein Kleid zu tragen, so sollte wenigstens der Rest von ihr akzeptabel aussehen. Denn einmal in der Woche gab es eine Audienz, bei der jeder Bürger und jede Bürgerin der Stadt sein oder ihr Anliegen vortragen durfte und angehört wurde. Heute war wieder dieser Tag. In ihrem Kopf rüstete sie sich für mehrere Stunden auf einem harten Thron, doch sie würde neben ihrem Mann sitzen und das machte den Gedanken erträglicher.

Als Cally den Saal betrat, hatte sich bereits eine lange Schlange an Bittstellern gebildet und sie bemühte sich, jedem einzelnen zuzunicken, bis sie bei Tharek angelangt war. Sie ließ ihre Augen über die

Krone auf seinem Kopf schweifen, die er so sehr hasste wie kaum etwas anderes auf der Welt und lächelte ihm dann gespielt mitleidig zu. Seine Antwort in Form einer provokant erhobenen Augenbraue ließ ihre Haut freudig kribbeln. Wenn es nach ihr gegangen wäre, hätten sie ihre stille Konversation noch ewig weiterführen können, doch die Pflicht rief.

»Es ist schon wieder ein Brief von ihm gekommen«, sagte Tharek, als sie sich setzte.

Cally konnte sich ein Grinsen nicht verkneifen. In diesem besonderen Fall war Schadenfreude mehr als angebracht. »Ganzog wird nie wieder Land von uns bekommen. Und wenn er auf den Knien vor mir durch den Dreck kriecht.«

»Das brauchst du mir nicht sagen.« Ihr Mann setzte sich gerader hin und wappnete sich für mehrere Stunden in dieser Position.

Sie gab Garra, der wie immer neben dem Thron stand und ihr ein Gefühl von Geborgenheit vermittelte, ein Zeichen und er brachte den Ersten in der Reihe, einen älteren Mann, nach vorne.

»Wie kann ich Euch helfen?«

Diese Frage sollte sie in den nächsten Stunden immer wieder stellen, doch auch wenn ihr danach vor Erschöpfung beinahe die Augen zufielen, ging sie an solchen Tagen glücklich ins Bett. Der Stadt ging es so gut wie schon lange nicht mehr und sie hatten die letzten langen Nächte souverän gemeistert. Und das war nicht zuletzt ihr Verdienst.

Als die Leute der Reihe nach vortraten, verbeugten

sie sich stets zuerst vor Tharek und wandten sich anschließend mit ihrem Anliegen an Cally. Sie wussten, dass er dem Titel nach ihr Herzog war, sie aber eigentlich eine Herrscherin hatten.

ENDE

Danksagung

Ich bin ein Mensch, der Gefühle schlecht für sich behalten kann – wenn mich etwas begeistert, bewegt oder mitnimmt, muss ich das mit anderen teilen. So ist es auch beim Schreiben. Die Geschichte von Cally und Tharek hat mich viele Jahre begleitet und somit auch mehrere Menschen in meinem Leben, denen ich an dieser Stelle gerne Danke sagen möchte.

Da wäre zuallererst meine Familie, die dafür gesorgt hat, dass Bücher schon immer Teil meiner Welt waren. Auch, wenn es mir kaum einer glaubt, meine Oma war wirklich ein genauso großer Fan gewisser Vampirromane wie ich. Der größte Dank gebührt jedoch meiner Mama, die das Vergnügen hatte, bisher jede einzelne meiner Geschichten lesen zu müssen, und die mir an dieser Stelle das Versprechen geben muss, über manche kein Wort mehr zu verlieren. Ich weiß, wie viel Zeit du bereits investiert hast, um mit über dem Kopf zusammengeschlagenen Händen Kommafehler zu finden. Und noch viel wichtiger: Ich weiß, dass du immer gnadenlos ehrlich bist und ich deshalb auf dein Feedback zählen kann.

Außerdem danke ich meinem Freund, der sich für mich durch 350 Seiten Liebesroman gequält und dabei nur hin und wieder gejammert hat. Bei Kampfszenen und Fragen rund ums Mittelalter bist du mein Ansprechpartner Nummer eins. Gleiches gilt für meine liebe Freundin Ina, die ich ebenfalls meine Testleserin nennen durfte und die der erste Mensch in meinem Leben war, mit dem ich meine Leidenschaft fürs Schreiben wirklich teilen konnte.

Damit aus dieser Leidenschaft ein Buch wurde, hat noch eine weitere Person einen großen Teil zu meiner Schreibgeschichte beigetragen. Ohne Sven Haupt, der mich noch nie von Angesicht zu Angesicht gesehen und trotzdem Stunden am Telefon verbracht hat, um die Geschichte von Cally und Tharek von Anfang an in die richtige Richtung zu lenken, wäre aus diesem Buch niemals das geworden, was es ist. Dieser Mann hat so viel Ahnung von seinem Handwerk, dass es schon beinahe gruselig ist, und wenn ihr seinen Namen noch nie gehört habt, gebt ihn jetzt in die Suchleiste des großen Gs ein und legt danach am besten noch seine Bücher in einen virtuellen Warenkorb eurer Wahl!

Und last but not least gilt mein Dank der lieben Melina, die das erste Lektorat meines Lebens zu einer ganz tollen Erfahrung gemacht hat. Du und dein Adlerauge haben diesem Buch den besten Feinschliff verpasst, nachdem der VAJONA Verlag entschied, Cally und Tharek in seine Familie aufzunehmen und damit meinen Traum wahrwerden ließ.

Weitere Romane im VAJONA Verlag

Ein dramatischer Romantasy-Roman von
Vanessa Krust

Melody of Life – Unter deinen Flügeln

Vanessa Krust
314 Seiten
ISBN 978-3-948985-03-5
VAJONA Verlag

»SEITDEM SICH MEIN KÖRPER IN EIN SCHLACHTFELD VERWANDELT HAT, HABE ICH GELERNT, WIE WICHTIG DIE ORDNUNG IST.«

Ein sanfter Luftzug, der über ihre nackten Arme weht und die kleinen Härchen aufstellt. Ein tiefer Atemzug, der ihr dabei helfen soll, ihre Angst unter Kontrolle zu bringen. Aber es hilft nichts. Denn sie kann nicht fliehen. Nicht vor ihrem eigenen Körper und nicht vor dem Tod.

Thea hat ihr tödliches Schicksal akzeptiert.
Aber Natalis ist nicht gewillt, aufzugeben. Er wird seine Flügel ausbreiten und um Theas Leben kämpfen. Bis zum bitteren Ende. Denn die beiden verbindet etwas, das tiefer geht. Tiefer als das, was sie auseinanderzureißen droht.

Doch reicht Liebe aus, um den Fängen göttlicher Vorbestimmung zu entfliehen?

Die **BROKEN**-Reihe

Emotional, tiefgründig und romantisch.

von *Vanessa Schöche*

BROKEN Hope – Bis ich dich lieben kann

Vanessa Schöche
536 Seiten
ISBN 978-3-9819888-8-8
VAJONA Verlag

»Das Schicksal weiß, was es tut. Auch wenn es manchmal die grausamsten Wege einschlägt.«

Hope bedeutet Hoffnung.
Doch diese hat die junge Hope Green schon längst aufgegeben. Ihr Leben gleicht einem irreparablen Scherbenhaufen. Das Schicksal, das immer gnädig zu Hope war, schlug unerwartet eine andere Richtung ein und reißt sie damit in eine unergründliche Schlucht der Leere.

Die zerbrochene Hope fällt immer tiefer in die dunklen Schatten ihres Lebens, bis sie auf den einfühlsamen und verständnisvollen Liam trifft. Für ihn scheint die junge Frau, in deren Augen ein heftiger Sturm tobt, jedoch unnahbar. Dennoch versucht Liam alles, um Hope aus dieser Finsternis herauszuholen, die ihr den Weg zu einem wunderschönen Leben versperrt.
Unwissend, dass er ihr in diesem Moment schon so viel verbundener ist als sonst jemand.

BROKEN Will – Bis ich mit dir zu träumen wage

Vanessa Schöche
544 Seiten
ISBN 978-3-948985-02-8
VAJONA Verlag

»Meine Vergangenheit hat mich eins gelehrt: Wenn man einmal den schwarzen Peter im Leben zugeschoben bekommen hat, ist es unmöglich, ihn wieder loszuwerden.«

Willow bedeutet die Zauberhafte.

Doch nichts in Willows Leben gleicht einem wundervollen Zauber. Denn eine unvorhersehbare schlechte Entscheidung verwandelt ihr wohlbehütetes Leben in ein Schlachtfeld voller gebrochener Gefühle. Die junge Will glaubt an keine Liebe und nicht annähernd an einen Hauch von Glück, das für sie bestimmt sein könnte. Zu tief sind die Schrammen ihrer Vergangenheit.

Um keine weiteren Katastrophen heraufzubeschwören, hat Will aufgegeben, für ihre Träume einzustehen. Bis sie auf den entschlossenen Josh trifft, der ihr wohlgehütetes Kartenhaus ins Wanken bringt. Denn Josh ist ein Mann, der bereit ist, für Wills Glück zu kämpfen, wenn sie selbst nicht die Kraft dazu hat. Er ist bereit, gegen Wills hoch errichtete Stahlwände zu prallen, und hartnäckig genug, immer wieder aufzustehen, um Will das Leben zu schenken, das sie verdient hat.

Für beide beginnt eine besondere Freundschaft, die tiefer geht. Tiefer als die Regeln, die sie beide aufgestellt haben.

Der Beginn einer emotionalen Dilogie über Geschwisterliebe von *Klara Robert*

Dear Sister – Gefangene Gefühle

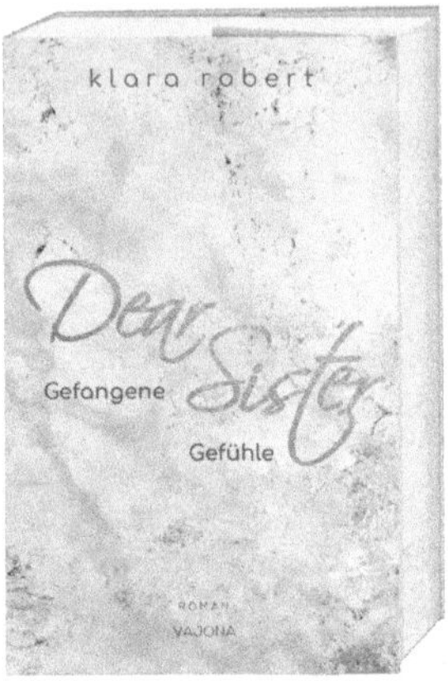

Klara Robert
410 Seiten
ISBN 978-3-948985-04-2
VAJONA Verlag

»Es kostete ihn jeden Tag immer mehr Kraft, all seine Gedanken und Gefühle zu unterdrücken, weil er niemals haben konnte, was sein Herz so dringend brauchte.«

Jenna war seine Schwester. Ohne es zu merken, hatte sie einen gefährlichen Bereich seines Herzens erobert. Joes Gefühle waren gewaltig, ehrlich, bedingungslos. Und verboten.

Stell dir vor, du findest deine einzig wahre Liebe. Den einen Menschen, der für dein Herz bestimmt ist. Doch was dein Herz will, ist strikt untersagt.

Würdest du trotzdem um diese Liebe kämpfen?

Eine bewegende Liebesgeschichte mit
Thriller-Elementen, die unter die Haut geht von
Ana van Leeuwen

UGLY TRUTH – Someone to lie for

Ana van Leeuwen
518 Seiten
ISBN 978-3-948985-06-6
VAJONA Verlag

»An manchen Tagen wusste ich nicht, was ich schreiben sollte. Dann malte ich Kreise, Dreiecke und Quadrate. Aber niemals Herzen.«

Emily ist jung, glücklich verheiratet und hat das perfekte Leben. Bis sich auf einen Schlag alles ändert und sie alles verliert, was ihr je etwas bedeutet hat.
Um sich selbst wiederzufinden, beschließt sie, allem und jedem den Rücken zu kehren und nie wieder zurückzukommen.

Doch wird sie die Vergangenheit mit ihrer Flucht überwinden können? Und was hält die Zukunft für Emily bereit? Ist am Ende vielleicht alles anders, als es scheint?

Der fesselnde Auftakt einer royalen Geschichte von
Maddie Sage

IMPERIAL – Wildest Dreams 1

Maddie Sage
488 Seiten
ISBN 978-3-948985-07-3
VAJONA Verlag

»Wem sollen wir in einer Welt voller Intrigen und Machtspielchen noch vertrauen? Lassen wir unsere Gefühle zu, stürzen wir alle um uns herum ins Verderben.«

Nach einer durchzechten Nacht reist Lauren gemeinsam mit ihrer feierwütigen Freundin Jane für ein Jahrespraktikum ins Schloss des Königs von Wittles Cay Island. Und das, obwohl ihr der Abschied von ihrer Familie alles andere als leichtfällt, denn diese ist ihr größter Halt, nachdem ihr Vater vor fast vier Jahren spurlos verschwunden ist.

Am Hof sieht Lauren sich jedoch mit zahlreichen Problemen konfrontiert, allen voran mit Prinz Alexander, dessen Charme sie wider Willen in den Bann zieht. Dabei ist der Königssohn bereits der englischen Prinzessin versprochen worden, die vor nichts zurückschreckt, um ihren Anspruch auf Alexander und den Thron zu sichern. Dennoch kommen sich Lauren und der Prinz immer näher, ohne zu ahnen, in welche Gefahr sie einander dadurch bringen. Bis plötzlich Laurens verschollener Vater auftaucht und sie feststellen muss, dass die Folgen seines Verschwindens weiter reichen, als sie je für möglich gehalten hätte.

Der berührende Start der Elbury University – Reihe
von *Stefanie R. Carl*

A Galaxy FOR US

Stefanie R. Carl
ca. 450 Seiten
ISBN 978-3-948985-15-8
VAJONA Verlag

VERÖFFENTLICHUNG:
20. Oktober 2021

»Manche Menschen kommen in dein Leben und retten deine Welt, ohne es überhaupt zu merken.«

Addisons Prioritäten für ihre Zeit an der Elbury University sind klar: Spaß haben, das Leben genießen und keine Party auslassen. Dinge, die in Kians Leben keine große Rolle spielen. Zu tief sitzen seine Schuldgefühle. Zu groß ist der Schaden, den er in der Vergangenheit angerichtet hat. Als er auf Addison trifft, ist für ihn klar: Er darf sie auf keinen Fall zu sehr in seine Welt lassen, egal wie stark die Anziehungskraft zwischen ihnen ist. Addison aber denkt gar nicht daran, das Knistern zwischen ihnen zu ignorieren, und durchdringt mit ihrer fröhlichen Art Stück für Stück seine sorgfältig aufgebaute Mauer. Je näher sich die beiden kommen, desto klarer wird – ihre Geschichten gehen nicht so weit auseinander, wie es auf den ersten Blick scheint.

Folge uns auf:

Instagram: www.instagram.com/vajona_verlag
Facebook: www.facebook.com/vajona.verlag
Website: www.vajona.de